椿山課長の七日間

浅田次郎

集英社文庫

椿山課長の七日間　目次

椿山課長の七日間

沙羅の咲く道

思い出せない。

どうしても思い出せない――。

純白の花を咲かせる沙羅《しゃら》の並木道を歩きながら、椿山和昭《つばきやまかずあき》は懸命に考えた。

ここはいったい、どこなのだ。自分はどこに向かって歩いているのだ。

片側が三車線の広い道路は地平まで続くかと思われるほどまっすぐで、時おりのんびりとした速度で車が往《ゆ》き過ぎる。歩道の人影は疎《まば》らである。これもまた実にのんびりと、同じ歩様を保っている。

ふと、自分までが同じ歩調になっていることに気付いて、椿山は街路樹の根方に立ち止まった。

みずみずしい若葉を見上げて、沙羅の木はこんなに大きくなるのかと思った。そういえば自宅の玄関先に植えられた沙羅も、白い花をほころばせていた。

ようやく一日の始まりを思い出した。けさの出がけに、玄関で妻とかわした会話だ。

(これは椿か)

(ちがうわよ。沙羅っていうの)

(シャラ? へえ、聞いたことないけど、きれいな花だな)

(前に住んでた人がね、この木は初夏になればとってもきれいな白い花が咲くから、枝は詰めないでって言ってた)

幸福な朝だった。ちょうど一回り齢下《としした》の妻は、郊外の一戸建てに引っ越してからいっそう若やいだ。転校するのがいやだと言って泣いた息子も、社宅住まいのころよりずっとのびのびしている。

丘の下の岐《わか》れ道まで、息子と手をつないで歩いた。

(早く帰ってきてね。ゲームの続き、やろうよ)

二年生になって、ランドセルの大きさにもさほどいたましさは感じられなくなった。

(きょうはだめなんだ。大事な取引先と食事をしなけりゃならない)

(またァ?)

と、息子は溜息《ためいき》をついた。

(あんまりお酒飲んじゃだめだよ、おとうさん。血圧が高いんだから)

妻とそっくりの物言いで、息子は小さな掌《て》を放した。

(じゃあ、なるたけ早く帰ってきてね)

坂道の途中から、椿山は何度も振り返った。

（遅刻するぞ、バイバイ）

けさに限って、息子はなぜ岐れ道にじっと佇《たたず》んで父を見送っていたのだろう。

それから――。

椿山は満開の沙羅の花を見上げながら考えた。

「初夏のグランド・バザール」初日。他の百貨店ではまず真似《まね》のできない、トップ・シーズンの大売り出しである。例年このセールには大型予算が組まれ、婦人服飾部の上半期の売上予算達成は、店休日なしのこの七日間にかかっていると言ってもよかった。

それにしても、全館の売上が前年を一割も下回り続けているご時世に、対前年一二〇パーセントという予算は無謀だった。いったいどういう根拠でそんな数字が出るのかと、先週の会議の席で椿山は部長に詰め寄った。もし予算が達成できなければ、売場担当課長の椿山は第一級戦犯である。婦人服飾部の売上のおよそ四割方は、ヤング・ミセスとキャリア・ウーマンをクライアントとする婦人服第一課が背負っていた。

もちろん、定められた予算を覆《くつがえ》すことなどできない。好景気の時代には課長職が自主的に毎週の予算を査定し、ほぼその通りの売上を達成し続けたものだが、近ごろでは椿山の与《あずか》り知らぬ部長会議で予算が組まれてしまう。ということはつまり、三上《みかみ》部長は実に楽な仕事をして昇進したのにひきかえ、後任の椿山にとって売場担当課長の職務は、最悪のめぐりあわせだった。

無理な予算をクリアすれば勲章ものだ、と部長は笑った。だが、それはちがう。前年の売上を割りこみ続ける百貨店は敗勢の戦場で、処罰はあっても手柄はありえないのだった。現にここ数年、売場担当課長の多くは一年で首をすげかえられ、地方支店や系列会社に飛ばされている。まるで売上の低迷をリストラで埋め合わせているようなものだった。

言うだけのことは言って、三階の売場に戻るエレベーターの中で椿山は考えた。

おそまきながら四十六歳にして、本店の婦人服課長になった。デパートマンの花形だ。高卒の同期生がみな配送や検品や庶務に埋もれてしまった中で、椿山の「出世」は異例だった。それをしおに、中古の一戸建ても買った。将来の高望みはしないが、ここで潰《つぶ》されてはならない。ささやかな幸福を壊すわけにはいかない。

入社年次からすれば部長は後輩で、かつては値札《タグ》の付け方から台車の操り方まで椿山が教えた。並ぶ間もなく追い抜かれたのは能力のせいではなく、彼が慶応の経済卒という、百貨店業界の幹部候補生だったからなのだ。

そうした理不尽に屈してはならない。

午前十時。運命の幕は切って落とされた。

けっして大げさな言い方ではない。バーゲン初日の売上予算は週末の一日よりも大きい。つまり百貨店の催し物は宣伝広告の効果に依存しているから、初日の売上で一週間の大勢はほぼ予測がつくのだ。

このセールで大敗《おおま》けすれば、上半期の予算達成は不可能になる。そして歳末に連敗すれば、椿山課長に「来年」はなかった。

七人の女子店員と三十人の派遣店員のひとりひとりに、この売り出しの重要性を説いて回りたい気分だったが、細かな指示は係長の嶋田《しまだ》に任せた。若くて背も高く、日本人ばなれしたマスクの持ち主である嶋田は、正面大階段の踊り場に大正時代から立ちつくしているローマ彫刻に似ている。売場の女性兵士たちを動かすのは、椿山課長の仏頂面ではなく、嶋田の微笑である。

開店早々から客の入りは順調だった。午前十一時のレジ点検を集計して、椿山は勝利を信じた。

「何が走ってるんだ」

「エスカレーター・サイドのワゴンと、催事場の一万円均一《マンキン》です」

嶋田はエスカレーター前の人だかりを指さして答えた。

「弾は？」

「きょう一日は大丈夫だと思いますけど」

広告掲載品が当たっている。ワゴンに盛られたサマー・ニットとカットソー、そして八階のバーゲン会場に十台のハンガー・ラックで用意した、一万円均一のスーツとワンピースである。どちらも利益度外視の協賛商品だから数に限りはあった。

「メーカーに連絡しておきましょうか」

「いや、俺《おれ》がする。ここは何とかしてもらわなけりゃ」

こういう無理を通すのは、若い嶋田では役者不足だった。椿山課長はショウ・ケースの蔭《かげ》に蹲《うずくま》って、出入りメーカーの担当者に片っ端から電話を入れた。

「無理は承知の上だって。な、そこは商売っていうより、俺とあんたの仲じゃないの。ともかく型見本《サンプル》でも昨年物《キャリー》でもいいから、閉店までにマンキン百枚。頼みます、よそだってみんな協力してくれてるんだよ」

好景気のころには、百貨店の仕入担当者《バイヤー》がこんなふうに頭を下げる必要はなかった。

屈《かが》みこんだスーツの背に汗が滲《にじ》み出るほどの長い間、椿山は緊急納品の交渉を続けた。少し体重を落とさなければ、この仕事は務まらない。

それから——どうしたのだろう。

ここちよい風の吹き過ぎる沙羅の並木道が、バーゲンセールの戦場から続いているとはどうしても思えない。

椿山は青空に眉庇《まびさし》をかざして、来た道を振り返った。ここはいったいどこだ。

広い車道を時おり走ってくる車の速度は遅い。たぶんスピード違反取り締まりの名所なのだろう。

人々は豊かな沙羅の木蔭を見えつ隠れつしながら、計ったように適当な間隔を置いて、これもまたゆっくりと歩いている。

ふと、奇妙なことに気付いた。すれちがう人がいない。車道の対向車線にも、車は走っていない。

椿山は行き過ぎる初老の男を呼び止めた。

「あの、つかぬことをおうかがいしますが」

デパートマンの習いで、他人に対する物言いは馬鹿のつくほどていねいである。もちろん微笑も忘れてはいない。

「みなさん、いったいどちらに向かってらっしゃるのでしょうか。何だか同じ場所をめざしているように見えるのですが」

男は立ち止まると、不安げに視線を泳がせて答えた。

「俺も誰《だれ》かにそのことを訊《き》こうと思っていたんだ」

意想外の回答である。

「は？――ということは、そちらもここがどこで、ご自分が何をしてらっしゃるかおわかりになってらっしゃらない、と」

「そう。全然わからん。ただ、みなさんと一緒に歩かねばならんという気はする。ともかくわけがわからんのだが、妙に気分がいいね」

いかにも愁眉《しゅうび》を開くという感じで男は微笑《ほほえ》み、「じゃあ」と親しげに手を挙げて行ってしまった。

答えを得ることはできなかったが、椿山の気持ちは少しやわらいだ。「ともかくわけがわからんのだが、妙に気分がいい」という男の回答にはまさに同感である。

歩かねばならないという気もする。街路樹の幹から離れて、椿山は人々の後を追った。

閉店は午後七時半──初日の予算は達成した。口にこそ出せないが、事実上は快挙と言える。

集計レシートを読んで、まるで当然の戦果のようにねぎらいの言葉ひとつすらかけない部長を、椿山は殴りつけてやろうかと思った。

(あのなあ、三上さんよ。あんたがバイヤーだったころとは、同じ予算を達成するにしたって苦労がちがうんだよ。わかってるのか)

愚痴をこぼす暇もなかった。初日の閉店後に、椿山課長にはまだ片付けねばならない仕事が山ほどもあった。

まず売場の再構成。健闘したメーカーを前面に出し、売れ行きの悪かった商品を後方に移動させる。元番《もとばん》と呼ばれる三階のプロパー売場と、八階のバーゲン会場の間を何度も往復して、椿山は適切な指示をした。

「しかしまあ、いくら経費節減と言ったって、閉店と同時に冷房を切るっていうのはどんなものですかね」

汗みずくになった椿山の顔を気の毒そうに見つめながら、嶋田係長が言った。

「八時から会食があるんだ。あとは頼めるかな」

「任せといて下さい。経過は携帯で連絡します」

「一万円均一《マンキン》の搬入はどうなっている」

「三社は入りましたから、あとは三光商会とメイプルさんの納品待ちです。けっこう揃《そろ》うもんですね」

「当たり前だ。この不景気に、どこのメーカーだってデッド・ストックは山のように抱えこんでいるさ。夕飯はその三光商会さんだからな、もう一押しして、在庫品を絞り出させてやる」

「頼みますよ、課長。予算達成はそれにかかっていますから」

売上の前年割れが当然のようになってしまって、売場の士気は沈滞している。嶋田と二人きりで、厳しい戦線を何とか支えているような気がしてならない。

停止したエスカレーターを並んで下りながら、椿山は思いついて訊《たず》ねた。

「おまえ、大学は部長の後輩だったよな」

はい、と嶋田は答えづらそうに呟《つぶや》いた。

「そうですけど、それが何か？」

「早いとこ俺を追い抜いて、バイヤーを交代してくれよ。もうくたびれた。納品所に下りて、検品でもしたい」

大学卒と高校卒をほぼ同数で採用した椿山の世代では、学歴が決定的な意味を持っている。だがその十年後には高卒の一般職を採用しなくなったから、嶋田にはノン・キャリアの愚痴など理解できるはずはなかった。

「疲れてませんか、課長」

「いや、そうでもない。ダイエットしなけりゃいかんね。俺はストレス肥りするんだ」

会食は気がすすまない。不景気が接待の主客を顛倒させている。三上部長はメーカーに頭を下げたことなどなかったろうと椿山は思った。

頭痛を感じたのは、社員通用口から夜の町に出たときだった。

タバコをつけたとたん、ガツンと強い痛みが首筋に走った。

疲れてませんか、という嶋田の言葉にはひやりとした。二週間も休みをとっていないのだから疲れているのは当たり前だが、部下に悟られるのはまずいと思う。

首に手を当てて手帳を開いた。セールが終わったら三日間の休みをとろう。会員になったきり一度しか行っていないスポーツ・ジムに通って、三キロのダイエットをする。

時刻は八時を回ってしまった。会食の時間には遅れるが、通用口でのこの一服には代えられない。退店後に歩きながらタバコを喫《す》うなという通達が貼《は》ってある。百貨店はこういう幼稚な定め事が好きなのだ。おかげで退店時刻の通用口の外には、いつも大勢の蛍が石油缶を囲んでいる。この光景のほうがよほどみっともないと思うのだが。

長いままのタバコを石油缶に放りこんで、椿山課長は生ぬるい夜に歩みこんだ。

「おつかれさまでした」

「はい、ごくろうさん」

女子店員たちが椿山を追い抜いてゆく。汗が引かずに、歩きながら禿《は》げ上がった額をハンカチで拭《ぬぐ》う。

デパートからほど近い料理屋の個室には、大手メーカーの担当者が三人、すでになかばでき上がって待っていた。

「先に始めてますよ、椿山さん」

「やあ、遅くなっちゃって」

好景気の時代には、先に始めるどころか膝《ひざ》も崩さずに待っていたものだ。この数年の間に、デパートマンはすっかり権威を失墜してしまった。

三上部長はついていると、しみじみ思う。売上が落ち始めても、彼の時代にはメーカーの責任を問うことができた。売れないのはデパートのせいじゃない、君らの商品が悪いのだ、と。だから三上はメーカーに対して、常に尊大だった。

「しかし、椿山さん。一万円のスーツを百枚追加しろって、無茶だよなあ」

「まあ、のっけからそうきついこと言わないでよ。こっちだって必死なんだから」

「きょうのところは何とかしたけどね。まさかその先の無理は言わんでしょうね」

「そのまさかを言えるのは、三光商会さんだけだよ」

酌をしながら、まったく突然に吐き気がきた。

「ちょっと、失礼」

椿山は座敷を転げ出た。駆けつけのビールが妙に回った。だとしても、いきなり吐き気を催すのはおかしい。

靴もはかずに洗面所に駆けこむなり、椿山は毒のような汚物を吐いた。腰が摧《くだ》けてしまった。

携帯電話で嶋田を呼んだ。

「すぐに来てくれないか。ちょっと気分が悪いんで、かわってくれ」

大丈夫ですか、と嶋田は言う。大丈夫じゃないから電話をしているのだ。

「俺のことはいいから、三光に頭下げてくれ。マンキンのスーツ、あるったけ出させろ。何としてでも」

店の名を告げたきり、椿山はその場に身を横たえた。

汗が急激に冷えてゆく。声も出せずに、扉のすきまから手を振って人を呼んだ。仲居の悲鳴が聞こえた。

「三光商会さんのおつれさんよ！」

待てよ。三光商会のおつれさん、か。ということは、俺は接待されているわけだな。考えてみりゃ当たり前のことだけど――。

足音が乱れて、人々が駆けつけてきた。

「どうした、椿山さん」

「動かしちゃだめですよ。とりあえず救急車」

「おおい、課長。気をしっかり持てよ」

体がどこも動かない。三人の男と仲居の顔が、蛍光灯を遮《さえぎ》っている。

「脳溢血《のういっけつ》かな」

「心臓かもしれませんよ。顔色が真っ青だ」

「救急車まだか。やばいよ、コレ」

疲れているだけさ。そうに決まっている。もう少しこうしていればじきによくなる。そんなことよりも、嶋田は話が詰められるだろうか。

声にならぬ声をふり絞って、椿山課長は唇を震わせた。

「何か言ってますよ」

「じっとしてろ、椿山さん」

「何だって、え？」

耳を寄せてきた男に、椿山は風のような声で囁《ささや》いた。

「マンキン……たのみます。あるったけ……」

息を抜くと、ほんの一瞬女房と子供の顔が瞼《まぶた》をよぎった。そして急激に闇《やみ》がきた。


右手の前方に白いビルが見える。四階建ての清潔な感じのする、役所か学校のようだ。人も車も、その建物の門に吸いこまれてゆく。それにしても、何というさわやかな気分だろう。料理屋で倒れたあと、なぜここにいるのかはともかくとして、まるで少年に戻ったような軽やかさだ。

屋上のスピーカーから、店内放送のように清らかな声が流れてくる。

「お集まりのみなさまにお伝えします。ご心配は何もありません。それぞれ私語はつつしんで、係員の指示に従って下さい。みなさまの事前知識は何の役にもたちません。指定された順路に沿って、整斉とお進み下さい」

あのう、と心細げな声を出して、身なりの良い老婦人が椿山の背広の袖《そで》を引いた。

「はい、なにか」

思わず両手を前にそろえ、売場案内の姿勢をとって答える。

「あの、私、千駄木《せんだぎ》の日本医大からきたんですけど、いったいどうなってるんでしょう。何だかわけがわからなくって」

いかにも山の手の奥様という感じの老女である。

「わからない」と「知らない」はデパートマンの禁句だった。

「お年寄りが多いのよね。私も七十四だけど。お若い方なら説明して下さるかと思って」

「申しわけありません」と、椿山は背広の袖を摑《つか》んだ老女の手をとって言った。

「日本医大と申しますと、病院からこちらへいらっしゃったのですか」

「ええ、そうなの。重病なんですよ、これでも。肝臓癌《がん》でね、腹水もパンパンに溜《た》まっちゃって——あらやだ、スッキリしたもんだわ」

タイト・スカートの腹をさすって、老女はにっこりと笑った。

「実は私も、妙に気分がいいんです。ここのところ体調が悪かったんですけれど、疲れもすっかりとれてしまって」

「みなさん、わかってらっしゃるのかしら」

「さあ。わかっている人と、そうじゃない人がいるみたいですね。表情を見る限り」

門の脇《わき》に制服を着た係員が立っていた。

「あの方にお訊ねしてみましょうよ」

「ここはどこかって、訊ねるんですか。何となく間が抜けた質問ですが」

老女は椿山の手を引いて、係員に近寄って行った。一見して警察官だが、表情は僧侶《そうりょ》のようにのどかである。

「ご心配なく。このまま順路に沿ってお進み下さい」

「でも――」

と、老女は係員の笑顔を遮って訊ねた。

「他の人はどうか知りませんけどね、私は何かのまちがいじゃないかと思うんです。心配ないって言われても、ついさっきまで日本医大の、それも集中治療室でチューブにつながれて寝てたんですからね。そのあたりをちゃんと説明していただかないと」

いい人と知り合ったと椿山は思った。サラリーマンは習性としておしきせの指示に従ってしまうから、理由を公然と問い質《ただ》すことができない。老女はすべてを代弁してくれた。

「夢を見ているわけじゃないのよね。さっきまではそう思っていたんですけど、こちらの若い方とお話しして、夢じゃないってことはわかったんです。病院に戻らなくちゃ。息子も嫁さんも孫たちも、みんな集まってるんです。次男坊なんてあんた、仕事をほっぽらかしてアメリカから帰ってくるのよ、わざわざ。ねえ、何とかして下さいな」

まさに同感である。これは何かのまちがいなのだ。自分はついさっきまで料理屋にいた。一万円均一の件を詰めなければならない。悪い酒を飲んで夢を見ているのかと思ったが、どうやらそうでもないらしい。もし深酒の末に一晩の記憶が欠落しているとしたら大ごとだ。バーゲン二日目に課長が無断欠勤。ともかく一刻も早く売場に戻らなくては。

「まあまあ、大声は出さずに」

係員は老女を宥《なだ》めながら、ひときわ大きな沙羅の木の下に導いた。門の両脇にそびえる二本の大樹は、真っ白な花をたわわに咲かせている。

「まあったく、わけがわからねえのはてめえのほうだ」

法被《はっぴ》を着た老職人が通りすがりに勢いよく手洟《てばな》をかんだ。

「やい、クソババア。往生ぎわが悪いんだよ。四の五の言わずにとっとと前へ進みやがれ」

往生ぎわ、という言葉が椿山の胸にずしりとのしかかった。

「わかりましたね、おばあちゃん」

係員は花の下から、やさしく老女の背を押した。椿山をちらりと見て、老女は切ない笑い方をした。

「いかがでしたか」

老女は泣きながら笑っている。

「……私、死んじゃったんだって」

あやうく踏み堪《こた》えて、満開の花を見上げた。沙羅双樹の花は涼やかな初夏の風にそよいでいる。

ビルの中は夥《おびただ》しい数の老人たちで溢《あふ》れ返っていた。

「どうりで年寄りばっかりだわ。あなた、お気の毒ね。おいくつ？」

「四十六です」

「まあ、お若いのにねえ。よっぽどご無理なすったんでしょう」

「無理といえばそうですけど、誰も似たようなものじゃないでしょうか」

右側のホールに、「①申込」というアクリル板がかかっている。紺色の制服を着た若い女子係員が、人ごみの中で声を上げていた。

「記載事項にご不明の点がありましたらお訊ね下さあい。仏式は白い紙、キリスト教は黄色い紙、神式はピンク色の紙、その他の宗教および無宗教の方は、青色の用紙をお使い下さあい」

人々は立机に並んで、それぞれの用紙に何やら書きこんでいる。老女が白い紙を持ってきてくれた。

「仏式よね。まあ大方はそうだけど。ご宗派は？」

「ええと、何だったっけ。お不動さんなんですけど」

「お不動さんなら真言宗だわ。はい、ここにマル」

どうやらここでは年の功が物を言うらしい。齢若い男女はみなうろたえていて、周囲の老人たちがあれこれと世話を焼いている。

「私は浄土宗。ナムアミダブツ。あなた、ご自分の家の宗派もご存じなかったの？」

「不調法で申しわけありません。何ぶん小学生のときにおふくろが死んで、男手ひとつで育てられたものですから」

「あらまあ、いよいよお気の毒。てことは、おとうさまより先に……」

「すっかりボケちゃって入院していますから、何もわからないとは思いますけど。ところで、名前と現住所のあとの戒名っていうの、知らないんですけどどうしましょう」

「ほんとだ。戒名なんて私も知らないわ。何しろ自分が死んじゃったことさえ知らなかったんだから。ちょっと、おねえさん」

老女は女子係員を呼んだ。よほど忙しいだろうに、係員は笑顔を絶やさない。接客業の鑑《かがみ》だと、椿山は感心した。

「はい、戒名ですね。少々お待ち下さい、ただいまお調べします」

係員は慣れた手付きで備え付けのバインダーをめくった。

「ええと、東京都杉並区のイワセ・ノリさんはこちら。明観院恒樂妙容大姉《めいかんいんこうらくみようようだいし》、とお読みします」

あらまあ、と老女は自分の戒名を覗《のぞ》きこみながら大仰に驚くふうをした。

「こんなに立派な名前を付けてもらって、ありがたいことだわ」

いわゆる「院号」という、高級な戒名である。仏さんの名前を金であれこれ買うなど、ずいぶん生臭い話だけれども、いざわがこととなってみれば穏やかではない。

「高いんでしょうね、こういう名前」

と、椿山も老女の戒名を覗きこんで訊ねた。

「百万円ね、これ。ああ、ありがたい」

「百万！　本当ですか」

「まちがいないわよ。五年前に亭主の戒名を付けたんだから」

椿山は自宅の仏壇に納められた母の位牌《いはい》を思い出した。死に別れたのは椿山が小学生のときだから、戒名の値段などは知る由もないが、いかにもあっさりとした名前だった。その母の戒名とのバランスからしても、しこたまローンを抱えた現在の経済状況から考えても、自分にたいそうな名前が付けられるはずはない。

「ええと、東京都多摩市の椿山和昭さんはこちら。よろしいですか、昭光道成居士《しょうこうどうせいこじ》、とお読みします」

やっぱり、と椿山は落胆した。

「あの、つかぬことをお訊ねしますが――」

背広のポケットから手帳を取り出し、戒名をメモしながら椿山は訊ねた。たぶんここでは、百貨店のフロアでトイレのありかを訊くくらいオーソドックスな質問にちがいない。

「はい、何なりと」

女子係員の表情は相変わらず誠実このうえない。

「戒名のランクによって、この先の扱われかたがちがうのでしょうか」

「いいえ」と、係員は笑顔をいっそうほころばせて、椿山の不安を解きほぐした。

「そのようなことはけっしてございません。みなさまの今後を左右するのは、あくまで現世での行いだけです。戒名のお値段というのは、ご遺族の方々がみなさまの死をそれぞれどのように納得なさるか、というだけのことですから。つまり、あちらの話です」

係員はそう言って、窓ガラスごしの青空を指さした。

「あら、そうなの」

老女は憮然《ぶぜん》とする。

「でも、無意味なことではありません。お布施というものはすべて死者へのオマージュですから、ご遺族にとっては必ず心の糧となります」

椿山は妙に得心した。人間の死にまつわるさまざまの儀礼的出費——供養だのお布施だのというものは「あちらの話」なのである。遺《のこ》された人々は死者への敬意と思慕を目に見える形にかえて、心の整理をする。

「カードに記入をおえましたら、床に表示されている緑色の矢印に沿ってお進み下さい」

女子係員は二人の背をやさしい力で押した。

「ご面倒をおかけしました」

「ありがとうございました」

椿山と老女は玄関の混雑を横切って、「②写真撮影」と書かれたアクリル板をめざした。

「……写真、ですか」

「今さら何に使うんでしょうねえ」

初老の係員が不安げな行列に向かって説明をしている。

「ええ、この写真はみなさまの享年のお顔――すなわち、お亡くなりになった年齢そのままのお姿を事務的に記録しておくためのものです。おめかしをしたり、無理に笑ったりする必要はありません。ごく自然な表情でカメラの前にお座り下さい」

行列はいくつかの小部屋に分かれ、手慣れた流れ作業で写真撮影は終わった。

そのまま裏のドアから細い廊下に出る。さらに矢印に向かって進むと、広々とした明るいホールがあった。ここから先はやや複雑な順路に分かれるらしい。ホールの中央に立った係員が、よく通る声で言った。

「自殺をなさった方は③にお進み下さあい。審査を受けなければこの先には進めませえん」

長身の背を丸めた中年の男が、うんざりと係員を見つめて訊ねた。

「審査って、何なんだよ」

「自殺なさるのにふさわしいご事情があったかどうかという審査です」

「……ふざけるなよ」

「いえ、なにしろ年間三万人ですからねえ。今までのように、一般死亡と一緒くたにはできないというわけで、今年度から取り扱いが別になりました。ご了承下さい」

「だからァ、審査って何なんだよ。ふさわしくない事情だったら、俺はどうなるんだ」

「はい。それも今年度からの規定で、リセットということになります」

「リセット？」

「人生のやり直し。ただし、さらに厳しい人生のやり直しということ」

ええっ、と声を上げて男は立ちすくんだ。

「しっかりなさい。自殺するのにふさわしいご事情という審査結果が出れば、ただちにふつうのコースに戻ることができます。まあ、初年度規定ですから多少の恩情はありますよ。はい、行ってらっしゃい」

うなだれる男の肩を押すと、係員は書類を拡《ひろ》げて死者の名を呼んだ。

「明観院恒樂妙容大姉《めいかんいんこうらくみようようだいし》さあん！」

老女の戒名である。椿山は人ごみを振り返って、ぼんやりと佇む老女に声をかけた。

「あなたですよ、ほら」

「え？――あ、はあい」

艶《つや》のある声で答えて、老女は手を挙げた。

「明観院恒樂妙容大姉さんは講習免除です。④のエスカレーターに乗って下さい。ご苦労さまでした」

ホールのあちこちに立つ係員が、いっせいに拍手を送った。老女は「お世話さまです」と言いながら四方に頭を下げた。

「ええと、どういうことなんでしょうねえ」

係員が微笑みながら答える。

「改めて講習を受ける必要はない、ということです。ご立派な人生でした、おめでとうございます」

お疲れさま、ご苦労さま、というねぎらいの声があちこちから起こった。わけがわからぬが、ともかく祝福すべきことであるらしい。椿山も死者たちとともに拍手を送った。

「よかったですね。これ、きっと極楽往生っていうやつですよ」

「そうかしら……まあ、まちがったことはしてこなかったけど。ところで、あなたは？」

間合いよく係員が椿山の名を呼んだ。

「昭光道成居士《しょうこうどうせいこじ》さあん、いらっしゃいますか」

「はい、私ですが」

「26番教室で講習を受けて下さい。階段を上がって二階です」

講習票を受け取り、椿山は老女をエスカレーターの昇り口まで送った。

「私だけ、いいのかしら……」

階段に向かう多くの人々の背を見送りながら、老女は申しわけなさそうに言った。

「悪い時代に生まれ合わせちゃったんですよ。学校も行かずに勤労奉仕。焼け跡で復員兵の亭主と知り合ったんだけど、これがまた飲んだくれのバクチ打ちでね。子供三人抱えて、さっきの人じゃないけど、何べん身投げしようと思ったかわかりゃしない」

ほんの数秒で、老女は長い人生を語りおえた。

つまり、悪い時代に生まれ合わせ、さまざまの辛酸をなめた末、老女は道楽者の亭主に百万円の戒名を付けて葬《とむら》い、みずからも子供らから同じように送り出されたということだ。

「あの、明観院恒樂妙容大姉さん――」

「めんどくさいわ。もっと簡単に呼んで」

「じゃあ、妙容さん。生意気なことを言うようですけど、あなたの人生はすごくご立派だったんですよ」

老女は豊かな白髪を俯《うつむ》けて、ゆっくりとかぶりを振った。

「そんなことありません。ずいぶん他人様《ひとさま》のお世話になったたし、不義理もしたし。ときどきふと思い出してね、目をつむって顔をしかめて、奥歯をかみしめるようなことがたくさんあるの。ほんとうは私もみなさんとご一緒に講習を受けたいんですけどねえ」

その後のホールからは拍手も讃辞《さんじ》も聞こえず、人々はただ粛々と、講習票を持って階段へと向かっていた。

椿山はエスカレーターの先を仰ぎ見た。遥《はる》かな天上から輝かしい光が射《さ》し、涯《は》ては見えなかった。

「講習をおえたら、きっとまたお会いできますよね、昭光道成居士さん」

老女はそう言って椿山の手を握った。

「さあ……」

あまり自信はない。いや、そんなことよりも、このまま往生するわけにはいかないと椿山は思った。

「私は、やり残したことが多すぎるんです。仕事も、家族の行く末も——」

ようやく冷静におのれの立場を考えた。可愛い息子はまだ小学生である。齢の離れた女房のことも十分に愛している。老人病院に入っている父親の面倒は誰が見る。宿願を果たして買ったばかりの家のローンはどうなる。その家の書斎のひきだしには、エロ本と裏ビデオのひそかなコレクションだって隠してあるのだ。へそくりはないが、そのかわり女房には内緒の消費者金融からの借金もある。仕事はどうなる。上半期の天王山である「初夏のグランド・バザール」はどうなった。俺がいなければ、部長は何ひとつできない。この不況の中で、大きな予算に立ち向かうことのできる後任など、いるわけはない。それから、それから――。

椿山課長は精いっぱいの笑顔をつくろって、デパートマンらしく腰を屈めた。

「またお会いできますよ、妙容さん。ありがとうございました」

「それじゃ、またいずれ」

老女はなごり惜しそうに椿山の手を放すと、エスカレーターに乗った。

「お足元にお気をつけ下さい」

軽く手を振ったなり、老女は二度と階下を顧みなかった。やがて小さな背中は、天上から溢れる光の中に消えて行った。

こうしている場合ではない。ともかくこのまま往生するわけにはいかないのだ。

さてどうしたものかとあたりを見渡していると、階段の昇り口に立つ女子係員に声をかけられた。いかにもキャリアの怪物といったふうな、この役所のことなら知らぬことは何もないという感じの中年女性である。制服の襟には星が三つ。

「昭光道成居士さん」

きっぱりと叱《しか》るような口調で、係員は椿山の戒名を呼んだ。

「何してらっしゃるの。26番教室はもうじき講習が始まりますよ。ほら、⑤の矢印に沿って急いで下さい」

言うなりに進めば取り返しのつかないことになりそうな気がして、椿山は強く抗《あらが》った。

「いえ、ちょっと待って下さい。私はこのまま成仏するわけにはいかないんです。やり残したことが多すぎて――」

「いいえ」と女子係員は抗議を圧《お》し潰す感じで言った。

「これはあなたが決めたことではありません。寿命なのです。あなたの人生は四十六年間と、生まれたときから決まっていたのですから仕方ありません」

「そ、そんな……」

「まったく、往生ぎわの悪い人ね。ともかく講習をお受けなさい。その後でどうしても納得できないとか、このまま往生するわけにはいかないという正当な主張があるなら、個別に伺います」

しめた、と椿山は思った。どう考えても自分の場合は、「このまま死んではならない事情」に満たされている。長いサラリーマン生活の習いで、正当な主張を噛《か》みつぶして不当な状況に流されてはならない。ここは正念場だ。

「わかりました。正当な主張は聞いていただけるのですね」

「もちろんです。ただし、相応の事情がなければ特例は認められません」

思いがけず豊かな制服の胸に、自分の背広の胸をせりかけるようにして椿山は言った。

「相応の事情ですよ。正当な主張ですよ」

ほの暗く色気のない、いかにも「お役所」という感じの階段を昇ると、長い廊下の遥か彼方《かなた》まで番号をふられた教室が並んでいた。

　死者たちは講習票に大きく書かれたそれぞれの番号の教室に入って行く。

「講習室をおまちがえにならぬよう、よおくご確認下さあい」

　ここでも制服姿の係員が懇切丁寧な道案内をしている。

「あの、講習って何ですか」

　椿山は立ち止まって訊ねた。この質問はしないほうがおかしいと思う。しかし死者たちはあらかたが老人のせいか、まるで悟り切っているかのように、係員の指示に従っていた。

「は?」と、係員は椿山の風体を見つめた。年齢からしても、デパートマンの清潔な背広姿からしても、死者たちの中では異形なのである。意外な質問だが、まあこの人なら無理もあるまいとでもいうふうに、係員は笑顔で答えてくれた。

「まず、現在のお立場をご説明いたします」

　なるほど、これは店内案内の手順通りだ。まずはお客様の現在位置を確認させる。

「で、ここはどこなんですか」

「ですからその点は講習室でお教えします」

「さっき知り合ったおばあさんは、まっすぐエスカレーターに乗って行っちゃったんですけど。講習を受けなくてもいいんですか」

「ああ、その方は講習免除ですね。めったにはいらっしゃいません」

「つまり、極楽往生というやつ」

「はい、そうです」と、係員は目を細めて肯《うなず》いた。どうやら講習を免除される死者は、それくらい珍しく、係員がいちいち祝福するほどの慶事であるらしい。

「だいたいからして、講習免除になるようなご立派な方はですね、人生を納得なさっているので今さらお立場のご説明などする必要もないのです」

言いかえれば、思い残すことのない生涯というわけだ。なるほどそんな人間などめったにいるはずはない。

「その現況説明の後で、教官が講習をいたします。ええと、講習室はどちらですか――26番教室、ですね」

椿山の講習票を覗きこんでから、係員は廊下の先を指さした。

「五十メートルほど先の右側です。くれぐれも講習室の番号をおまちがえのないように。講習内容がそれぞれちがいますから」

「講習内容がちがう、とはどういうことですか」

たしかに往生ぎわが悪いとは思う。しかし疑問を抱えたまま講習を受けたくはなかった。

「講習室はそれぞれ、五戒によって分けられています」

「えっ、五階まであるんですか」

「……いいえ、そうじゃなく。それは誤解、なあんちゃって」

「おやじギャグをとばしている場合じゃないでしょう。もう少しわかりやすく説明して下さいよ」

「失礼。五戒すなわち仏教でいうところの五つのいましめですね。まず、殺生をするな――」

「してない、してない」

「承知しております。ひとごろしは廊下のつき当たりの100番教室だけ」

「あれ、そういうやつはたちまち地獄行きじゃないんですか」

いいえ、と係員はふくよかな顎《あご》を振って、いくらか自慢げに答えた。

「ここでの判定は、現世で言われているほど厳しくはないんですよ。たしかにひとごろしは大きな罪ですけれど、相応の事情があれば許されます。ただし罪を自覚していただくための講習は受けねばなりません」

先ほどから「相応の事情」という言葉をしばしば聞く。どうやらここのジャッジはかなり寛容かつリベラルなものであるらしい。

「次に、盗みをするな」

「してない、してない」

「邪淫《じゃいん》に溺《おぼ》れるな」

「溺れてない、溺れてない」

「さらに、嘘《うそ》をつくな、酒を飲むな」

この条件をすべて満たす者など、そうそういるはずはあるまい。つまり先ほどの老女は、人生においてこれら五つの戒めをすべて守り、極楽往生の全条件をクリアしたことになる。たしかにめったにはいない人物だろう。

「もちろん、程度の問題ですよ。嘘も方便ということはあるし、他人に迷惑をかけない程度の酒ならば、改めて講習を受けるまでもありません。でもねえ、それでもやっぱりこの二つの講習室が一番多いんですよ」

自分はどっちなのだろうと椿山は思った。酒は好きだし、ずいぶん嘘もついてきた。

しかし係員は意外なことを告げた。

「26番教室は、邪淫に溺れた方の講習です」
ゲ、と椿山は思わず咽《のど》を鳴らした。とっさには思い当たるふしがない。
「おや、どうなさいました」

この係員に文句をつけても始まらぬと思いつつ、椿山は言わずにはおられなかった。

「それは何かのまちがいですよ。邪淫に溺れたなんて、そんな……あのね、私は自慢じゃないけど、全然モテなかったんです。この顔とこの体つきを見たってわかるでしょう。それに、ソープランドとかフーゾクとか、ああいうのは大嫌いなんです。バカな金の使い方だと思うし、病気なんかも怖いし……それとも何ですか、マスターベーションが邪淫だとでも言うわけですか」

死者たちが笑いながら通り過ぎて行く。つい声を荒らげてしまった。

係員は椿山の背を叩《たた》いて怒りを宥めた。

「ともかく講習をお受けなさい。希望者にはその後、再審査があります。断じて邪淫ではないと思うのでしたら、きちんと主張をなさって下さい。さあ、お時間ですよ」

お礼を言う気にもなれず、椿山は教室へと向かった。

邪淫とは心外だ。たしかに肉体の快楽に溺れたことがないわけではないが、すべて正常な性行為だったという自信はある。それですら、たちまちひとりひとりの名前と顔を思い出せるほどの数だ。はっきり言って、四十六歳の健康な男にとっては「貧しい体験」である。

「そうじゃない。そんなことじゃない」

歩きながら椿山は独りごちた。講習の内容などどうでも良いのだ。心残りが多すぎる。どうしてもこのまま往生するわけにはいかない。

再審査の席では、邪淫のことなどにはいっさい触れず、往生できぬ事情をきちんと説明しよう。そうだ、自分の場合はどう考えても「相応の事情」なのだ。

講習室には緩い階段状の勾配《こうばい》に長椅子と長机が並んでいた。すでにあらかたの席は埋まっている。椿山は後ろのドアから入って、教室を見渡せる窓ぎわの席についた。

男女はほぼ同じ数だが、やはりほとんどは老人である。世の中はあんがい公平なのだなと思えばなおさら、四十六歳で死んでしまった不満はつのった。

窓の外は沙羅の花が満開で木の間がくれに広々とした芝生の庭が望まれた。地平は豊かな針葉樹の森である。

「ちこく、ちこく」

小さな男の子が教室の階段を駆け昇ってきた。

「ここ、あいてますか」

少年は息をつきながら、大人びた口調で訊ねた。

「ああ、あいてるよ。どうぞ」

「ありがとう。失礼します」

半ズボンに白い開襟シャツは私立の小学校の制服だろう。いかにも礼儀正しいお坊ちゃまである。

席につくと、少年は夏の帽子を脱いで額の汗を拭った。

「遅刻だと思ったんだけど、よかった」

息子と同じ齢ごろだろうか。人なつこい笑顔を向けて、少年は微笑んだ。

「ぼく、何年生だい」

「二年です」

少年の明晰《めいせき》な受け答えが、椿山を暗い気分にさせた。

「どうして……」

訊ねたわけではない。この齢でここに来なければならなくなった理不尽が、思わず声になってしまった。並木道でも、館内の人ごみの中でも、子供の姿はとんと見かけてはいない。

「ぼくはちゃんと横断歩道を渡っていたんだけど。車が止まってくれなかったんです」

少年の表情に悲しみはなかった。

「ここがどういうところか、わかっているのかい」

うん、と少年は肯いた。

「ぼく、死んじゃったんです」

思いついて椿山は立ち上がり、ドアの脇に立つ係員を呼んだ。

「はあい、何でしょう」

「ちょっと来て下さい。話がある」

死者たちの視線の中を、女性係員がやってきた。声をひそめて、椿山は言った。

「どういうことなんだ、この子は」

「寿命です」

「そうじゃない。こんな子供が邪淫に溺れたはずはないだろう。いいかげんな仕事はするなよ」

女性係員は少年の講習票を確認した。

「いいえ、まちがいじゃないんです。もちろんこの子に邪淫の罪はありませんけれど、現在の立場をはっきり確認していただくために、この教室で講習の前半だけを受講していただくんです。ねえ、ぼく。十五分ぐらい先生のお話を聞いてちょうだいね。そしたら名前を呼ぶから、廊下で講習が終わるまで待ってて」

「おい、勝手ばかり言うなよ。まだ子供だぞ」

椿山は気色ばんだ。いったい誰が決めた運命かは知らぬが許し難い。事務的にことを運ぼうとするお役所仕事はもっと我慢ならなかった。

「いいよ、いいよ、おじさん。ぼく平気だから」

少年は困り顔で椿山の背広の袖を引いた。

「あら、子供さんのほうがずっと聞きわけがいいわ。ぼく、お名前は？」

「根岸雄太《ねぎしゆうた》です」

「そうじゃなくって、ご戒名。これからは雄太君じゃないのよ」

係員は少年の講習票を覗きこんだ。

「ええと、読みかた忘れちゃった」

「蓮空雄心童子《れんくうゆうしんどうじ》。覚えておきなさい」

れんくうゆうしん、と少年は唄《うた》うように口ずさんだ。

「じゃあ、十五分ぐらいたったらお名前を呼ぶからね」

係員はちらりと椿山に訝《いぶか》しげな目を向けて去って行った。

「れんくうゆうしんどうじ、れん、くう、ゆう、しん、どうじ」

少年は呟き続ける。椿山は手帳を取り出して、少年の戒名とふりがなを書いた。ページを破いて渡す。

「ありがとう」

椿山は少年の頭を抱き寄せた。まるでデパートの売場で、迷子を預かったような気分だ。

「まったく、どうなってるんだ。こいつが何をしたっていうんだ……」

息子とちょうど同じような、あやうい器を感じさせる肩だった。

「おかしいよ、おじさん。泣いてる人なんていないんだから」

少年の明るさがいよいよ椿山を泣かせた。

「みんなは納得していても、おじさんは納得できないんだ。何が寿命だ。勝手に決めるな」

「あのね、そういうのを往生ぎわが悪いっていうんだよ。ほら、みんなが見てる」

少年は半ズボンのポケットから真っ白なハンカチを取り出して、椿山の手に握らせた。

「おまえ、悲しくないのか」

「そりゃあ悲しいよ。でも、さっき一階で泣いてたら、係のおねえさんに言われたんだ。ぼくが泣くと、パパやママはその百倍ぐらい泣くんだって。それで、泣くのはやめたの」

ヒー、と山羊《やぎ》のような声をあげて、椿山は泣いた。その伝で言うのなら、自分に先立たれた女房や子供は、今ごろどれほど嘆き悲しんでいるのだろう。

「泣かないで、おじさん」

　少年は椿山の背をさすった。


　やがて青いブレザーを着た教官が壇上に立った。何だかものすごく俗っぽい雰囲気の、たとえば新橋の烏森口《からすもり》の屋台にでもいそうな中年男である。大きなフレームのメガネには、たっぷりと脂がのっていた。

「はい、こんにちは」

　イメージぴったりの俗っぽい濁声《だみごえ》で教官が言うと、死者たちは大声で「こんにちは」と答えた。

「ええ、これからの予定をお伝えします。まず当初十五分ほど、みなさんがここにこうしている状況の説明をさせていただきます。ま、ほとんどの方にとっては聞くまでもないことだとは思いますけれど」

　死者たちはいっせいに苦笑した。しかし、笑いごとではあるまいと椿山は思う。

「その後、十五分ほどスライドをごらんいただきます。申しわけありませんが、窓ぎわの方はそのときになったらカーテンを閉めて下さい。よろしいですね」

　はあい、と窓ぎわに座る死者たちが答えた。もちろん椿山だけは返事をしない。

「で、それからたっぷり一時間、みなさんに説教をいたします。公平な審査の結果、みなさんは現世において五戒のうちのひとつ、すなわち邪淫に溺れたという判定を下されました。その昔は、五戒のうちひとつでも破れば有無を言わさずたちまち地獄行きだったのですが、近ごろでは冥土《めいど》のシステムもずいぶん甘くなりまして、まずは講習。最後にみなさんの机の上に設置してある『反省ボタン』を押すだけで、たいていの罪は免除されます」

死者たちの溜息がひとつの声になった。ふざけるな、と椿山は溜息をつくかわりに胸の中で呟いた。

「しかし、いいですかみなさん。たいていの場合は許されますけれど、中には例外もあります。たとえばそうですね——横浜市鶴見区からお越しの広岳院《こうがくいん》智栄《ちえい》誠憲《せいけん》居士《こじ》さん、いらっしゃいますか」

教室の端で恰幅《かっぷく》のよい老人が不安げに手を挙げた。

「いくら何でも、奥方のほかにお手かけが四人、お子さんがつごう八人、まあそれくらいは甲斐性《かいしょう》があるということにしても、七十九年の人生であなたのせいで首をくった女性が二人、泣いた女が星の数となると——」

「やっぱり、だめですか」

老人は赤ら顔を俯けて肩を落とした。

「ま、何度か再講習を受けて、その結果ですな」

教官は遠近両用らしいメガネをかしげて、さらに書類をめくる。

「名古屋市中村区からお越しの静明《せいめい》寂《じゃく》水《すい》信女《しんにょ》さん。なかなかきれいなお名前ですが、どちらに？」

はい、と手を挙げたのはいかにも一筋縄ではいかぬ感じの、派手なみなりをした女性である。

「お若いですな、おいくつ？」

「いえ、若くなんかないです。六十七ですわ」

驚きの声が教室を満たした。たしかに女の顔形は、せいぜい五十代にしか見えない。

「あちこちずいぶんいじくりましたから。お金、かかってますのよ」

お国訛《なま》りをむりやり山の手言葉にして、女はちっとも言いわけにならぬことを言った。

「離婚歴が三回。しかもお相手が全員独居老人というのはふつうじゃない」

「失礼ね。私、長いこと老人介護のボランティアをしておりましたのよ。孤独なお年寄りと身も心も一緒になって尽くし続けてきたのに」

「ご不満は再審査の席でおっしゃって下さい。しかしまあ、つれあいが亡くなったとたんに家屋敷を売り払って、また次のお相手ですか。あの、あなたの場合は再講習ではなくて、複合講習になりますからね。ご承知おき下さい」

「複合講習って、何ですかそれ」

女は憮然として訊ねた。教官はしばらく女を睨《にら》みつけてから、いやなことを言った。

「この講習の後は56番教室に行って下さい。五戒のうちの『嘘』の講習です。それから78番教室の『盗み』の講習も。そして――」

教官の声は暗く沈んだ。

「廊下のつき当たりの100番教室にも。わかりますね。『ひとごろし』の講習です」

ああ、と呻《うめ》き声をあげて、女は机に俯《うつぶ》した。

教官は一転して声も相も改めた。

「ま、そうは言っても、ほとんどの方は大丈夫ですからご安心なさい。さて、すでにお察しの通り、みなさんがいらっしゃるこの場所は現世と来世の中間、俗に『冥土』と呼ばれる中陰《ちゅういん》の世界です。みなさんはよほどのことがないかぎり、いずれは極楽往生をするのですが、それには生前の行いを十分に審査し、講習を行い、反省を促して、よりニュートラルな魂を獲得させる必要があります。そうした実務と事務手続きの一切をまかなう場所がここなのですね。昔はここを『中陰役所』と称しておりましたが、このごろはよりグローバルな視野に立って、『スピリッツ・アライバル・センター』通称『SAC《サック》』と呼んでおります」

教官は話しながら英語のスペルを黒板に書き、大文字の「S」と「A」と「C」を赤いチョークで囲んだ。

「質問、よろしいですか」

最前列に座る白髪の老人が手を挙げた。

「はい、どうぞ」

「わたくしは、先次大戦に陸軍将校として参加し、数々の人倫に悖《もと》る行為をいたしました。たかだか九十分間の講習で極楽往生するなど――」

用意していた言葉をそこまで口にして、老人はうなだれてしまった。

「戦争の場合はですね、特殊な社会現象ということで、ほとんど罪を問われることはありません」

「いや、そういうことではなく。神仏が許す許さぬではなく、わたくしは大戦の犠牲となった彼我いくたの英霊に対し奉り……生き残ったわたくしが……たった九十分の講習で極楽往生などと……そのようなことはわたくしの良心と名誉にかけて、固辞いたしたく……」

しんと静まった教室に、しばらく老人のすすり泣きだけが聴こえた。

「そうしたご事情も、再審査の席で。ただしこれだけは言っておきますが、青森県北津軽郡からお越しの武光院知応法義居士《ぶこういんちおうほうぎこじ》さん。ご自分で勝手に罪を作るものじゃありませんよ。あなたの罪は、邪淫の罪だけです」

死者たちがどっと笑ったのは、老人の清廉な主張が「邪淫の罪」とあまりに矛盾するからである。「ばかばかしい」と呟いて、椿山はあくびをした。こんなふうにいちいち個人的な質問に応じていたのではきりがあるまい。事務的にことを運ぼうとするわりには少しも要領を得ない、お役所仕事の典型である。

「男子たるもの、言いわけは見苦しいとは思いますが」

と、笑いものにされた老人は言った。

「生き恥の晒《さら》しついでに、人生は十分堪能《たんのう》させていただきました。これぞ男子の本懐」

老獪《ろうかい》なユーモアで、質問者は巧みに生涯の自己矛盾をしめくくった。ばかばかしいがたいしたものだと、椿山は妙な感心をした。

「おじさん、ジャインってなあに？」

少年が椿山に顔を寄せて訊ねた。近ごろでは息子からもしばしばこの種の質問をされて、冷や汗をかくことがある。答えに窮して、椿山は咳払《せきばら》いをした。

「大人になればわかるさ」

唇が寒くなった。何という残酷な回答だろう。

教官は続ける。

「すでにお亡くなりになったみなさんは、ここ『SAC《サック》』において、極楽往生するための講習をお受けになっているわけです。生前はどなたも、死んだらどうなるのだという大疑問と不可知の恐怖にさいなまれていたことと思いますが、どうです、怖いことなんてちっともないでしょう。何だってそうですけど、聞くのと見るのとは大ちがいなのですね。しかし、その昔はここもたいそう怖いところだったのですよ。現世が封建社会であったころには、こちらもまた似たようなものでありまして、いわゆる『六道輪廻《ろくどうりんね》』とか『因果応報』とかいう考え方にこり固まっていました。当時のSACはむごたらしい裁きの場だったわけです。現世が進歩発展すれば、来世もまた同様に近代化されねばなりません。したがってほぼこの百年ばかりの間に、SACも意識と機能の著しい改革をみまして、今ではほとんどの方が何らかの方法で極楽往生できるという、夢のようなシステムに変わっています。このあたりの歴史に興味のある方は、一階の売店で『中陰役所の歴史』という本や、『SAC改革の百年』というわかりやすい新書判などを販売していますので、ぜひお読みになって下さい」

教官は二冊の本を両手に掲げて、こちらが税込みで千八百円、こちらは本体が六百五十七円のプラス消費税だと言った。

ふと思いついて、椿山は背広のポケットを探った。まさかそんな書物を買うつもりはないが、どうやらここでは、現世と同じように消費活動が行われているらしい。

財布を手に取って椿山はほっとした。日ごろ持ち歩いているだけの金は入っている。まさかキャッシュ・カードとクレジット・カードは使えないだろうが。

悔やむべきは未精算の領収書である。多忙にかまけて経理部に請求していない経費が、しこたまたまっていた。部下たちには、経費はマメに精算しろと口をすっぱくして言っているのに、自分の財布の中には二カ月前のコーヒー代が眠っている。課長職の権益として多少は流用できる私的必要経費の領収書をトータルすれば、金額は並大抵ではなかった。実にくやしい。

それにしても、あの世とは何と生々しい場所なのだろう。

「むろん、地獄というものは昔ながらに存在しますが、そこに堕《お》ちる可能性は、現世において刑務所に収監される確率とほぼ同じ、と考えていただいてよろしいでしょう——」

教官の説明が一段落ついたところで、先ほどの女子係員が少年の名を呼んだ。

「蓮空雄心童子《れんくうゆうしんどうじ》くうん。蓮ちゃあん！」

少年は顔を上げたが、聞き慣れぬ戒名にはまだ実感が湧《わ》かぬらしい。

「おまえだよ。ほら、行きなさい」

少年はにっこりと微笑み返した。

「蓮ちゃん、だって。生きてるときは雄ちゃんだったのに、こっちでは蓮ちゃんなんだね」

「早く慣れるといいな」

「だいじょうぶです。ありがとう、おじさん」

少年は弾むように、教室の緩やかな階段をはね下りて行った。

「では、これからスライドを上映しますので、窓ぎわの方はカーテンを引いて下さい」

手元をペンライトで照らしながら、教官は機械を操作した。黒板の上にスクリーンが吊り下げられ、タイトルが映し出される。

〈邪淫の罪〉

椿山は片肘《かたひじ》をついた掌《てのひら》に顎をのせ、退屈な大あくびをした。いったいどういう審査基準によるのかは知らないが、少なくともこんな罪を着せられるほどの豊かな経験はない。お役所仕事もたいがいにしてほしいものだ。

しかし次の瞬間、椿山は闇の中で瞠目《どうもく》した。二枚目のスライドに、桃色のサブ・タイトルが映し出された。

〈昭光道成居士の場合〉

俺じゃないか。椿山は生唾《なまつば》を呑《の》みこんだ。

「さて、きょうご紹介するケースは、この講習をお受けになっているひとりの男性です。享年四十六。東京都内の有名デパートに長くお勤めになっていらした、一見して品行方正な人物ですが、ご本人もそうと気付かぬうちに悪質な邪淫の罪を犯しました。被害者は――」

教官はそう言いかけて、三枚目のスライドの操作に手間取った。咽がひりつく。

「同じデパートにお勤めの、佐伯知子《さえきともこ》さん。加害者と同期入社をした女性です」

映し出された佐伯知子の写真は、長いこと差し替えられない社員証に貼られているものにちがいない。少なくとも十年ぐらい前の知子の顔だった。

「当事者のほかに、二人の関係を知る者はいません。周囲はこの二人を、しごくフレンドリィな同期生と認識していたようです。しかしその実態は親友の垣根を越えたセックス・フレンド。淫《みだ》らな肉体関係は男性が結婚するまで、十八年も続いていました」

佐伯知子のことなど、すっかり忘れていた。ということは、この際椿山にとってどうでもいい人物にはちがいないのである。

しごく客観的に言うのなら、教官の説明に誤りはない。しかし二人の関係を「邪淫」

と決めつける冥土の判定には断固異議を申し立てたい。もちろんここで満場の晒し者になるわけにはいかないので、聞くだけのことは聞いてやろうと椿山は思った。

スライドは葬儀の模様を映し出した。まったく記憶にはないが興味はある。なにしろ自分の葬式だ。

こぢんまりとした郊外の葬祭場である。いかにも自分にはお似合いだなと思う。何枚かのスライドが入れ替わるうちに、椿山は不愉快になった。職場の人間の姿があまりにも少ない。係長の嶋田と何人かの女子社員の顔は確認できたが、上司の三上部長も担当役員も見当たらなかった。

たまたま撮っていないのではあるまい。四十六歳という年齢の男の葬式に職場の人間が来なければ、閑散とするのは当たり前だ。

椿山の不満を見透かすように、教官が解説を加えた。

「お葬式は人物を語ると申しますが、それにしてもちょっと淋《さび》しいお弔いですねえ。しかしこれにはお気の毒な理由があります。故人の職場は折しも大バーゲンセールの真っ最中でありまして、猫の手も借りたい忙しさなのですね。ですからこの場合は、昭光道成居士さんがご人徳に欠けていたというわけではありません。多くの方は前日のお通夜に出席なさっています」

仕方がない、と椿山は溜息をついた。バーゲン初日の晩、すなわち木曜日の夜に倒れ、そのまま息を引き取ったとすれば、葬儀はどのみち週末にかかってしまう。むしろ嶋田係長と何人かの女子社員を売場からさいてくれたのは、デパートとしては最大限の厚意にちがいない。

スライドは出棺の様子を映し出した。棺の中に花を添える人々の顔を、教官のペンライトが追う。

「はい、佐伯知子さん。この方ですね。ご覧の通りたいそうお悲しみです」

知子はハンカチで口元を被《おお》ったまま、ぼんやりと棺を覗きこんでいた。

「さて、そもそも二人のなれそめは――」

ふいに講談口調になって、教官はスライドを切り替えた。かれこれ四半世紀も昔の、新入社員の集合写真である。

「これが若き日の昭光道成居士さん。そのお隣が佐伯知子さんです。大勢の新入社員の中で、たまさかお二人が隣り合わせに写っているとは、まさにその後の運命を暗示させますな」

一転して、スライドはほの暗い酒場のカウンターを映し出した。まるで写真週刊誌のスクープである。

「入社から二年後、知子さんは失恋の痛手を親友の昭光道成居士さんに慰められます。この時点ではお友達。しかし良くあることですな。こういうシーンをきっかけに、二人が交際を始めるという――」

闇の中から失笑が洩《も》れた。

たしかに良くあることかもしれない。だが椿山に悪意はなかった。たがいに憎からず思っていたからこそ、知子は恋愛の経緯を椿山だけに打ちあけ、椿山も男の立場からアドバイスを与えた。

新入社員のころから妙に相性がよかった。同い齢の高校新卒ということもあるのだろうが、上司の噂話《うわさ》も、映画や食事の趣味も、ふしぎなくらいに一致していた。ウマが合いすぎて異性としての意識はなかった。

「まあ、なりゆきと言ってしまえばそれまでですけれども、二人はその夜のうちに親友の垣根を乗り越え、男と女になった。当時、職場恋愛は結婚を前提とするほかはタブーという意識がありましたので、この関係は極秘裏に続きます。とりわけ社員の多くが女性である百貨店では、こういうことにかなり神経質だったようですな」

ちがう、と椿山は思った。関係が続いたのは事実だが、べっとりとした恋愛感情はなかった。ほんの月に一度、思い出したように抱き合う、親密な友人である。

ベッドの中での、知子の声が甦《よみがえ》った。

(あのさあ、椿山くん。私、ちょっと好きな人できちゃったんだけど)

(へえ。誰だよ)

(銀座店の主任なんだけどね、組合の仕事で知り合ったの。まだなあんにもしてないんだけど、まじめに考えてもいいか、って思って)

(ふうん……)

長い交際の間に、そんなことは何度もあった。もちろん、会話の主客が逆転したケースもある。

そしてそうした話が出ると、二人の関係はたちまち翌《あく》る日から「親友」になる。ときおり食事をしながら恋愛の経過報告を聞く。しかし数カ月後には決まって、元の関係に戻った。

どこが邪淫なのだと、声高に抗議をしたい気分だった。はっきり言って、「フリーセックス」を謳歌《おうか》した世代である。ルールなしモラルなし、全員総当たりリーグ戦の様相を呈する大都会の青春にあって、二人の関係が邪《よこしま》であったとはどうしても思えない。むしろおたがいは、それぞれの恋愛を邪なものにさせぬ強固な砦《とりで》だった。危険を感じれば身を翻《ひるがえ》して、元の砦に逃げこめばよかった。だから椿山は、いくつかの恋愛でさほど傷つかずにすんだ。その点については知子も同じだろうと思う。顧みればいつも居ごこちのいい砦があったから、恋の戦に敗れるということがなかった。

椿山がおそまきながら結婚をしたときも、知子は心から祝福してくれた。

結婚の意志を知子に告げたのは、やはりベッドの中だった。

(あっそう。知ってるわよ、背が高くてきれいな人。絵に描《か》いたような案内嬢よね。がんばれ、椿山。ここは勝負どころよ)

(うん。実は惚《ほ》れた腫《は》れたじゃなくって、三十八の独身っていうのがヤバいと思ってさ。いいだろ、佐伯)

（いいとか悪いとかじゃないでしょうに。チャンスよ、チャンス。しかしまあ、あんな若い子をどうやって口説いたの）

（まだ口説いてなんかいないよ。何度か食事をして、ちょっと飲んだだけ。結婚したら仕事はやめたいそうだ）

（あら……それって、プロポーズしてくれって言ってるようなものじゃないの）

（だろ。俺もそう思うんだ）

（まさかとは思うけど、すでに二股《ふたまた》かけてるなんてことないでしょうね。私、いやよ、そういうの）

（それはない。断じてない。というわけで――）

（ノー・プロブレム。わかったわ。ときどき経過報告はしてよね。そっかあ、椿山くんもついに結婚ということはですね、私も真剣に考えなきゃならないわ）

三十八歳の知子は、二十歳の知子よりずっと美しかった。別れのくちづけをかわした一瞬、それまで思いもしなかった未練が胸をかすめた。

椿山は恋愛の経過報告をしなかった。知子からの連絡も絶えた。三十八歳という齢になって、それまで長いこと恃《たの》みとしてきた砦は、その役目を果たしおえたのだろう。椿山も知子も、人生の区切りをつけなければならない年齢になっていた。

知子の勤務する時計宝飾課とはフロアがちがうから、店内で顔を合わせることもなかった。

一度だけ、指輪を注文するために七階の売場を訪ねた。秋の結婚シーズンを控えて、ダイヤモンドのキャンペーン期間中だった。心苦しくもあったが、せめて知子の販売実績につながればと思った。

デパートの宝石はいくらか割高だが、信用はおける。一割引きの社員購入券も使える。懇切丁寧に品選びをしてくれたあとで、知子は椿山とフィアンセの顔をショウ・ケースの上に手招いた。

（これ、レジは通さないから。業者に直接届けさせるわ。半額になるわよ）

売場係長の職権としては十分に可能である。選んだ商品は返品伝票を添えて業者に戻す。係長の無理を聞いて、業者はデパートを介さずに椿山に売る、というわけだ。

（それじゃ佐伯さんの実績にならないじゃないか）

（実績？――私だって近いうちにお嫁に行って、ここではおさらばするわよ。ノルマなんてくそくらえだわ。浮いた予算はハネムーンに使いなさいな。じゃ、お幸せにね）

お嫁に行く予定が本当にあったのかなかったのか、佐伯知子はその後も時計宝飾課の辣腕《らつわん》係長として働き続けていた。

邪淫であったはずがない、と椿山はもういちど胸の中で呟いた。

スライドは時計宝飾売場のシーンから、ハワイのハネムーンに、そして新婚家庭の幸福な場面を何枚か映し出した。

「残念なことに、昭光道成居士さんは思慮の浅い人物でありました。おそらく彼は、なぜこれが邪淫の罪かと首をかしげていらっしゃることでしょう。まことに鈍感な人ですな」

幸福な家庭から突然切り替わった暗いスライド・フィルムに、椿山は瞠目した。

懐かしいワンルーム・マンションで、知子がガラスのテーブルに俯している。色も灯《あか》りもない、灰色のフィルムだった。

「十八年間ずっと、プロポーズを待っていたのに。恋愛などはみな、彼の気を引くための作り話だったのに。彼は邪淫の果てに、知子さんを捨てた」

室内にどよめきが湧き起こった。

「お気の毒に……」

「ひどい男ねえ」

「まさに邪淫ですなあ」

前の席の老人たちの囁き合う声が、椿山の胸をえぐった。

せめて弁解をさせてほしい。この判定はあまりにも一方的すぎやしないか。佐伯知子がひそかに自分を恋い慕っていたなどとは、どうしても信じられない。そりゃあ、つかず離れず十八年も付き合った男が結婚すれば、ショックにはちがいなかろう。立場が逆なら、俺だってヤケ酒をくらうぐらいはした。何が邪淫だ。腐れ縁の清算じゃないか。

カーテンを開けるように指示をすると、教官は脂じみたメガネをハンカチで拭いながら言った。視線はさりげなく椿山に向けられている。

「昭光道成居士さんはご不満を感じてらっしゃるでしょうが、SAC《サック》の判定は公明正大です。彼は十八年の長きにわたって、清らかな女心を踏みにじり、愛なき邪淫をくり返しました。さて、みなさん――ご自分がなぜこの講習を受けているか、いったい人生のどの部分を咎《とが》められているのか、よおくお考えになって下さい。邪淫の罪を適用される関係とは、べつだん不倫とか異常な性行為とか金銭による肉体の売買とか、そういうものではないのです。邪淫の結果、どのくらい相手を傷つけたか。おのれの欲望を満たす目的で、相手の真心を利用した罪、これが邪淫の定義なのです」

教官はしばらくの間、死者たちの反省を促すように沈黙した。老人たちは等しくうなだれ、あるいは非を悟ったように肯いている。

「ひとつ質問があるのだがねえ」

いかにも天寿を全うしたという感じの背の丸い老人が、机にすがるようにして立ち上がった。

「わしのように百まで生きると、はたしてどの女を泣かせてどの女を喜ばせたか、今となってはよくわからんのですよ」

「沖縄県那覇市からお越しの、釈誉知栄信士《しやくよちえいしんし》さん。享年百二、ですか――」

教官は書類を繰りながら恐縮した。

「できれば、わしの写真も見せてほしいのだが」

「あいにくあなたの場合は資料となるフィルムがございません。のちほど個別にご説明します」

「何といいかげんな。理由がはっきりとせんのに、この反省ボタンは押せんだろう」

「しかし思い当たるふしはおありでしょう」

少し間を置いて、老人は「まあな」と苦笑した。

「どうぞお楽になさって下さい」

教官は老人を着席させると、死者たちを見渡しながら説明を加えた。

「ではここで、スピリッツ・アライバル・センターの公平な調査と審査のシステムについてお話ししておきましょう。何もお釈迦様がみなさんの人生を、天上の蓮《はす》の花を通してごらんになっているわけではありません。実は現世の各地に、大勢のＳＡＣ調査員が派遣されており、彼らの詳細な報告をもとに、審査委員会が罪の審理をするのです」

意外な事実を聞かされて、死者たちは驚いた。

「ちょっと待ってくれ！　何だよ、その調査員って。透明人間か」

死者のひとりが全員の疑問を代弁した。

「いいえ、ちゃんと生者を装っています。ふつうの人間のなりをして、現世で生活をしているのです」

「てことは何か、俺の知り合いの中に、その調査員が紛れこんでいたってわけかね」

「まあ、お知り合いかどうかはともかくとして、ごく身近に」

ええっ、とどよめきがひとつの声になった。とっさに椿山も、生前親しくしていいた人々の顔を思いうかべた。プライバシーの仔細《しさい》まで調べ上げるからには、探偵やスパイの類《たぐい》ではなかろうと考えたのだ。ごく近い周辺に、生者を装ったＳＡＣの調査員が潜入していたのではないか。デパートの部下や上司。古い顔なじみの顧客。いきつけの酒場のホステスやバーテン。いやもしかしたら、何食わぬ顔で近所付き合いをしている隣家の亭主かもしれない。

「きたねえっ！」

いきなり怒鳴り声を上げたのは、先刻玄関で行き合った法被姿の棟梁《とうりよう》である。罪を得るとすれば酒癖の悪さがお似合いだが、意外や「邪淫」を問われているらしい。

「てめえら、こそこそ他人の色恋なんぞ詮索《せんさく》しやがって、人権侵害にもほどがあらあ。いいかげんにしやがれってんだ」

棟梁の剣幕に怯《ひる》むかと思いきや、教官は書類綴《つづ》りを机に叩きつけて怒鳴り返した。

「おだまりなさい！　あなたにはもう人権などないんだ。文句は生きているうちに言いたまえ」

誰にとってもきつい一言であった。座が静まると、教官は笑顔に戻って言った。

「再審査を希望する方は、のちほどここに居残って下さい」

それからの長く退屈な説教を、椿山はまったく他人事のように聞き流した。いずれにしろこのまま往生するわけにはいかないのだから、不服の申し立てをする肚《はら》はきまっている。申し立て理由の項目がひとつ増えただけだ。

「イエス・キリストは愛を説き、お釈迦様は慈しみを訓《おし》え、孔子《こうし》は仁の道を諭しました。要はどれも同じく、他者に対する思いやりの心であります。みなさんは色欲に溺れて、おそろしい邪淫の罪を犯したのです。本来は五戒のひとつでも踏みたがえればたちまち地獄に落ちるところなのですが、現世の文明とともに人類は知的進化をとげ、そこまでしなければならぬほどの悪人はほとんどいなくなりました。講習の残り時間も少なくなって参りました。ではこのあたりで、みなさんに反省を促したいと思います」

物は言いようである。世の中がいくら進歩しても、悪人が減るわけはあるまい。正しくは人口とともに死者の数が多くなったので、悔悛《かいしゅん》を自己申告にして分別作業の合理化を図ったのだろう。しかも医学と栄養学の成果で、死者は高齢化している。賢い老人たちは「魚心あれば水心」の気持ちで、とりあえずは反省ボタンを押すに決まっていた。

「では、机の上に据えつけられた赤いボタンにご注目下さい。この教室には、ただいま百名の受講者がいます。生前犯された邪淫の罪について、ああ悪いことをした、申しわけなかったと反省する方は、そのボタンを押すだけで罪を免れます。用意はよろしいですか」

お役所仕事の極致だと椿山は思った。男女のごたごたや酒癖の悪さやたかだかの嘘などは、宗教的な建前であるから罪ではあっても実質的には罰則がない、と言っているようなものだった。

ともかく他の罪との「複合講習」のない自分は、このボタンを押すだけで極楽往生できるらしい。

「では、どうぞ！」

椿山はボタンに伸ばしかけた指をすくめた。この性格でずいぶん損をしてきたと思う。しかしどう考えても、佐伯知子との関係を邪淫であったと認めることはできなかった。

黒板の上の電光表示が数字を刻む。「80」までは目にも留まらず、その先はややためらいがちに数字は切り替わった。そして、「99」の表示を残して停止した。

「では、講習票にハンコを捺《お》します。教壇の前に一列にお並び下さい」

教官の目がちらりと椿山を睨んだ。

死者たちは整然と列をなして教官から講習修了のハンコをもらうと、階段教室から出て行った。

椿山を除く全員が納得したはずはあるまい。イエスと言えば面倒がないから、人々はそれぞれの思うところにかかわらず、ボタンを押したにちがいなかった。

教室の隅にぽつんと取り残されたまま椿山は考えた。

親譲りのこの頑固な気性で、ずいぶん損をしてきた。目先の平穏のために、黒いものを白いと言うことができない。上司の意思にへつらうこともできない。それだけでもサラリーマンとしての資質には欠けていた。

「さて、どうなさいますか。昭光道成居士さん」

教壇の上で資料を整理しながら教官が言った。

「再審査をお願いします」

教官はうんざりと椿山を見上げた。再審査は死者の権利なのだが、なるべく希望者の出ぬように説諭することが教官の使命なのだろう。

「邪淫ではない、というわけですな」

「はい。それともうひとつ――」

椿山は席を立って、ゆっくりと教壇に向かった。

「私は、どうしてもこのまま死ぬわけにはいかないんです。思い残すことが多すぎて」

教官はあからさまに顔をしかめた。正当な権利の主張を拒否することはできないが、個人的には拒否している。現世にもよくいる、小役人の表情だった。

「あのねえ、そういうのはなるべくやめたほうがいいですよ。いいことなんてひとつもないし、みんなが迷惑するし、第一あなた自身にとってもかなりハイリスクですから」

「いえ、ともかくお願いします」

教壇に講習票を差し出すと、教官は溜息をつきながら「再審査」の赤いスタンプを捺した。

「いったん玄関から出て、左の奥にある別館にいらして下さい」

講習票をふんだくって椿山は教室から出た。廊下は講習をおえた死者たちで溢れ返っていた。不安げな表情はあんがい少なく、むしろどの顔も極楽往生の期待に和んでいる。昇りのエスカレーターはひどい混雑だ。訝しげな視線が頭上から注がれる。天上の光に吸いこまれて行く人々の顔を、椿山は睨み返した。

おまえら、本当に思い残すことはないのか。そんなに簡単な人生だったのかよ。自分だけとっとと極楽に行けば、それでいいのか——。

相応の事情

再審査が行われるという別館は、沙羅の花が乱れ咲く構内の東のはしにあった。芝生のグラウンドを渡って吹き寄せる風はさわやかで、ハネムーンを過ごしたハワイの気候を思い出させた。

門の周辺は相変わらずの混雑なのに、別館への道をたどる人の姿はない。死者たちのほとんどが老人であるとはいえ、人間はかくもすんなりと死を許容するものなのだろうか。

別館は古びた三階建てで、おそらく大半は倉庫か資料室にでも使われているのだろう、静まり返った薄闇から冷気ばかりが漂い出ていた。

訪れる者を拒むように、百日紅《さるすべり》の赤い花が玄関を被っている。その花の下にごたいそうな箇条書きを並べた看板があり、少年が汗を拭いながらぽつねんと見上げていた。

「よう、蓮ちゃん。こんなところで何をしてるんだ」

長い戒名は覚えていないが、女子係員が呼んでいた少年の名を思い出して、椿山は声をかけた。

「あ、さっきのおじさん――これ、ふりがながないからよく読めないんだけど」

少年は細い指先を看板に向けた。私立小学校の校章を縫い取った夏の帽子がまばゆい。

椿山は周囲を見渡した。付き添う係員の姿はなかった。

「だめじゃないか、こんなところで道草を食ってちゃ。おまえは早くエスカレーターに乗って――」

説教をしかけて椿山は息をつめた。少年の片方の手には、「再審査」の赤いスタンプを捺した書類が握られていた。

「どうして？」

「死にたくないんです」

蓮は人間としての当然の主張を、きっぱりと口にした。返す言葉を探しあぐねて、椿山は白い制服の胸の高さに屈みこんだ。

「あのな、蓮ちゃん。その気持ちはわかるけど、死んじゃった人間が生き返ることはできないんだ」

「じゃあ、おじさんは何をしにきたの」

「俺は……急にポックリ死んじゃったから、仕事のこととか、家の片付けとか、ローンとか、ともかくこのままほっぽらかしにできないことがたくさんあるのさ。納得いかないこともあるしな。幽霊でも何でもいいから、もういっぺんあっちに行ってだね、いろいろと始末をつけなけりゃならない。そりゃあおじさんだって死にたくはないけれど、生き返ろうにももうお葬式は終わっちゃって、お骨になっちゃってるんだから仕方ないさ」

少年の唇が歪《ゆが》み、瞼には見る間に涙が溢れた。

「でも、ぼくは死にたくないんだ」

「わかった、わかった。わかったから泣くな。よし、この看板を読んでやるからな。もういっぺんよおく考えなさい」

はい、と潔い返事をして少年は涙を拭った。

「いいかい——再審査を希望される皆様へ。当審査委員会は皆様の死亡事実についての再審査はいっさい受け付けません」

「どういうこと？」

「生き返ることはできないんだよ」

蓮は開襟シャツの胸をすぼめて、小さな溜息をついた。

「現世における心配事、どうしても整理しておかねばならぬこと、いわゆる『死んでも死にきれぬ』相応の事情に関して、ＳＡＣ《サック》の専門審査官が厳密に審査をいたします。再審査請求は皆様の正当な権利ではありますが、審査結果についての異議は認められません——つまり、よっぽどの事情がない限り文句は言わずに極楽へ行けってことだ」

「文句を言うだけムダってことですか」

「まあ、そうだな。ほとんどの場合は認められないんだろう」

「もし認められたとすると、どうなるんですか」

「知るかよ、そんなこと」

少年の聡明《そうめい》さがうっとうしかった。どこのお坊ちゃまか知らないが、よほど良い教育を受けてきたのだろう。

「さ、こういうわけだから、さっきのところまで戻ってエスカレーターに乗りなさい」

「いやです」と、蓮は気丈な声で言った。

「おじさんはどうか知らないけど、ぼくの場合はたぶん『相応の事情』だから」

「……あのな、おまえまさか家のローンをしょってやしないだろ。小学生の息子がいたり、ボケ老人を抱えてやしないよな」

「そういうのだけが相応の事情じゃないと思います」

「……わかった。勝手にしろ」

これが倅《せがれ》でなくてよかったと椿山はしみじみ思った。

玄関の冷気の中に歩みこむ。ワックスのきいた廊下に赤いテープで矢印が記してあった。年を経た病舎か学校のような、暗くいかめしい建物である。

「再審査室」と書かれたドアの前に、でっぷりと肥えた強面《こわもて》がぼんやりと立っていた。やはり再審査を受けにきたらしい。年齢は椿山と同じほどであろうか、やはり齢の若い分だけ往生ぎわも悪いのだろう。

椿山と蓮を睨みつけてから、男は挨拶《あいさつ》のかわりにフンと鼻で嗤《わら》った。

「講習票はそこの小窓に提出しろとよ。まったく、今さら人間ドックでもあるめえに、あっちへ行けこっちへ行けと」

黒いTシャツの上に黒い細身のスーツを着た男は、一見して流行のブランド・ファッションだが、手首にはごついブレスレットが巻かれている。顔つきにも言葉づかいにも、カタギとは思えぬ険があった。

「あんたのガキ？」

「いや。ほんの行きずりだよ」

「そうかい、そりゃよかった」

男は白い歯を見せてにこりと笑い、二人に長椅子を勧めた。

「何がよかったんだね」

「いやな、さっき後ろの窓ごしにずっと見てたんだが、てっきり交通事故で一緒にお陀《だ》仏《ぶつ》になった親子かと思って、だとしたら気の毒だなあと」

「この子は横断歩道で車にはねられたらしい。私はたぶん脳溢血かクモ膜下出血で」

「たぶんって、どうやって死んだかも知らねえの、あんた」

「気を失ったもんでね。何も覚えていないんだ」

「そりゃま、無理もねえか」

素性は悪そうだが、あんがい気さくな男らしい。そもそも死人がヤクザ者を怖《おそ》れる理由は何もなかった。

「ところで、あなたは？」

病院の待合室のつれづれに、見知らぬ隣人の病名を訊ねるような口調で椿山は訊いた。

「俺かい、俺ァ――」

ちらりと蓮の横顔を窺《うかが》ってから、男は椿山の肩を抱き寄せた。

「ガキにァ聞かせたくねえからよ。実はな、俺ァ殺されたんだ」

「ええっ、ほんとうですか」

「ここで嘘をついても始まるめえ」

「お気の毒に……」

同情を寄せたとたん、男は巨体をしぼませてうなだれてしまった。

「聞いてくれるか」

「はいはい、聞きますとも。で、何でまたそんなことになったんですか」

「ごらんの通りの稼業だからよ、パンとハジかれたって文句は言えねえけど。にしたって、人ちがいはねえだろ。まったく、そそっかしい野郎もいたもんだ」

男は濁声を噛み殺して獣のように唸《うな》った。

「な、何だって、人ちがいで殺された！」

「おうよ。信じられるか、兄弟」

「あなたに兄弟と呼ばれるいわれはないが、そりゃあまったく信じられないことですな」

「だろ。つい三、四日前のこった。いや、一週間ぐらい経《た》つかな。どうだかよくわからねえのは、何日も意識不明だったからさ。まあ、そりゃどうでもいい。ともかく俺ァ、見ず知らずの鉄砲玉に人ちがいで殺されたんだ。その野郎、パンパンパンとハジいた後で、ヒャーと悲鳴を上げやがった。『ヒャー、あかん、人ちがいや。まちがっていてもうた！』……わかるか、兄弟。遠ざかる意識の中で、その声を聴いたときの俺の無念が」

「不運としか言いようがありませんなあ」

　だがしかし、その無念が再審査請求の理由だとしたら、とうてい認められまいと椿山は思った。どれほど不運であろうが、男の寿命にちがいはないのである。

「あんまり駄々をこねないほうがいいと思いますよ。どうやらこのお役所はそれほど甘くはないらしい」

「ああ。そのあたりは、講習室でさんざすったもんだしたから心得てる。いやな、俺だってこういう渡世だから、たとえ人ちがいにせえ、殺《と》られたことに今さら四の五のと文句をつけるつもりはねえさ。したっけ、ささやかながら一家を構える身としてはよ、可愛い子分どもを路頭に迷わせるわけにはいかねえんだ。あいつら、食いつめたら何をするかわからねえしな。つまり社会平和のために、俺はもういっぺんあっちに戻ってだな、子分どもがそれぞれおまんまが食えるように、むろん仇討《あだう》ちなんざしねえようにだな、言って聞かしてやらにゃならねえ」

なるほど、こうなると「相応の事情」かもしれない。業界のモラルはよく知らないが、たとえ人ちがいであったにしろ一家の親分が殺されたとあっては大ごとであろう。社会平和のために子分どもを説得する必要はある。

「うかつだった。近ごろのヤクザはよ、みんなブランド・ファッションに目覚めて、オリジナリティに欠けているんだ。デブの茶髪でヨーロピアンの黒ずくめっての、まあ、まちがいも起きるわな」

男は小指の欠けた左手をかばうようにして、うなだれたまま椿山を見上げた。

ふいにドアが開いて、厳しい表情の女子係員が男の名を呼んだ。

「義正院《ぎせいいん》勇武《ゆうぶ》侠道《きょうどう》居士《こじ》さあん、お入り下さい」

「オッス」と侠気《きょうき》のみなぎる返事をして、男は再審査室に入って行った。いかにも筋金入りという感じの垢抜《あかぬ》けた物腰に、椿山は妙な感心をした。

「ねえ、あの人、ヤクザでしょ」

蓮が背広の袖を引いた。子供の目にもたちまち正体が知れるというのは、考えてみればたいしたものである。ヤクザ者に限らず、このごろでは外見で職業を判断することが難しくなった。

「おじさんの仕事は？」

と、蓮は続けて訊ねた。聡明なばかりでなく、すこぶる好奇心も強い。

「当ててごらん」

ええとね、と蓮は長椅子から身を乗り出して首をかしげ、椿山を観察する。

「わかった。デパートの店員さん」

いやな子供だ。

「どうしてわかるんだよ」

「ママとよくデパートに行くから。外商の人とか、しょっちゅう家にくるし」

「だから、どうしてわかったんだよ」

子供にからかわれているような気がして、椿山はムキになった。

「ええとね、背広がきちんとしていて、ワイシャツが白。歩いているとき背中がまっすぐで、ポケットに手を入れない。それと、立っているときとか、人と話をするときには両手を前で重ねている」

フフフ、と蓮は探偵のような笑い方をした。

「当たった？」

「ああ、当たったよ。大当たりさ」

べつに特異な能力があるわけではなかろう。要するに子供の澄んだ瞳《ひとみ》には、ヤクザがヤクザに見えるのと同様に、自分もまたわかりやすい風体と物腰をしているのである。

「でも、もう関係ないよね」

ぽつりと呟いた蓮の一言が胸に刺さった。そう、もう関係ないのだ。職業どころか、生まれてこのかた営々と築き上げてきたすべての生活、すべての個性、すべての既得権は死とともに灰になった。

疲れがドッと出て、椿山は肘《ひじ》で体を支えた。蓮の小さな掌《てのひら》が背広の肩を叩く。

「どうしたの、おじさん。気分でも悪い？」

「いや、今の一言が応《こた》えた。何だか生きているのがいやになったよ」

言ってしまってからおかしくなって、椿山は絶望的に笑った。

「でも、このまま死ぬのもいやなんでしょ」

責めるな。何だっておまえの言う通りだよ。

男の再審査はものの五分であっけなく終わった。申し出は当然却下されたのだろうと思いきや、廊下に出たとたん男はにっかりと天衣無縫の笑顔を見せて、二人にVサインを送った。

小窓から女子係員が書類をつき出して男を呼び止めた。

「義正院勇武俠道居士さん」

「オッス」

「この書類を持って、本館一階の奥にある『リライフ・メイキング・ルーム』に行って下さい」

「え？　何だいその、リラ――」

「リライフ・メイキング・ルーム。正式には『特別逆送室』っていうんですけど、あまりに生々しいからそう呼んでいます。しかも表示は『RMR』」

「ふうん。特別逆送室ってほうが、わかりやすいよな」

「ですから、わかりやすくちゃいけないんです。そういう特例があるってことに気が付いて、われもわれもとなったら大変でしょう。あのね、義正院さん。あなたは何だかとっても簡単に考えているみたいですけど、これは特例中の特例だっていうことを、よおく自覚して下さいね」

「はいはい、わかってます。わかってますとも」

係員の手から書類を摑み取ると、男は椿山を振り返った。

「あんたらはあんまり無理をしねえほうがいいぜ。たしかに特例中の特例で、けっこうヤバい話みてえだからな。そんじゃ、お先に」

鼻歌を唄いながら男は行ってしまった。

女子係員は冷気の流れ出る小窓ごしに、廊下の二人を見つめている。

(まあったく、すんなり極楽往生すりゃいいのに、ナニ考えてんのかしら）とでも言いたげな、底意地の悪い目つきだった。

「お次の方、昭光道成居士さん」

立ち上がりかけて、椿山は言った。

「あの、もしよろしかったら、この子のほうを先に。手間はかからないと思いますし」

蓮は駄々をこねているだけなのだから、審査官がマニュアル通りに宥めすかして、極楽に送ってくれるだろう。これ以上不安な時間を過ごさせてはならない。

「いえ、あなたのほうが手間はかかりません。どうぞお入り下さい」

じゃあな、と蓮の肩を叩いて、椿山は再審査室に入った。

寒いぐらいに冷房の効いた部屋である。三人の審査官が長机に並んで、厚い書類綴りを睨んでいた。

椿山はたちまち、入社試験の面接を思い起こした。長机の中央には年配の紳士、左右にはそれぞれ中間管理職ふうの男女が席についている。

「どうぞ、おかけなさい」

年配の審査官が笑いかけながら椅子を勧めた。

「何だか入社試験みたいでしょう。あなたは会社では、こちら側ですかな」

左右の二人は品定めをするように、黙って強い視線を向けている。

「はい。このところ毎年のように試験官を務めております」

「ということは、そちらの席はかれこれ二十五年ぶり、と」

「いえ、私は高卒ですので三十年ちかくになります」

老眼鏡をかしげて書類をめくり、「あ、そうか」と審査官は言った。

スチール椅子に腰かけて背筋を伸ばしたまま、椿山は身構えた。何が何でも「特例中の特例」を認めさせてやる。ともかくこのまま往生するわけにはいかない。どのような質問にも応答する自信はあったし、勝手にしゃべっていいのならば、「相応の事情」を弁舌よどみなく語る用意もできていた。

三人の審査官は頭を寄せ合って囁き声の相談をかわした。

「……では、そういうことでいいね」

「……まあ、そういうことになりますわね」

「……はい、そういうことでいいでしょう」

そういうこととはいったい何だ。膝の上で握りしめた拳《こぶし》が、じっとりと汗ばんだ。

「……でも主任、この点はいかがなものでしょうか」

「……ああ、その点ねえ……キミ、どう思う？」

「その点は致し方ないでしょう。本人によく言い含めて……」

その点とはいったい何だ。禿げ上がった額に滲む脂汗を、椿山はハンカチで拭った。

左右の審査官の頭が別れると、主任は笑顔を取り戻して意外な言葉を口にした。

「では、当審査委員会は昭光道成居士さんの現世特別逆送措置を認可いたします。ただちに本館一階の『リライフ・メイキング・ルーム』に行って、係員の指示に従って下さい。何かご質問は？」

「……というより、そちらから何かご質問は？」

咽の渇きを覚えながら、椿山は片手を審査官に向けた。

「当審査委員会はあなたのご事情を相応と認めました」

主任審査官は口元を弛《ゆる》めて微笑み続けている。不可解な沈黙が過ぎた。

「ただし、この現世特別逆送措置につきましては、守っていただかねばならぬ事項がいくつかあります。のちほど『RMR』できちんとプリントをしたものをお渡しいたしますが、この場でざっと説明しておきましょう。まず第一に、制限時間は厳守して下さい」

表情を真顔に改めて、審査官は人さし指を立てた。

「制限時間、ですか」

「そう。現世への逆送期間は死後七日間に限られます。いわゆる初七日まで」

とっさに椿山は室内を見回してカレンダーを探した。死後七日間と言われても、正確な命日を知らない。きょうの日付もわからなかった。講習室では自分の葬儀の模様をスライドで見せられたのだから、死後数日が経過していることは確かである。だとすると、許される時間は何日もないのではなかろうか。

質問するまでもなく、審査官は書類を読みながら言った。

「あなたは六月二十一日の午後十一時四十八分にお亡くなりになられました。逆送期間は一日単位なので、あと十二分がんばれば一日分は得をしたのですがねえ。ま、これもきまりなのですから仕方ありません。翌二十二日、金曜日の晩がお通夜で、二十三日の土曜日がお葬式でした。ちょっとあわただしい段取りですけれど、日曜は友引なのでそうするほかはなかったようですな」

「ちょっと待って下さい」

　椿山は手帳を取り出して、自分の通夜と命日をダイアリーの余白に書き込んだ。

　よりにもよって、なぜこんな忙しい時期に死んでしまったのだろう。手帳には毎日の売上予算が記されており、命日の六月二十一日、すなわちバーゲン初日には「三光商会会食PM8：00」と書かれていた。死に至る日々はずっと、さまざまの会議やメーカーとの打ち合わせや、宣伝部への根回しや売場のデザインや必要器材の手配や、ありとあらゆるバーゲンセールの準備に埋めつくされていた。

　べつだん忙しい時期に運悪く死んだわけではなかった。仕事に殺されたのだと、椿山はようやく気付いた。

「少しでも時間を有効に使っていただくために、逆送開始時刻は明日の午前零時としま す。すなわちあなたに与えられた制限時間は、六月二十五日月曜日からの丸三日間。よろしいですね」

　よろしいですね、と言われてもすべてが茫洋《ぼうよう》と雲を摑むような話で、何を質問していいのかもわからない。とりあえず思いつくままに椿山は訊ねた。

「あの、もし万が一そのきまりとやらを破ると、どうなるんでしょう」

　ふいに三人の審査官の表情が、真っ黒に沈みこんだ。

　答えるかわりに、女子審査官が暗い顔色のまま片手の拇指《おやゆび》を床に向けた。

「え？——何ですか、それ」

「こわいことになります」

とうていその先を問い質す気になれないほどの低くおどろおどろしい声で、女子審査官は答えた。

「次に——」

主任が話を急いだ。

「恨みを晴らすようなマネをしてはなりません」

「その心配はありません。悔いは残りますけれど、恨みは誰にもありませんから」

肯きながら主任は苦笑した。

「ときどきいらっしゃるんですよ。あれやこれやとほかの事情を並べてね、現世に逆送されたとたんに恨み重なるやつを憑《と》り殺しちゃうっていうの。困るんですよねえ、そういう人」

「それも、掟《おきて》破りということですね」

「もちろんですわ」と、女子審査官がメガネの奥の陰険な目を引き攣《つ》らせて、もういちど拇指を床に向けた。

「こわいことになります」

三人の審査官の表情は再び真っ黒に沈んだ。

「あと、もうひとつ——」

主任はさらに話の先を急いだ。

「RMRではあなたに逆送用の仮の肉体をご用意しますから、現世でご家族やお知り合いと会っても何ら問題は起こりません。仮の肉体は生前のあなたとは似ても似つきませんからね。しかし、どんなことがあっても、あなたの正体を彼らに察知されてはなりません。もし誰かに知られて騒ぎになったら——」

「こわいことになるんですね」

椿山が拇指を床に向けると、審査官たちの表情はそれまでにも増して真っ黒に沈みこんだ。

「……そういうことです。くり返します。制限時間の厳守。復讐《ふくしゆう》の禁止。正体の秘匿。この三点が現世特別逆送措置における厳守事項です。あなたのご事情については、当審査委員会が十分に斟酌《しんしやく》いたしました。どうか三項目を踏みたがえることなく、慎重に行動して下さい」

デパートマンらしくていねいなお辞儀をして、椿山は再審査室を出た。

長椅子の上で退屈そうに体を揺すっている蓮にVサインを送る。

「おじさんはオーケーだったけど、おまえはあまり無理を言うなよ」

この子供が特別措置の対象になるはずはなかった。三人の審査官にこんこんと説諭される蓮の姿を想像すると胸が痛む。目の高さに屈みこんで、椿山は小さな頭を撫《な》でた。

「いいかい。おとうさんやおかあさんや、友達に会ったところで、おまえにはもう何もできないんだ。たぶん審査官の人たちも同じことを言う。それよりも、やさしいおじいちゃんやおばあちゃんの待っているところへ早く行きなさい」

「いやだ」と、蓮は椿山の手を振り払って立ち上がった。

「ぼくがもういちどあっちに帰りたいのは、パパやママに会いたいからじゃないよ。何も知らないくせに、いいかげんなことは言わないで」

蓮の名が呼ばれた。はい、と明るい返事をしてドアのノブを握る。

「ぼくのことは心配しないでいいよ。がんばってね、おじさん」

白い掌《てのひら》を翻して、蓮はドアの向こうに消えた。

ほの暗い廊下を歩きながら、椿山はこれからのことを考えた。

死後七日間という制限時間については、古来のお定めなのだから仕方がない。知らぬ間にそのうちの四日間を空費してしまったことも、おそらくシステム上どうしようもないのだろう。

幸い殺したいほど恨み重なる人間はいない。

しかし、似ても似つかぬ仮の肉体をさずかって現世に戻るというのは意外だった。もっとも生前の姿のままではいわゆる「幽霊」なのだから、やり残したことの後始末をするどころか、周辺は混乱する。やはり他人のふりをして、できうる限りの始末をつけねばならないということになる。

これは難しい。やってみなければ何もわからないが、感じとしてものすごく難しそうな気がする。

ううむ、と歩きながら椿山は唸った。どうも自分は、「このまま死ぬわけにはいかない」という漠然たる理由だけで、事態を安直に考えているようだ。生きることも死ぬことも難しいのだから、いったん死んだ人間が生き返ることの簡単なはずはあるまい。その無理を押し通すに足る「相応の事情」など、実は誰にもないのではなかろうか。

本館への道を戻りながら、椿山はふと佐伯知子のことを考えた。

そう、「ふと」考えたのだ。彼女に対する椿山の感情はいつもその程度だった。入社以来の気のおけぬ親友であると同時に、無聊《ぶりよう》を慰め合うセックス・フレンド。きょうび、こうした居心地のいい関係というのは、べつだん珍しくはあるまい。

女性と男性が対等に社会参加している今日、そういうかたちはむしろ自然であろうと思う。

しかも二人の間にはゆるがせにせぬ黙約があった。一方が他者との恋愛を宣言したとたんから、たがいの体には指一本触れぬ友人関係に戻る。そして失恋宣言とともに肉体関係を回復する。したがって椿山の結婚によって、長く続いたこの都合のいい関係は清算された。永遠の親友に戻ってから八年が経つ。

知子が他の男性との恋に陥《お》ちている間にも、椿山は嫉妬《しっと》を感じたことがなかった。嫉妬がないということはすなわち、恋愛感情がなかったのである。その点は知子も同じだったと思う。

「何が邪淫の罪だ」

歩きながら椿山は、吐き棄《す》てるように呟いた。

知子がひそかに椿山を慕っていたなどと、いいかげんなでっちあげである。冤罪《えんざい》である。古い道徳に縛られた老人たちならばいざ知らず、高度成長期にフリーセックスの青春を過ごし、長じては男女雇用機会均等法の社会に生きた同輩たちは、ことごとく邪淫の罪を犯していることになる。

待てよ、と椿山はそこまで考えて思いついた。

冤罪の原因は単純だ。そもそも役所というところは、民間企業より十年ぐらいは遅れている。役人の頭の中も十年以上は遅れている。営利を追求しないから危機感がなく、危機感がないから進化を必要としない。しかもこの「中陰役所」は名称こそ近代的に「スピリッツ・アライバル・センター」略して「ＳＡＣ《サック》」なんぞと称しているが、古さからいえば知的生命体の誕生以来綿々と続く最古の役所であろう。十年どころか五十年ぐらい遅れていたって何のふしぎもない。自分が五十年前の良識によって裁かれているとするなら、たしかに邪淫ということになる。

ましてや死者たちのほとんどは老人である。自分たちの世代が年老いて続々と死に、死者たちの全員が邪淫の罪に冤罪の異議を申し立てるまで、この役所は認識を改めようとはしないだろう。

ともあれ現世に逆送されたならば、あっけらかんとしているにちがいない佐伯知子の生活を覗いて、証拠のテープか写真でも持ち帰るとしよう。

「特別逆送室」は本館一階の奥の、狭い廊下を何度も折れ曲がった、たいそうわかりづらい場所にあった。しかも道順の表示は、小さな矢印に「ＲＭＲ」と暗号のようなアルファベットが書かれていて、わざと死者たちの目に触れぬようにしてあるとしか思えなかった。

何となく税務署の税金還付と似ている。源泉徴収された所得税から、それぞれの生活事情に応じた還付金を取り戻すのは納税者の正当な権利だが、わかりづらいうえに面倒くさいから誰もやろうとしない。むろん税務署が積極的に還付の奨励などするはずはない。つまり正しくは、納税者の権利ではなく、マメな納税者の権利なのである。すなわち「現世特別逆送措置」というシステムは、マメな死者の権利なのだった。

「ＲＭＲ」とは、「リライフ・メイキング・ルーム」の略だという。看板を横文字に変えただけで、いかにも機構改革までなしたような顔をする、これも役所の悪い癖だ。

不親切な矢印に沿って廊下をさまようちに、椿山はきわめて現世的な苛立《いらだ》ちを覚えた。「国鉄」が「ＪＲ」と改称したときに感じた苛立ちそのものである。専売公社が「ＪＴ」になり、農協が「ＪＡ」になり、中央競馬会が「ＪＲＡ」になり、あげくの果ては自衛隊までが、「ＪＳＤＦ」などというかえってわけのわからん略称を用いたりしている。ここまでくると、「Ｊ」の頭文字には一種の猥褻《わいせつ》さが漂う。

そんなことをつらつら考えながら、椿山はようやく特別逆送室のドアの前に立った。ノブの上に「ノック」という不愛想な字。廊下はどんよりと薄暗く、床も壁も汚れている。

「余分な仕事をさせるな」という無言の圧力を感じる。

ノックをすると、「どうぞ」と捨て鉢な男の声が返ってきた。

「ああ、昭光道成居士さんね。お住まいは東京都多摩市、と。懐かしいなあ」

いかにも閑職に追いやられた感じのする、中年の係員である。

「ご近所だったんですか？」

「いえね、以前あの辺で調査員をしていたことがあるの。忙しかったなあ。その分やりがいもあったけどね」

こういう軽薄なやつがいいかげんな調査報告をして、自分は邪淫の罪を着せられたのだろう。

「赤いィドレスがァよく似合うゥ――」

妙に古い歌謡曲を口ずさみながら、係員はテーブルの上に黒いビジネスバッグを置いた。

「では、これから『よみがえりキット』の説明をしまあす」

「よみがえりキット、ですか」

「そう。黄泉《よみ》の国から帰るから、よみがえり。日本語っていいですねえ。美しいですねえ」

いかにお役所でも、この説明だけは懇切丁寧にしてもらいたい。

「つまり、現世で過ごすのに必要なグッズがこのバッグの中に入っているわけ。だから、けっして他人に預けてはダメ。もちろんコインロッカーやクロークもダメ。いつも持ち歩くようにね」

いかにも目立たぬ、きょうびビジネスマンの三人に一人は持っていそうなバッグである。

「ナイロン製だから軽くて丈夫です。ほら、こうやって肩からもしょえるし」

係員が肩に吊って揺すると、何やら不穏な音がした。ファスナーを開け、最初に取り出したのは携帯電話機である。

「この電話機は現世のものと同じように使用できます。ちがうところといえば、＃と＊のほかに☆のボタンがありますね」

椿山は携帯電話機を覗きこんだ。

「何です？　この☆は」

「現世とこちらとのホットラインです。困ったことやわからないことがあったら、いつでも遠慮なくこのボタンを押して、リライフ・サービス・センターを呼び出して下さい。SAC《サック》の係員が二十四時間体制で待機しています」

「あの、つかぬことをお訊ねしますが」

と、椿山は説明の合間にも鼻歌をやめぬ軽薄な感じの係員に訊いた。

「私の行動をフォローして下さるその係の人って、あなたじゃないですよね」

一瞬、男は不快な表情をした。

「ちがいます。サービス・センターの担当者はエキスパートですからご心配なく。さて次に――」

鞄《かばん》から取り出されたのは二つ折りの財布である。

「お金、ですか」

「はい。ただし少々勝手がちがいます。いいですか。この財布からは、必要なお金はいくらでも出てきますが、不必要なお金は一円たりとも出てきません」

たしかに勝手がちがう。それも少々ではなく、ものすごくちがう。

「あとはいろいろ入ってますけど、あなたの行動に応じて中身も変わるので、そのつどご覧下さい」

意地悪く笑って、係員は「よみがえりキット」のファスナーを閉めた。

何もわからん。まったく説明になっていない。もしかしたら、「審査委員会が相応の事情を十分に斟酌した結果の特例的措置」というのは建前で、本当はかなりいいかげんなシステムなのではなかろうか。

質問すら思いうかばない。呆然《ぼうぜん》と佇む椿山に、軽薄な係員はタバコを勧めた。ヘビースモーカーであるにもかかわらず、ずっとタバコを喫っていない。ワイシャツのポケットには四半世紀も頑固に喫い続けたハイライトが入っているというのに、すっかり忘れていた。

「あれ、どうしたんだろう。あまり喫う気になれないんですけど」

係員はタバコをくわえた唇の端を吊り上げて、嘲《あざけ》るような笑い方をした。

「あ、そう。だったらこの機会に禁煙したら」

「そうですね。でも、考えてみれば禁煙する理由がないんだ」

椿山はハイライトに火をつけて、深々と喫った。ストレスから放たれて嗜《たしな》むタバコは実にうまい。

「べつに僕がどうこう口出しをすることじゃないけどさあ」

と、係員はタバコの煙を椿山に吐きかけながら言った。

「あっちに戻ったって、いいことなんかひとつもないと思うよ。僕もこうして、一日に何人かの面倒は見てるけどさ、リスクを冒してまで逆送したほうがいい人なんて、まずいないんだ」

「でも、私には相応の事情が――」

「だからさあ、その相応の事情が何だっていうんだよ。あんた、生きているときに生きるべき相応の事情なんて考えたか。死ぬときに死ななきゃならない相応の事情なんて考えもしなかったろう。その程度の人間がだね、生き返る相応の事情なんて、おかしいとは思わないのかよ」

こいつはたぶん、若い時分に学生運動をやっていたのだろう。親から生活を保障され、学問の場まで与えられた連中は、こういう空疎な言葉の遊びをすることで、自身が立派に社会参加をしていると信じこんでいた。

議論をする気にもなれず、椿山は再審査室からずっと心にかかっていたことを訊ねた。

「逆送のリスクって、何なんですか」

いかにも余計なことを言ってしまったというふうに、係員はしばらくおし黙った。

「そりゃ、あんた……厳守事項を破ったときの罰則のことだよ」

言いながら係員の表情は真っ黒に沈んだ。

「もうちょっと具体的に」

「……こわいことになるのさ」

「というと、コレですね」

椿山は先ほど審査官がそうしたように、拇指を地に向けた。とたんに係員は、スチール椅子から腰を浮かせて「ワッ」と叫んだ。

「あんた、よくも平気でそんなことができるね。まるで他人事みたいに」

「こわいことになるって、どういうふうになるんですか」

「知るかっ。ともかく逆送された人の半分ぐらいはこわいことになるんだ。あんたのしようとしていることは、それくらいリスキーなんだよ」

係員は黒い鞄を椿山の腕に押しつけると、ドアを開けて廊下の左右を見た。

「ちょっと来なさい。僕の仕事じゃないんだけどね、こういうことをすると叱られないまでも仲間うちからは嫌われるんだけどね、いいものを見せてやるから」

椿山は言われるままに廊下に出た。「よみがえりキット」はズシリと重い。携帯電話機と財布のほかに、いったい何が入っているのだろう。

「あの、ご無理なお願いだったでしょうか」

「べつに無理ってほどじゃないけど、あんたがことの重大さを全くわかってないみたいだから」

慇懃《いんぎん》なばかりで少しも親切ではないお役所にあって、この係員はいくらか人間的な誠実さを持ち合わせているようだった。

狭い廊下を何度か曲がると見覚えのある広場に出た。講習の前に死者たちが分別をされた空間だ。相変わらず大勢の人々が集まって、係員の指示を待っていた。

「ひどい混みようだねえ。現世はよっぽど暑いんだろう」

「そりゃもう。暑いのなんのって……あの、暑いと混むんですか」

「ここが一番混雑するのは寒い日の続く冬。暑さ続きもけっこう混むんだ。あんたもその口だろう」

たしかにこの夏の暑さは体に応えていた。毎朝職場にたどり着くまでに、一日分の体力を消費してしまうような酷暑が続いていた。バーゲンに備えてあちこちのメーカーを訪ね歩き、冷房の止まった店内で遅くまで残業をし、帰宅するのはきまって終電車だった。体は限界だったのだ。

「ほら、あのエスカレーター」

係員は広場の裏手にある、下りのエスカレーターを指さした。どんよりと瘴気《しょうき》がたちこめる暗い場所だった。

「こわいことになるっていうのはね、つまりあれに乗って降りて行くってことさ」

説明をしながら、軽薄な係員は呻き声を上げて身をふるわせた。

「ですから、こわいことってどういうことなんですか」

「知らないって。僕だって行ったことも見たこともないんだから。でも、何となくわかるじゃないの。現世の進歩に応じて、こっちもずいぶんマイルドにはなったんだけど、昔からのきまりというか、ベーシックな形というのはね、あるにはあるんだよ」

椿山はひとけのない下りエスカレーターに近寄って、降り口を覗きこんだ。生ぬるい風が吹き上がっていた。赤いベルトと鋼《はがね》のステップは、遥かな先で闇に呑まれていた。

「さ、行こう。だいたいわかったろう」

廊下を戻りながら、係員は椿山の横顔を窺った。

「だからと言って気持ちは変わりませんよ。私にはやり残したことがたくさんあるんです。要は厳守事項を守ればいいわけでしょう」

「そうさ。でもね、どういうわけか逆送した人の半分は、さっきのエスカレーターに乗るはめになるんだ。思い直すのなら今しかないよ」

「いえ、けっこうです。手続きを進めて下さい」

溜息をつきながら、係員は厳守事項が改めて書かれたプリントを椿山に手渡した。

「いいですね。制限時間の厳守。復讐の禁止。正体の秘匿。必ず守って下さいよ」

そうまで念を押されるほど難しいことではあるまい、という気はする。たった三日間で、しかも死人という不自由な立場でできることなどたかが知れている、とも思う。この際けっして無理はせずに、自分自身を納得させて帰ってくることだ。

「特別逆送室」に戻ると、係員は奥のドアを指さした。

「そこから出ると個室がいくつか並んでいるから、あなたの名前が書いてある部屋に入って、すぐに寝ちゃって下さい」

またしても意外な展開である。その部屋に現世逆送の装置でもあるのだろうか。

「行けばわかるから。じゃ、お元気で」

椿山は奥の廊下に押し出された。背中でドアが閉まり、鍵《かぎ》の下ろされる音がした。

窓のない廊下の片側に部屋が並んでいる。初めのドアには「義正院勇武侠道居士様」という表札が掲げてあった。あの男は一足先に現世へと旅立ったのだろうか。

「昭光道成居士様」と書かれた扉の前に立って、椿山は息を整えた。

ドアを開ける。とたんに椿山は、思わず野太いオヤジ声で「おお」と呟いた。

今となっては懐かしい、ビジネスホテルの客室そのものだった。狭い通路の右側にロッカーが嵌《は》めこまれ、左側のドアを開けると機能的なユニットバスがある。シングルベッドにテレビ。壁に造りつけられたデスクは簡単な事務仕事のできる広さで、足元にはコイン式の冷蔵庫まで備わっていた。

カーテンを開けると、牧場のような緑の拡がる冥土の風景があった。この景色には相当の違和感がある。ビジネスホテルの窓には、やはり猥雑《わいざつ》なネオンが似合う、と思う。

地方出張はほとんどないが、終電に乗り遅れてビジネスホテルに泊まることはしばしばだった。

「よみがえりキット」の黒い鞄を抱えたまま、椿山はベッドに体を投げ出した。目を閉じて、すべては夢にちがいない、と念ずる。しかしおそるおそる瞼をもたげれば、枕《まくら》元《もと》の窓には冥土の青空が豁《ひら》けていた。

もういちど目をつむる。

戻れ。あの日に戻れ。料理屋のトイレで倒れたのはただの貧血で、あれからつつがなく取引先との会食をおえ、俺はビジネスホテルのベッドにたどり着いたのだ。

ふいに、魔物のような眠気が襲ってきた。

シャワーは明日の朝にしよう。家に電話をしなくては。せめて背広を脱いで……。

朦朧《もうろう》とした意識の中で、椿山は足元のテレビを見るでもなく眺めた。灰色の画面に「昭光道成居士様」という文字が浮かび上がった。

低く澄んだ女の声がする。

「お待たせいたしました。こちらはＳＡＣ《サック》中陰役所の、リライフ・サービス・センターです。ただいまよりあなたを現世に逆送いたします。担当はわたくし、マヤと申します。逆送期間中のご質問等は、携帯電話機を通じて二十四時間受け付けておりますので、どうぞお気軽にご利用下さい」

いかにもエキスパートという感じの、人生のすべてを仕事に託している女の声だった。近ごろどこの職場にもいるこの手の女性は、こと仕事ぶりにおいて断然信頼が置ける。家庭を背負った同年代の男など物の数ではないのだ。

「よろしくお願いします」

なかば眠りに落ちながら、椿山は呟いた。

マヤの低く確かな声が続く。

「俗に『冥土』と呼ばれるここ中陰の世界は、現世とあの世の中間に位置しています。現世を離れた魂がいったん集まり、審査や講習を受けたのちにあの世へと送り出される、ターミナルとお考え下さい。通常ほとんどの方は必要な手続きを経てあの世へと向かいますが、あなたにはご本人の強いご希望により、現世特別逆送措置が適用されることとなりました。この措置が特別のものであるということを、どうぞご承知おき下さい」

テレビの画面には相変わらず椿山の戒名だけが記されている。声から察するに、マヤという担当者は妙齢の美女に思える。姿が映し出されはしないかと、椿山は重い瞼をしばたたいた。

「あなたがすんなりと行くはずだったあの世には、未来も過去もありません。ということはすなわち、苦悩は何ひとつありません。幸福な瞬間だけが永遠に続く世界なのです。しかしながら、あなたは過去に強い思いを残しており、実現しなかった未来を無念に思っていらっしゃいます。そのうえ、『邪淫の罪』についても異議を申し立てられました。そこで、あの世における魂の平安のために、ご自身の目で現世を確認していただき、死の現実と罪の実態をはっきりと納得していただこうというのが、この現世特別逆送措置の主眼なのです。どうかこの目的を見失われることなく、三点の厳守事項を常に心に留めて、慎重に行動なさって下さい。くり返します。制限時間の厳守。復讐の禁止。正体の秘匿。なお、現世におけるあなたの行動を円滑にするために、当リライフ・サービス・センターは似ても似つかぬ仮の肉体をご用意いたします。現世に到着後、一瞬とまどわれるとは思いますが、格別の不都合はありませんのでご安心下さい。では、行ってらっしゃい。ボン・ヴォワイヤージュ！」

おそらくマヤのアドリブだろうが、サービス過剰の一言を残して、テレビはプツンと切れた。

睡魔が椿山を抱きしめた。このまま眠ってしまっていいのだろうか。深い眠りから目覚めたとき、自分はどこにいるのだろう。

心地よいまどろみに揺られながら、椿山はいささかも不安を感じぬ自分を怪しんだ。なぜこの未知の体験が怖くないのか、答えは自明である。命を失った者が恐怖する理由は何もないのだ。

自分は愚かなのかもしれない、と思った。講習室で迷わず「反省ボタン」を押し、さっさとエスカレーターに乗ってあの世へと向かった死者たちはみな、人間としてのあらゆる不幸のみなもとが生命そのものであると知っていたのだ。

父の夢を見た。

生まれ育った官舎である。戦前の遺物のような一群の文化住宅が川のほとりに立ち並んでおり、垣根の向こうは広い梨《なし》畑だった。襖《ふすま》で隔てられただけの二間に、暗い台所と壺《つぼ》のように一段低くなった風呂《ふろ》場《ば》が、父子の生活の場だった。父は広い六畳間を息子に与え、自分は分不相応な仏壇になかばを占拠された四畳半で寝起きしていた。

ある日の記憶がそのまま夢になった。

役所から帰るなり、父は自転車を放り出すように止めて、庭先から椿山を呼んだ。

「カア坊、ちょっと話がある」

寡黙なうえに口下手な父は、改まって何かを言うときには決まってそんな前ふりをした。縁側から倅の部屋に上がりこんで、父は背広も脱がずにあぐらをかいた。

「何だよ」

「いいからこっちを向け。おまえ、もうガツガツ勉強する必要はないんだろう」

その一言で説教の内容はわかった。溜息をつきながら椅子を回すと、父は謹厳な顔をいっそうしかめて倅を睨み上げていた。

「座れ。親の話を高い場所で聞くやつがあるか」

椿山が同じ目の高さにかしこまるのを待って、父は言葉少なに言った。

「おまえ、就職クラスを希望したんだってな。おとうさんに相談もせず、いったいどういう了簡《りょうけん》なんだ」

担任教師がわざわざ役所に連絡したのだろうか。高校三年の進路別クラスの希望調査はきのうのことだった。

「先生が電話したのかよ」

「いや」と、父は口ごもった。

「収入役から聞いた」

いかにも無念そうに、父はそれなり言葉を閉ざしてしまった。収入役の末息子は同級生だった。

「おまえ、加藤君よりずっと成績はいいだろう」

「そういう問題じゃないよ。国立に行く自信がないんだ」

「大学は国立だけじゃあるまい」

だって、という一言がどうしても口から出せずに、椿山は俯いてしまった。不器用な父を言葉でやりこめることはできなかった。

「親をなめるな」

おまえまで俺をなめるのか、というふうに聞こえた。それから父は、悲しいことを言った。

「冥土で、かあさんに合わす顔がない」

父は息子の死を報《しら》されているのだろうかと、椿山は眠りながら考えた。

少なくとも講習室で見せられたスライド・フィルムに、父の姿はなかった。あえて伝えてはいないだろう、という気はする。八十余年の人生における最大の悲劇を、老人病院のベッドで呆《ほう》けている父に聞かせる必要はあるまい。

近ごろでは面会に行ってもいっこう意に介さず、目の前の家族が誰であるかの判断もついていない様子だったから、自分が姿を見せなくなったことについても疑問は口にするまい。父を謀《たばか》り続けるのはさぞかし辛《つら》い務めだろうが、妻には何とか耐えてほしいと思う。いずれにせよそれほど長い時間ではないのだから。

悲しい夢は場面を転じて続いた。

妻となる人を駅まで送って家に戻ると、父はテレビの前で茶碗酒《ちゃわんざけ》を酌《く》んでいた。いかにも大仕事をおえたというふうだった。

「逆転ホームランだな」

「え、誰が打ったの」

「野球の話じゃないよ」

父がまっすぐに物を言わないのは珍しいことだった。そこまで言ってしまってからもなおためらって、父はようやく言葉を選んだ。

「おとうさんはてっきり、知子さんが改まって挨拶にくるもんだとばかり思っていた。早くしろとおまえをせかせたのは、そういう意味だったんだけどな」

「それが逆転ホームランかよ」

「ああ。万一にも考えていなかった」

「佐伯さんはただの同僚だって。何べん言ったらわかるの」

父は湯呑み茶碗を置くと、気倦《けだる》そうに寝転んだ。

「ただの同僚がしょっちゅう家にきて、掃除や洗濯までしてくれるもんか」

叱っているのか呆《あき》れているのかはわからないが、父が落胆していることは確かだった。

「気にいらなかったかな」

「いや。おとうさんが勘違いしていただけだ。ともかくウジのわきそうな男所帯とも、やっとおさらばだな。よかった、よかった」

父は靭《つよ》い男だと、椿山は今さらのように考えた。けっして強い男ではないが、靭い男だ。抗わず諍《いさか》わず、いつも運命を甘受して生きていた。

役所を定年になった後も、シルバーボランティアを指導する仕事を嘱託されて、マッチ箱のような官舎に住み続けた。

軍隊で鍛え上げた体は頑健で、見た目も五つ六つは若かった。お役に立っている間は官舎を出る必要はない、という父の言い分を、役所の後輩たちは例外的に認めていたのだろう。

椿山がようやく買った中古住宅の頭金は父の貯金だった。それでも同居はしないと言い張る父を、担ぎこむようにして新居に連れてきた。

引っ越しの荷物をあらかた運び出してからも、父は官舎の朽ちた縁側に座りこんでいた。

「はいはい、おとうさん。往生ぎわが悪いわよ」

妻の明るい冗談にも、父は腰を上げようとはしなかった。

「おまえらも無理な買い物などせずに社宅に住んでいりゃいいんだ。官舎も社宅も働く者の特権だってことがわからんのかね」

「でも、ここは壊すんだからしょうがないでしょ」

「それは仕方ないが、だからと言っておまえらが無理な買い物をする理由にはなるまい」

「駄々をこねないで。さ、行きましょ」

二人のやりとりを聞きながら、椿山は父の真意を探り当てた。息子と嫁の世話にはなりたくないというだけのことだった。

その意志だけで活力を保ってきたかのように、父は同居したとたん急激に老いてしまった。

夢は父との記憶ばかりをありありと映し続けた。正しくは夢ではなく、記憶の再現だった。

すっかり呆けてしまった父を老人病院へと送り出す朝、椿山は生まれて初めて肉親のために泣いた。息子は学校へ行き、妻はベランダで洗濯物を干しており、たまたま二人きりで朝食のテーブルについたのがいけなかった。母が亡くなったあと、一日も欠かさずに朝食をあつらえてくれた父との、二人きりの長い暮らしを思い出したのだった。

「やっぱり早いうちに結婚して、若いうちに子供を作らなきゃだめだな」

答えぬ父に向かって、独りごつように椿山は言った。父も自分も、一人息子を持ったのは四十に近かった。動く屍《しかばね》のように老い衰えてしまった父が哀れでならなかった。

父のことばかり考える自分を、椿山は眠りながら訝しんだ。

夢が途絶えると、闇の彼方に光が見えた。

現世到着

じっとりと汗ばんだ重い体がのしかかっている。身動きのとれぬままうなされ、椿山は少しずつ不快な眠りの底から這《は》い上がった。

目に見えぬ何物かに組み敷かれていると思ったのだが、そうではなかった。体が重いのだ。それが自分自身の肉体の重みであると気付くまでには、さらにしばらくの時間が必要だった。

当たり前のことだが、仰向けに寝たベッドは人形《ひとがた》に凹《へこ》んでいる。人間はその肉体の質量の分だけ万有引力に抗っている。存在そのものに苦痛を感じるほど、現世の肉体は重かった。

闇の中で手足を伸ばし、首を回す。やがて目が慣れるに従って、眠りについたときとどこも変わらぬホテルの室内が浮かび上がった。

(何だ、まだなのか……)

てっきり現世のどこかに到着したのだと思っていたが、どうやらもう一眠りしなければならないらしい。仮の肉体とやらはすでに備わっているような気がするが。

再び目をつむり、顔を両手で被って椿山は愕然《がくぜん》とした。トレードマークの禿頭《はげあたま》に、ざわりと豊かな髪の感触があった。思わずむしり取ろうとしたが、もちろんカツラなどではない。

ベッドから転げ落ちて、窓辺に這い寄った。すでに日は昏《く》れている。冥土にも一日というものはあるのだろうか。

いや、ちがう。重い体をずるずると窓枠まで引き上げ、椿山が見たものは夜空を押し上げる高層ビルの群れと彩《あや》かなネオンサインだった。

現世に戻ったのだ。

「キャーッ！」

間近に女の悲鳴が聞こえて、椿山は振り返った。室内の闇に目を凝らす。

落ちつけ。落ちつけ。自分の身にいま何が起こっているかを冷静に考えろ。

「誰か、いるの？」

不安げな女の声がした。自分が言おうとしたことを、闇の中の女が言った。

「落ちついて。騒がないで。おねがい」

そうじゃない。これは自分の声だ。

キャー、と再び金切り声を上げ、椿山は髪を両手で摑みながらバスルームに駆け込んだ。灯りをつける。鏡の中に佇んでいるのは、自分とは似ても似つかぬ妙齢の美女だった。

もはや驚くでもなく怯《おび》えるでもなく、思いもよらぬ仮の肉体を前にして、椿山はただ呆れた。

「よみがえりキット」の黒い鞄の中で、携帯電話が鳴っている。あろうことか着信音は「運命」。

「ふざけないでよっ！」

われながらヒステリックな叫びがおぞましい。バスルームから出て「よみがえりキット」をかき回し、電話機を耳に当てた。

担当者マヤの低い声が届いた。

「おめでとうございます。あなたは無事、現世に到着しました。ご気分はいかがですか」

「はいはい、気分は上々よ。それにしても、よくもまあこんな格好にしてくれたわね」

自然に口から出る女言葉がいよいよおぞましい。電話の向こうで、マヤはフフッと暗い笑い方をした。

「誰が決めたわけでもありませんわ。現世人格分類表に基づき、あなたを最も対照的な姿に変えただけです。もしどうしてもお気に召さないのでしたら、チェンジは三人まで可能ですが」

「チェンジ?……いいわよ、もう。何が出てくるか考えただけでゾッとするわ」

「かしこまりました。では、メモのご用意を」

「メモ?」

「はい。仮の肉体の諸元についてお知らせしておきます。これからはその人物になりきって下さい。まず氏名は、カズヤマ・ツバキ」

「どういう字を書くの?」

「あなたの俗名をひっくり返しただけです。和山椿《かずやまつばき》。年齢は三十九歳」

「あら、けっこう行ってるのね。もっと若く見えたけど」

「のちほどじっくりご覧下さい。近ごろのキャリアウーマンはおしなべて年齢不詳なのです。しかしよく見れば目尻《めじり》にはすでに多少のシワも出ておりますし、お肌は相応にくたびれておりますわ。さ、復唱して下さい。あなたのお名前」

「……カズヤマ・ツバキ」

「オゥ・イエー。よくできました、ツバキさん」

いいかげんな名前を口にしたとたん、ふしぎな気分になった。和山椿という女性の人格が、すんなりと胸の中に定まったのだった。

「悪くないわ。続けて」

メモを取りながら、「椿」は言った。

「職業はフリーのスタイリスト。あなたはご在世中、デパートのファッション部門に長くいらしたということなので、そういたしましたの。もちろん、独身。何かご不満は？」

「いえ、べつに……」

「では現世人格を確定いたします。何かお困りの折は、電話機の☆印を押してコールして下さい」

はい、と椿は素直に肯いた。

電話を切り、細くなよやかな指先を見つめる。四十六年間慣れ親しんだ節太のごつい指とはえらいちがいである。

手の甲に浮き出る筋は三十九歳の年齢を感じさせるが、それなりに艶《なまめ》かしい。尖《とが》った指先には形のよい透明な爪《つめ》が伸び、いかにも家事労働とは縁遠い、独身キャリアウーマンの手という感じがする。

死者に恐怖心はない。未来がないのだから不安もなかった。ただ、胸がときめいた。ルームライトをつけ、カーテンを閉める。自分は椿山和昭ではなく、和山椿なのだと言い聞かせながらロッカーを開け、全身が映る鏡の前に立つ。

ううむ。まんざらでもない。いや、はっきり言ってタイプである。

黒のTシャツにベージュのストレッチパンツ。背は高からず低からず、細身のわりにはバストもヒップも十分にあり、しかも年齢を感じさせぬみずみずしさである。

「スケベおやじ。なにジロジロみてるのよ」

鏡の中の自分が不愉快そうに言った。

「でも、仕方ないっか。自分の体くらいちゃんと確かめておかなくちゃね」

齢が若く見えるのは、濃いワイン色に染めたショートヘアのせいもある。シャープで知的な表情と良く似合っている。アクセサリーは糸のように細い金のネックレスと、プチダイヤのピアス。左手の中指にカルティエのリング。素足に高級ブランドらしき黒のサンダル。シンプルでさりげなく、一分の隙《すき》もないグッドセンスである。

「さっすがベテランのスタイリストだわ。もう、言うことなし」

ドアチェーンをかけ、ロックを確認し、誰もいるはずのない室内を振り返る。ストレッチパンツのサイドファスナーに指をかけると、心臓が破裂しそうに高鳴った。仮の肉体とはいえ、完全なる生命が宿っているらしい。

自然としどけない内股《うちまた》のしぐさになってファスナーをおろし、Tシャツを脱ぐ。

「おお」と唸ったつもりが、「かわいいっ」という声になった。

着痩《きや》せするたちなのか、下着姿の体は思いがけずたくましい。肌は白く、まことにきめ細かい。

さて、ブラジャーはどうやって脱ぐのだろう。妻のそんなしぐさは覚えていない。左手を腰から、右手を肩ごしに回してホックを探る。

「ええと、どうするのかしら」

赤ん坊を背負うようにすると、両手が届いた。

一糸まとわぬおのれの裸身を、椿はあかず眺めた。

何とも奇妙な感覚である。休日にはおそらくジムとエステとで、鍛え上げ磨き上げているにちがいない完成された美女の中に、ハゲデブメガネの三重苦にあえぐ中年男のメンタリティが宿っている。

おそるおそる体のあちこちに触れてみた。しかし手は美女のものであるから、感触がメンタリティを満足させはしない。あくまで自分の手が自分の体を弄《もてあそ》んでいるにすぎなかった。

鏡に向かってさまざまのポーズをとり、ふしぎな視覚と触覚を楽しむ。好奇心とナルシシズムと変身願望がからみ合う、悦楽の極致という気がする。

何の気遣いもいらず、後くされもなく、犯罪性もなければ金もかからない。

長いことベッドの上であられもない痴態をくり拡げたあとで、椿は時計を見た。

「いけない、こんなことしてる場合じゃないわ」

いけない、いけない、と洩らす言葉にかえって欲情してまたしばらく体を弄んでから、ようやく下着をつけた。

ベッドサイドのデジタル時計は午前一時を示していた。審査官の声が甦った。

(少しでも時間を有効に使っていただくために、逆送開始時刻は明日の午前零時とします。すなわちあなたに与えられた制限時間は、六月二十五日月曜日からの丸三日間。よろしいですね)

ということは、六月二十五日の午前一時。貴重な一時間を、あろうことかてめえの体をいじくり回して空費した。

「サイッテー！」

慣れぬ手付きでブラジャーのホックを留め、服を着る。ありがたいことに顔にはナチュラルな化粧が施してある。

カーテンを開けて、のしかかる大都会の夜景を見つめた。ワープしたこの場所は、新宿新都心界隈《かいわい》のホテルの一室であるらしい。さて、これからどうする。

落ちつけ、と椿は自身を励ました。やらねばならぬ仕事がたくさんあるときは、いっぺんにあれもこれもやろうとせず、ひとつひとつ正確に片付ける。長いデパートマン稼業の知恵である。

こういうときの仕事の手順は、必ずしもプライオリティに従うのではなく、簡単な順に片付けて行くのがコツである。この要領の良さで、高卒ノンキャリアにあるまじき出世を果たしてきた。

椿はこの三日間でやりとげねばならぬ仕事について、冷静に考えた。

何よりもまず、妻と子の様子が気にかかる。幸いこの姿ならば、近くから見届けられるし、用心すれば正体を明かさずに慰めたり力付けたりすることもできるだろう。もちろん——ひそかに別れを告げることも。

父に会いたい。多忙にかまけて、入院先にはひと月も行っていなかった。呆けてしまった父に今さら自分ができることは何もないが、せめて先立つ不幸を詫《わ》び、感謝の心を伝えたい。考えてみれば四十六のこの齢まで、父に「ありがとう」と「ごめんなさい」を、一度も言っていないような気がする。

職場はどうなっている。「初夏のグランド・バザール」は後半の正念場だ。前線指揮官たる担当課長が突然死したあと、売上予算は達成されているのか。嶋田係長ひとりではとうてい手に負えまい。三上部長は売場に出ているだろうか。自分がいなくなったことをこれ幸いに、メーカーは品揃えの手抜きをしてやしないか。

そして「邪淫の罪」の嫌疑をかけられた佐伯知子のこと。こればかりは本人に会って、ことの真偽を確かめたい。いや、いわれなき罪を雪《すす》がなければ。

「がんばるのよ。できるかどうかじゃなく、やらなきゃいけないんだわ！」

オヤジのメンタリティは、声に出したとたん女言葉になる。何となく気合がそがれる感じがするが、仕事をなしおえるにはこの姿は好都合にちがいなかった。

とりあえず一分一秒も無駄にするわけにはいかない。この時間では何もできないけれど、ともかく街に出てみようと椿は思った。

「よみがえりキット」の黒い鞄を肩から提げる。オヤジが持てばみすぼらしいビジネスバッグも、椿が脇に挟むとおしゃれなブランド品に見える。

深夜の廊下に出る。われ知らずに、いかにもキャリアウーマンらしい颯爽《さっそう》たる歩き方をしている。

できるだけこの体に慣れておかなくては。誰かと話ができればいいのだが。

下りのエレベーターには、ダークスーツを着た背の高い紳士が乗っていた。ドアが開いたとたん一瞬たじろいだのは、その人物が女として出会った初めての異性だったからだ。

「どうぞ」

椿に微笑みかけ、低いバリトンで紳士は言った。

まあ、何て素敵な人。

「ロビーでよろしいですか」

椿がエレベーターに乗ると、紳士はこのうえなく紳士的な物言いで訊ねた。言葉のあとに「マダム？」と付け加えないのがふしぎなくらいだ。

「え、あ、はい」

胸をときめかせながら、椿はようやく答えた。

もし自分が女だったら、どんな男に惚れただろうと考えたことがあった。むろん、生前のことだが。

知的で物静かで、背が高くて男臭さがなくて、ダークスーツとシックなネクタイと白いシャツが、少しもサラリーマンっぽくなく似合う人。要するに自分と正反対の男性だろうと考えたものだ。

（……タイプよ。ズバリだわ）

胸の中で呟くと、いっそうときめきがつのった。

（お願い。声をかけて。何か言って）

すると、願いが通じたように紳士は背を向けたまま言った。

「この時間からお出かけですか？」

「え、あ、はい」

「どなたかとお待ち合わせ？」

「いえ……なかなか寝つかれないもので、バーでお酒でも飲もうかと思って」

「ああ、そうですか。実は僕も同じでしてね。もしよろしかったら、ご一緒しませんか。いや、無理じいはいたしませんけれど」

スッと気が遠くなって、椿は踏みこたえた。何と自然な、何と邪気のない誘い方だろう。こういうアプローチをされたら、女は百人が百人、断れないと思う。

はい、と答えると、紳士は細い口髭《くちひげ》を一文字に引いて、往年のハリウッド映画にしか存在しえない笑顔を振り向けた。

「光栄です。では、ほんの少しだけお付き合い下さい」

仮の肉体に慣れておこうと考えて部屋から出たとたん、まったくおあつらえ向きの相手に出会ったことになる。ラッキー、と椿は胸の中で呟いた。

「このホテルのバーは二時までですから、一時間たらずですが」

「私も明日の朝は早いんで、ちょうどいいわ」

エレベーターを降りると、男は静まり返ったロビー・フロアをまっすぐに歩き始めた。いかにも勝手を知った常連客というふうである。

「お仕事、ですか？」

ほのかなオーデコロンの香りを嗅《か》ぎながら椿は訊ねた。

「ええ。学会がありましてね」

まあ、何て素敵な人。

バーに入ると、紳士はカウンターの席に椿をエスコートした。

高椅子ではなく、ゆったりとした低いシートは座り心地がいい。暗い鏡に映る二人の姿はまんざらでもなかった。

「貸し切りですね。ボックスのほうがよかったですか」

「いいえ、ここでいいわ」

「向き合うとかえって話しづらいかと思って。カウンターの鏡ごしって、何となくバーチャルでしょう。よく知らない人とは、このほうが話しやすい」

「おっしゃる通りね。女性のあしらいにずいぶん慣れてらっしゃるみたい」

「カクテルは？」

と訊かれても、そういう上品な飲み物は知らない。まさかウーロンハイと言うわけにもいかぬし、無難なところでビールを注文する。

「職業がら、学者仲間とか教え子とか、お堅い女性と飲むことが多いんです。面と向かってしまうと、どうしても窮屈な話題になるもんでね、いつもこういうふうに座るんです」

「ご専門は？」

べつに隠すことでもなかろうに、紳士は少し言葉をためらった。

「歴史です。日本の歴史。とくに戦国武将の研究などを」

やや興醒《きょうざ》めではある。同じ歴史学者なら、やはり「考古学」か「ヨーロッパ中世史」がこの人には似合う。

「申しおくれました、あいにく名刺を持ち合わせていないのですが、タケダ・イサムと申します」

男は手元のナフキンに「武田《たけ》勇《だいさむ》」と書いた。右上がりの、ひどく下手くそな字である。

「あら、戦国武将みたいなお名前」

「実は甲斐《かい》の武田氏の末裔《まつえい》なのです。そもそも——」

家の来歴を語り出そうとする男の手からボールペンを奪って、椿はナフキンに名前を書いた。

「私はツバキヤマ……いえいえ、カズヤマ・ツバキです」

「ああ、美しいお名前だ。ご職業は？」

よくぞ訊いてくれた。自分について語ることこそが、このデートの目的なのである。

「フリーのスタイリストです。雑誌のグラビアとか、デパートの広告とか、ショウウィンドウのディスプレイですとか、そういうのやってます。年齢は三十九。もちろん独身です」

「三十九？――失礼ですがお若く見えますね」

「べつに三十九歳が若くないとは思いませんよ。若く見せようなんて考えたこともないわ」

快調である。三十九歳のキャリアウーマンはこのくらいの主張がなければいけない。

「僕は四十五です。まったく齢相応に見えるでしょう」

「学者さんのイメージが変わりました。だいたい齢より老けていて、むさくるしいですよね。よく知りませんけど、イメージとして」

武田はよくぞ言ってくれたというふうに肯いた。

「はい、おっしゃる通り。実は父が外交官だったもので、ハイスクールまではロンドンだったんです。イメージがちょっとちがうのはたぶんそのせいでしょう」

「あら、そういう方が戦国武将のご研究ですか」

「一種のノスタルジィですかね。外国で父の蔵書を読みあさるうちに、母国の歴史に興味を持つようになって」

あんがいおしゃべりである。仮の肉体に少しでも慣れるためには、この饒舌《じょうぜつ》に割りこまねばならない。

「それにしても私たち、何だか初対面じゃないみたい。大学教授とスタイリストなんて、ふつう接点が何もないじゃないですか。たまたまエレベーターの中でお会いして、こんなふうに話がはずむなんて嘘みたいね」

「まったくです。僕らはよほど相性がいいんでしょう。それとも、前世の因果、とか」

とたんに二人は、カウンター越しの鏡の中でハッと見つめ合った。

「前世の因果、ですかァ……」

「いや……ジョークです。余り深くお考えにならぬよう」

鏡から目をそらして、二人は初めて向き合った。たがいの容姿にばかり目を奪われて、持ち物に気付かなかったのはうかつだった。

椿が隣のシートに置いた黒い鞄とそっくり同じ物を、武田は膝の上に抱きかかえていた。

「あなた、もしや」

「もしかして、君は」

二人は同時に唇を慄《ふる》わせた。それからカウンターに頭を寄せ合って、名前の書かれたナフキンを覗きこんだ。

「まちがったらごめんなさい。あなた、義正院勇武俠道居士《ぎせいいんゆうぶきょうどうこじ》さんじゃないの？」

「そういう君は、まさかとは思うけど、昭光道成居士《しょうこうどうせいこじ》！」

スタイリストと大学教授の上に、魔群の通過のような長く暗い沈黙が訪れた。

驚愕のあまり、顎がはずれてしまった。武田は口髭をたくわえた端正な唇の端から、ブランデーを血のように滴らせていた。ダラダラと溢れ出るビールを、椿はハンカチで拭った。

「どうかなさいましたか？」

バーテンの声で、二人はようやく我に返った。

「君、すまんが席を替わってもいいかね。あっちの隅のボックスに」

椿を見つめたまま、武田は凍った唇だけで言った。

お揃いの「よみがえりキット」を抱え、赤いランプシェードの灯《とも》るボックス席につく。

「まあ、それにしてもよく化けたものね。ぜんぜんわからなかった」

「君に言われたくはないね」

「ううん、なるほど。現世人格分類表に基づいて最も対照的な人格に姿を変えるとなると――こういうことになるんだァ。ハハッ、おっかしいィ」

武田はうんざりと椿の容姿を見渡し、不愉快そうに言った。

「君は、そういう言葉づかいを気持ち悪いとは思わんのかね」

「あなたこそ、自分でそうは思わないの？」

霊魂と仮の肉体との人格配分はどうなっているのだろう。これは難しい。

「あなた、その学者言葉っていうのに違和感はない？」

「ぜんぜん」と武田は苦笑した。表情は依然として知的である。

「ということはつまりィ」

「頼むからその語尾をむやみに引っぱったり、やたらと上げたりするのはやめてくれないか。日本語の破壊だ」

「私だって言いたくて言ってるんじゃないわよ。つまりィ、言語は肉体が発しているから？　仕方ない？」

「納得がいかんね。しかし——ああいやだ。僕はなぜこんな声で、こんな言葉をしゃべっているのだろう。自慢じゃないが僕は、生まれてこのかた自分のことを『僕』などと呼んだことはなかったんだ」

「へえ。じゃあ何て言ってたの？」

「むろん、『おれ』もしくは『わし』だ」

「じゃあそう言えばいいじゃないの。無理しないで」

「わ、わし、か。わし、おれ……む、無理だ。言いたいけど、ものすごく抵抗がある。もう許してくれたまえ」

肉体と霊魂の相克に、武田は涙ぐんでいた。

バー・ラウンジには静かなピアノが流れている。所在なげにレジに佇むウェイターも、グラスを拭《ふ》くバーテンも、老いたピアニストも、みな現世に生きる人間たちだった。

武田は納得のいかぬ学者言葉で、椿とめぐりあうまでのいきさつを語った。

現世に到着して、仮の肉体に気付いたときは仰天した。こんな見も知らぬ体になって、何ができるのだろうと悩んだ。しかし、ともかく慣れることだ。正直のところ、この体で自然にふるまうことなどできるはずはないと思った。で、とりあえず街に出てみようと考えたのだった。

　以上の経緯はまったく椿と同じである。

「それで、私と出くわしたというわけね」

「イエス。ともかく誰かと対話をして、存在としての自己確認をしようと思ったのだ――ああ、いやだいやだ。こんな歯の浮くようなことを、誰がしゃべっているんだ」

「あなたよ」

「そうか。そうだな。だが、君を誘った理由はほかにもある」

　武田は椅子に沈みこんで長い足を組み、ブランデーグラスに語りかけるように言った。

「君は、思わず声をかけたくなるほど美しい。たとえエレベーターに乗り合わせた男が、甦った死者ではなくとも、誰もが君を誘っただろう。美しさは罪だと、僕は初めて知った……ううっ、気持ち悪い。唇が勝手に動く」

「素敵よ、武田さん。もっと言って」

「わかった。すこぶる不本意ではあるが、あえて言おう。僕はどうやら、君を愛してしまったようだ。この唐突な告白を、君が受け容《い》れるか拒むかはどうでもいい。もしこのように突然と降り落ちる愛を君が怪しむなら――」

「怪しむなら？」

「怪しむなら……」

「恥ずかしがらないで言ってよ」

「それは僕のあやまちではない。君が天使を信じていないだけさ」

椿はうっとりと武田を見つめた。瞳の中にはきっと、たくさんの星が飛んでいるだろう。思わず知らず、両掌《りょうて》は祈るように胸前に組まれていた。

「うっ、ううっ、まったく何という人格だ。要するに僕の人格を分類表とやらに基づいて正反対にすれば、こんな人間になるというわけか」

「落ちついて、武田さん。気持ちはよおっくわかるわ。でも、きっとこの体が都合いいのよ。さ、気を取り直してこれからのことを考えましょう」

何杯かのビールとブランデーを飲んで、二人はしたたか酔った。

ハイスクールまでをロンドンで過ごした大学教授の肉体はあくまでジェントルで、しぐさも言葉づかいもけっして乱れなかった。

一方、椿は危うい変調を感じていた。どうやらこの肉体は酒癖が悪いらしい。

「ねえ武田さん。私、ちょっと酔っ払っちゃったみたい。お部屋で飲み直さない？」

椿はルームキーを武田の手元に滑らせた。

「お話ししたいこともたくさんあるし」

「それは僕だって話はしたいけれど。そうですね、話だけなら」

「あら、どうして？　私のことを愛してるって言ってくれたじゃない」

ルームキーを長くしなやかな指先でつまみ上げて、武田はきっぱりと言った。

「スピリチュアルな恋愛に、セックスは似合わない」

「たしかにそうね。でも私たちは肉体を持っているわ。三日間だけ許された人間の体よ」

「禁忌じゃないのかな」

椿は考えた。セックスも恋愛も禁じられた覚えはない。

「行きましょうよ」

ためらう男の手を握って、椿は席を立った。

この衝動は酒のせいばかりではないと思う。自分の肉体は別れを告げるいとまもなく滅んでしまった。せめてこの仮の体で、人間としての記憶を惜しみたいと切実に希《ねが》ったのだった。

睡《ねむ》そうにレジに佇むウェイターは、武田の手から伝票を受け取ると慇懃に訊ねた。

「お部屋におつけ致しましょうか。それとも、カードで？」

「いや、現金にしてくれたまえ」

武田は財布から金を出し、椿の耳元で囁いた。

「必要な金はいくらでも出てくるらしいね。生きているころにこんな財布を持っていたら、何の苦労もなかった」

バーから出ると、武田は長身を俯けるようにして、前のめりに歩いた。悲しみが痩せた背を被っていた。

「僕は、君も知っての通りヤクザ者なんだがね──」

身の上を語るには不自由な言葉づかいが、かえって真に迫って聞こえた。

「どうせ畳の上では死ねない人生だと思っていたから、女房子供は持たなかった」

「お気楽な人生だこと」

「まあね。だったらなぜ大きなリスクを背負ってまで現世に戻ってきたか」

「それは聞いたわ。かわいい子分たちにまちがいを起こさせないように、でしょう」

武田は背中で肯いた。憔悴《しょうすい》しきった体がそのまま床に倒れこんでしまいそうに見えて、椿は腕を絡めた。

「僕がいないと、彼らは生きて行けない」

「それは買い被《かぶ》りよ。しょせん他人じゃないの」

絡めた腕に力がこもった。愚痴を言いたくはないが、感じた怒りの理由を、武田にはわかってほしいと思う。

「すまない。君にはお子さんがいらっしゃるんだね」

「いるわ。まだ小学校の二年生よ。それこそ、この先どうなるかわからないわ」

エレベーターに乗る。ルームキーのナンバーを確かめてから、武田はボタンを押した。

「話の順序が悪かった。もういちど聞いてくれるかな」

「極道の浪花節《なにわぶし》ですか」

「そう思われても仕方がないがね。彼らはみんな、まともな親の情を知らない。今どきヤクザになる男などというのはね、そもそも親の愛情が足らなかったんだ。だからヤクザになって、親分子分とか、兄弟分だとか、疑似家庭を作ろうとする」

「きれいごとね。そういう話はよく耳にするけど」

ドアが開く。武田を支えながら廊下を歩いた。ふと思いついて、椿は武田の腕を引き寄せた。

「なんだかんだ言って、まさか復讐をするつもりじゃないでしょうね」

「復讐？——やめてくれよ。そんなことをしたら大変だ」

「そう。わかってりゃいいわ。こわいことになるのよ」

審査官の手ぶりを真似て、椿は拇指を地に向けた。

「僕はね、自慢じゃないけど子分たちに臭い飯を食わせたことは一度もないんだ」

「へえ、そんなヤクザってあり？」

「テキヤだからね。もともと稼業が法律に触れている博徒とはちがって、その気になれば臭い飯とは縁のない商売で、きちんと食べて行ける」

「ああ、あの縁日でタコヤキとか綿アメとか売ってる」

「そうさ。僕も十五の齢からずっと、タコヤキや綿アメを売ってきた」

ゲストルームのドアを開ける。部屋は眠らぬ街の虹《にじ》色に染まっていた。

灯りを探る武田の手を握りとめて、背広の胸に顔を埋めた。

「僕がいなくなったら、彼らはどうやって生きて行くのだろうと、ずっとそればかり考えていた。みんな若いからね」

「どうして若い人ばかりなの」

「商売を覚えて、人間的にもきちんと世間に通用するようになったら、テキヤの足を洗わせるのさ。資金が必要ならば貸す。保証人にもなる。僕はこう見えても金勘定はきちんとしているから、銀行の信用だってあるんだ」

「へえ……それで齢の順にカタギになっちゃうから、いつも若い人ばかり残るってわけね。それって、早い話がボランティアじゃないの」

「ヤクザっていうのは、昔はそういうものだったんだよ。だから僕を育ててくれた親分はね、体が弱って僕を跡目に据えるとき、すまねえ、って詫びてくれた」

「わからない。何よそれ」

「つまり、僕ひとりをカタギにさせられないってことさ。親分の跡をついで、同じように若い者を育ててくれと」

死者が嘘をつく理由は何もないのだと椿は思った。武田の手は人ちがいで命を落とさねばならなかった悔しさに慄えていた。

「どうなっちゃうのかしら、みんな」

「組がなくなれば、系列のどこかに貰《もら》われるのがきまりなんだが――」

「そんなことしたら、本物のヤクザになっちゃうってことね」

「世間と同じでね、貰いっ子は苦労をするんだ。まず誰かは、僕の仇討ちを命令される。

僕だって組織の中では大幹部のひとりなんだから、いくらまちがいだって放っておくわけにはいかないのさ。みんな苦労をさせられる。どこの親分だってかわいいのは子飼いの子分だから、危ない仕事は貰いっ子の役目なんだ」

「もういいよ、武田さん。そんな話、聞きたくない」

椿の額に武田の涙が伝い落ちた。この人は親が与えられなかった愛情を与え、学校が教えなかったことを教えていたのだと思った。

「知らなかった。世の中にそんな人がいたなんて」

椿を温かな胸深くに抱きしめて武田は言った。

「僕がやらなければ、誰もやらないから」

何のためらいも抗いもなく、椿は伸び上がって武田のうなじに腕を絡めると唇を合わせた。

長身の首をかしげて、武田もごく自然に応えてくれた。

「よくわかったわ」

「何が？」

「スピリチュアルな恋愛に、セックスは似合わないってこと」

「だが、キスはすてきだ」

「ビックリした？」

「いや。君は僕の唇から、悲しい言葉を奪ってくれた。感謝するよ」

再び唇を重ねる。こういう情熱的なキスはすでに性行為の一部分であるはずなのに、さらなる情熱を求める気にならないのはふしぎなことだ。この陶酔感にまさる交歓はない。

「気持ちがいい……どうして？」

「僕もだよ。ずっとこうしていたい。できればこのまま石になってしまいたい」

仮の肉体に許される行為は、きっとここまでなのだろう。肉体に限りはあるが、霊魂は永遠だから、肉体を借りた霊魂の接吻《せっぷん》にきわみはないのだった。

「でも、キスしてる場合じゃないわ」

椿は武田の腕をすり抜けて、窓辺の椅子に座った。

「そうだ、そうだった。僕たちに許された時間は、三日間しかないんだ」

ベッドに腰をおろして、武田は頭を抱えた。

「何もそうまで考えこむことないじゃない」

自分が解決しなければならない問題に比べれば、武田の仕事はずっと簡単だと思う。簡単ではないにしろ単純にはちがいない。

「あのね、武田さん。私がどれくらいの悩みを抱えているか知ってる？」

椿は自分がこの三日間で片付けねばならない問題をこと細かに語った。遺された妻子のこと。息子の死さえ知らずにいる老いた父のこと。重い責任を担っている職場のこと。そして、「邪淫の罪」を晴らさねばならぬこと。

「私には、あなたみたいに嘆き悲しんでいる余裕もないの」

「手を貸すわけにはいかないよ。僕だって、君の言うほど簡単じゃないんだ」

「わかってるわ。おたがい頑張りましょう。ベストを尽くすのよ」

何だか開店前の訓辞のようだ。「よみがえりキット」の黒い鞄を提げて、椿は立ち上がった。

親分の災難

　武田勇。享年四十五。法号「義正院勇武侠道居士《ぎせいいんゆうぶきょうどうこじ》」。存命中の職業は有限会社武田興業代表取締役。とはいえその実体は、「四代目共進会会長」である。上部団体は関東一円に縄張りを持つ広域指定暴力団だが、彼自身は自分が暴力団員だという自覚はてんでない。そもそも「暴力団」という呼称そのものが一種の言いがかりで、これにまさる社会的差別はないと信じている。

　同じヤクザでも、いわゆる博徒はご禁制のバクチを生業《なりわい》とするのだからアウトローにはちがいないが、祭礼や縁日に出店を張るテキヤがなぜ暴力団よばわりされるのか、少なくも彼自身は釈然としない。

　もちろん、きょうび高市《たかまち》の商いで地道に食っている仲間は珍しい。博徒もテキヤもその稼業はボーダーレスになっており、金になりそうなありとあらゆる職業に手を染めて、「すきま総合産業」化しているのだった。

しかし、十五の齢に部屋住みの三ン下《さした》からこの道を歩き始め、古色蒼然《そうぜん》たるテキヤ渡世のほかには何も知らない武田は、不動産も金貸しも、風俗店もゲーム屋も、ボッタクリ・バーも外人ホステスの斡旋《あっせん》も、何の興味もなかった。

まじめなヤクザである。滅びゆく伝統文化の数少ない後継者である。非行青少年の更生活動を、身を以て実践している。かつての逮捕歴はすべて道交法違反で、それも自らが車の運転をした結果ではなく、不法な路上出店による逮捕であった。ちなみに、運転免許証はゴールドカードである。

かつてこういうヤクザは地元の名士であった。俠気が美徳とされていた時代にはカタギからも「親分」と呼ばれて信頼され、ヤクザ仲間からは「神農道の鑑」ともてはやされたものである。しかし今は差別され、コケにされている。

カタギから差別されるのはともかくとしても、仲間うちからコケにされるのはなぜかというと、金がないからである。

彼の率いる「四代目共進会」は、名前だけはたいそうだがすこぶる貧乏であった。昔ながらの稼業をまっとうしようとすれば、それはほとんどボランティア活動と同じになる。ましてや彼は、少ない売上金の中から毎月の銀行積立をし、子分ひとりひとりの名義でひそかに財形貯蓄もしている。税理士の手も借りずに毎年の確定申告をし、きちんと納税の義務も果たしていた。ために例年三月になると、ストレスが昂《こう》じて荒れた。

ヤクザの間には義理事《ぎりごと》と称して、冠婚葬祭の折には多額の祝儀や香典をやりとりする習慣がある。

しかし当然のことながら、正道をまっとうするがゆえに貧乏な武田には、その義理を人並みに果たすことができなかった。ちなみにこの業界における「人並み」とは、金一封百万円が基準である。

もっとも武田には、そういう習慣が拝金主義的悪弊であるという信念があるので、分相応の金を包んで少しも恥じるところがなかった。

共進会は末端の下部組織とはいえ、終戦直後の闇市から四代続く名門である。だから本来、武田は誰からも一目置かれる立場なのだが、葬式のたんびに香典が三万円では、やはりコケにされた。

ほかにもコケにされる理由はある。

四代目共進会こと有限会社武田興業には、四人の「正社員」と二人の「アルバイト」がいる。正社員とは盃事《さかずきごと》のすんだ子分であり、アルバイトはまだ修業中のため武田が盃をおろしていない部屋住みである。この二人は組事務所近くの武田のマンションに、ちゃんと住みこんでいる。

出社時間は午前九時、躾《しつけ》時間は八時四十五分と定められており、一分でも遅刻した場合はボコボコにされる。さらに無断欠勤者および商品器材に粗相があった者は指つめである。幸い教育が徹底しているので、武田組長にとっても不本意なこの処罰は、未《いま》だかつて適用されたためしはない。

つまり武田は、いずれ足を洗ってカタギの事業を起こしたとき、失敗しないだけの人材教育を図っているのである。しかし先代が考え出し、武田が完成させたこの社員教育は、仲間うちからはヤクザにあるまじきかたちとしてコケにされているのであった。

子分たちに序列はあるが、跡目は決めていない。武田は内心、共進会は自分一代を限りに解散しようと考えていたからだった。だからこの先は若い衆を増やさず、六人をひとりずつ卒業させたら自分も足を洗おうと思っていた。

「なぜだ……」

ベッドの上で頭を抱えたまま、武田は呻くように呟いた。

運命に「なぜ」はないのかもしれない。だが無意味な「なぜ」でも口にし続けねばならないほど、武田はおのれの運命を納得していなかった。

いくら何でも、人ちがいはあるまい。

「なぜだ……なぜ僕が……」

細くしなやかな学者の指で顔を被う。見知らぬ肉体の嘆きが、いっそう悲しみをつのらせる。生前には、こんなふうにウジウジと悩んだためしはなかった。

(ヒャー、あかん、人ちがいや。まちがっていてもうた！)

ヒットマンの叫び声が耳に甦る。武田が在世の最後に聞いた声である。

人ちがいで殺された。いくらヤクザだって、こんな理不尽があってたまるか。

自慢じゃないが他人様の恨みを買った覚えはない。いや、きょうびそういう生き方は自慢してもよかろう。少なくとも外務省の不良役人やセクハラ教員よりも、ずっとまじめに生きてきたと思う。

都心の寺で義理事があった。叔父分にあたる人の一周忌法要である。武田を可愛がってくれたその親分は、ちょうど一年前に抗争の犠牲になった。

抗争は犠牲者の釣り合いがとれたところで手打ちとなったから、武田が襲われたこととの因果関係はあるまい。

法要の帰り、兄弟分たちに誘われて飲みに行った。

「……なるほど。そういうことか」

武田は思いついて顔を起こした。死という厳然たる事実にうちのめされて、事件の顚末を顧みていなかった。つまり人ちがいということは、そのとき同席した兄弟分の誰かと間違われたのである。

「ええと、あのとき一緒だったのは、まず鉄兄ィ、繁田の兄弟、それと新宿の市川……」

それぞれ立派な一家を構える親分である。親しい仲だが、命を狙われるような問題を抱えているという話は聞いていない。

仮の肉体がなじんでいないせいだろうか、死の直前の記憶はなかなか戻ってこなかった。

武田は「よみがえりキット」の黒い鞄を抱えて立ち上がった。この際まず手始めにやらねばならぬことは、事実の確認であろう。いったいどういういきさつで自分が殺される羽目になったのか、それを正しく知らなければ、可愛い子分たちを説得することはできない。そのためにはとりあえず殺害現場に行って、正確な記憶を喚《よ》び醒ますことだ。

武田勇は生来が働き者である。学問があればおそらく一流の営業マンになっていたはずだった。思い立ったが吉日で、体はすぐに動く。

エントランスからタクシーに乗り、行き先を告げたとたん、鞄の中で電話が鳴った。

「もしもし……」

おそるおそるスイッチを押すと、低く澄んだ女の声が耳に届いた。リライフ・サービス・センターの担当者、マヤの声である。

「義正院勇武俠《ぎせいいんゆうぶきょう》道居士《どうこじ》さんですね」

「はい、さようですが」

「なかなかステキなお声ですわ。知的なバリトンで」

「ありがとうございます。で、何か？」

声も物言いも変わっているので、いちおう本人確認をしたらしい。

「どこかに向かわれるようですけど、こんな時間に何のご用事ですか」

電話機を耳に当てたまま、武田はリアウィンドウを振り返った。追ってくる車はない。

「どこにいるんだね？」

「どこって、私は中陰の世界におります。でも現世におけるあなたの位置はわかるんです。電話機の発信電波をキャッチしていますから」

そういうタチの悪い電話機の存在は、現世でも耳にしたことがあった。

「どこに行こうと大きなお世話だろう。プライバシーの侵害だ」

「お言葉ですが、義正院さん。霊魂にプライバシーなんてありませんわ。考えてもごらんなさいな、プライバシーなどというものはそもそも肉体の主張なのですから、その肉体の滅んでしまった死者にとっては、まさに死語なのです。ハッハッ、なんて気のきいたシャレ」

腹は立つが何となく説得力はある。呆れていると、マヤはさらに続けた。

「ま、制限時間内に何をなさろうとご自由ですけれど、あまり無意味なことはなさらないほうがよろしいかと」

寝呆《ねほ》けまなこのドライバーがふいに訊ねた。

「あの、お客さん。銀座には首都高で行きますか、それとも下で?」

声が電話に入ったらしく、マヤが忠告をした。

「銀座にいらっしゃるんでしたら、下のほうがいいわ。首都高速は夜間工事中で、環状線は竹橋《たけばし》をネックに三キロの渋滞です」

「下で行ってくれ」と、武田はドライバーに言った。

「あのねえ、マヤさん。僕は無意味なことはしないよ。いらぬ心配はするな」

「そうですね。以後、気をつけましょう。では義正院さん、くれぐれも厳守事項をお忘れなく。たとえばあなたはつい今しがた、うっかり本名を口になさいましたが、ナビゲーターの私としては一瞬ヒヤッといたしました。おわかりですね。相手が死人でなかったら、あなたは厳守事項のひとつをすでに違反してしまったことになりますのよ」

冥界からの電話は勝手に切れた。

武田はシートに体を沈めた。たしかにうっかり本名を名乗ってしまった。これはよほど気を引き締めてかからないと、こわいことになる。

それにしても肉体の重みとは、何たる苦痛だろう。こんな負荷を担って四十五年も生きたのだと思うと、人生は幸不幸にかかわらず、ご苦労なものだという気がする。ましてや在世中の体重は八十五キロもあった。この仮の肉体は、見たところせいぜい六十五キロである。

「銀座はどこにつけましょうか」

ドライバーが訊ねた。記憶を喚起させなくては。

「並木通りを走ってくれないか。詳しい場所が思い出せないんだ」

人間はいまわしい経験を忘れ、楽しい記憶を保存して生きるらしい。そうしなければ過去に圧し潰されて死んでしまうそうだ。死に至る一日の記憶がほとんど消えているのは、そのせいなのだろうか。命日の記憶——もちろんそれは、生涯最悪の記憶である。

自分は誰かのかわりに殺された。今さらその誰かを恨む気はないが、真相は知りたい。

死の理由をなおざりにしてはならない。それは四十五年の人生をなおざりにするのと同じだから。

窓の外を行き過ぎる街の灯を見つめながら、武田は考えた。

鉄兄ィ――抗争で死んだ叔父分の跡目である。部屋住みのガキの時分から、この兄ィにはずいぶん良くしてもらった。カタギの家族関係でいえば従兄《いとこ》にあたる鉄兄ィを、武田は仲間うちの誰よりも尊敬していた。たぶん武田の不慮の死を最も悲しんでいるのはこの兄ィだろう。

繁田の兄弟――一門の中では血統が遠いのだが、若いころから妙にウマの合う親友である。たがいの人となりは実の兄弟以上に知りつくしている。テキヤの本業から遠ざかってしまったのは事業手腕にすぐれているからで、見てくれもけっしてヤクザとは思えない。生き方がちがうせいで、むしろ年齢とともに絆《きずな》は強くなった。

市川――同じ釜《かま》の飯を食った弟分である。先代の部屋住みから叩き上げて、とうとう足を洗わずに一家を構えたのは、武田と市川の二人きりだった。だから市川には、血を分けた弟のような親しみがある。

命日となった晩、一緒にいたのはこの三人であることはたしかだった。

三人のうちの誰かが、関西弁を使うヒットマンに命を狙われていたことになる。

「ゆっくり行ってくれたまえ。思い出すから」

タクシーはほとんどネオンの消えた並木通りの一方通行を、探るような速度で走った。

「ああ、ここです。ここでいい」

いくらでも金の出てくる便利な財布から過分の料金を支払い、武田は真夜中の街に降り立った。

あの夜の記憶が甦ったわけではなかった。ひとけの絶えた街路樹の根方に、花束が手向けられていたのだった。こんな銀座の真ン中で車にはねられて死ぬ人間はいないだろうから、花束は誰かが武田の霊に捧げたとしか思えなかった。

自分が四十五年の人生を終えた場所。どうしてもそこに立つ気にはなれず、武田は道路を隔てた向かいのビルの壁にもたれて、しばらくの間はるかな記憶をたどった。

そう——細かな雨が降っていた。街路樹の根元に崩れ落ちたとき、葉叢《はむら》の蓄えた雨の滴が、いっせいに降り落ちてきた。

背後から頭を撃たれた。まさか拳銃《けんじゆう》とは思わず、何か物が落ちてきたか、誰かに頭を殴られたのだと思った。振り返ろうとしたら、腰が抜けてしまった。

ヒットマンは拳銃を両手で構えて、仰向いた武田の胸や腹にとどめの弾丸を撃ちこんだ。そして弾丸を撃ちつくしてから、どうしようもないことを言ったのだ。

(ヒャー、あかん、人ちがいや。まちがっていてもうた！)

誰とまちがえたのだ。武田は道路ごしに凶行現場を見つめたまま、記憶のテープをワンシーンだけ巻き戻した。

そうだ。みんなはエレベーターで降りてきたのに、自分ひとりだけ階段を下ってきた。

兄弟分たちと見送りのホステスたちがエレベーターに乗り、自分が最後に乗ろうとしたら、重量オーバーのブザーが鳴った。

降りようとするホステスを押し戻して武田は言った。

(俺ァ、なんせ八十五キロだからよォ。おまえが降りたって同《おんな》じだ)

で、階段を下って行った。エレベーターは途中の階に止まったのか、先に一階についたのは武田だった。

ヒットマンは路地に身を潜ませていたのだろうか、それとも車の中にいたのだろうか。ともかく階段を下りてきた男を的と勘違いして、背後から忍び寄ったのだ。

やはり医者に言われた通り、まじめにダイエットをするべきだったと、武田は今さら深く悔いた。命を奪ったのは中性脂肪でもコレステロールでもなかったが、肥満のせいで死んだのはたしかだ。

目の前の路側に、見覚えのある車が止まっていた。白いボディを思いっきりシャコタンに沈めた、およそ銀座には似合わぬスポーツカーである。

ドアには懐かしい代紋のシールが貼りつけてあった。改造されたマフラーから、低いエンジン音が轟《とどろ》いている。

街灯に照らされたフロントガラスを覗きこむ。シートを倒してぼんやりと宙を見つめる少年の顔を見たとたん、武田は胸が熱くなった。

「何だってんだよー、おっさん。白タクじゃねーぞ」

純一、と思わず声を出して、武田はあわてて口をつぐんだ。

「アレ？　キモいぜー、おっさん。何で俺の名前知ってんの」

少年は車から降りると、斜に構えて武田を睨みつけた。

「俺、あんたなんか知らねーぜ。おやじのダチ？　だったらもうカンケーねーよ。とっくに勘当されちまってるから」

「い、いや、そうじゃない。おとうさんの友達とか、警察とか、そういうんじゃない」

「だったら何なんだよー。キモいよなー、真夜中の銀座で知らねえジジイから名前呼ばれるっての」

「キミ、どうして眉《まゆ》を剃《そ》ったんだね、みっともない」

金色に染めた髪と剃り落とした眉のアンバランスに、武田はたまらず説教をたれた。

「これか？　これにはよー、深いワケがあるんだ。あんたにはカンケーねーけどよー。あのな、つい先週のことなんだけど……」

そこまで言いかけて武田の顔を見つめたまま、少年の表情がふいに壊れた。

「どうしたんだね」

「すんません。グス……みっともねえけど、俺、まだぜんぜん気持ちの整理がつかなくって。だから毎晩、夜が明けるまでここにいるんです」

語り始めると、少年の荒れた言葉づかいは神妙になった。

「俺、ヤクザなんす。親分がそこで殺されちゃって……俺、おやじやおふくろのこと大嫌いだけど、親分のこと大好きだったから」

ようやく言ってから、少年はホイホイと声を上げて泣いた。

武田は少年の震える肩を抱いた。

「花なんて、女にもくれてやったことねーんだ。でも、もう親分にしてあげられることがねーんだよ。毎晩こうやって、花を供えるぐれえしか……」

孤独な少年は、やり場のない嘆きを誰かに訴えたかったのだろう。武田の背広の袖を握りしめて、少年は身を震わせながら続けた。

「うちの親分は、まちがったって命を狙われるような人じゃねーんです。そんなの、長いこと部屋住みして、寝起きを一緒にしてた俺が一番よく知ってます。だから親分は、とんでもねえ逆恨みか何かで殺されたに決まってんだ。俺、まだ盃もおろしてもらってねえ三ン下だけど、悔しくって眉毛おとしたんです」

「さて、どういう意味かな。その眉毛を落とすということが、よくわからんが」

「そりゃー、カタギのおっさんにはわかんねーかもしんねーけど。あのね、俺、親分を殺《や》った野郎は、ゼッタイ俺が殺ってやるって、誓ったんです。仇討ちを果たすまでは眉毛を生やさねえって」

武田はとっさに少年の胸倉を摑み上げると、力まかせに頰《ほお》を張った。

「生意気を言うな。死んだ人間のことなど忘れろ。終わってしまったことなどきれいさっぱり忘れて、自分の生きる道だけを考えなさい」

ままならぬ言葉が苛立たしかった。殴り返そうとする手を払いのけて、武田はさらに少年を打ちのめした。

「純一――」

路上に蹲ったまま号泣する少年のかたわらに座りこんで、武田は名を呼んだ。

「おっさん、誰なんだよー。キモいぜー。ヤクザ殴って怖くねーのかよー」

「ヤクザなど怖いものか。そんなことより、キミの兄貴たちはどうしている。ヨシオは？　ヒロは？　一郎は？　ユキオは？　タクは？」

「うっへー。何でみんなの名前なんか知ってるんだよー。わかった、おっさん弁護士だな」

「え？……そ、そうだ。親分とは古い付き合いさ」

「義兄《よし》ィと一郎さんは港家《みなとや》の鉄親分のとこです。広兄《ひろ》ィと幸夫《ゆきお》さんは繁田のおじさんとこにゲソつけました。そんで、俺と卓人《たくと》のやつは市川の親分がもらってくれたんです」

その結果がいいのか悪いのか、武田はしばらく考えこまねばならなかった。

鉄兄ィの率いる港家一家は香具師《やし》の正道を歩んでいる。若い衆も躾のよいしっかり者ばかりだから、貰われた二人の子分は幸せだろうと思う。もし遺言を口にする余裕があったなら、六人とも鉄兄ィに面倒を見てほしかった。

繁田は金融業や不動産業を手広く経営する近代ヤクザである。貰われた二人は相当とまどうだろうが、むしろ将来のためになる苦労はできるだろう。

問題は新宿の市川組が引き取った二人である。純一と卓人はともに暴走族あがりで齢も若い。まだ武田が盃をおろしてもいない部屋住みの身分だった。本人はヤクザと称していても、正しくはヤクザ見習なのである。

市川は歌舞伎町を主なシノギの場としている。しかし縄張りとは言い難い。数え切れぬほどの組織が事務所を構える新宿歌舞伎町は、きちんとしたシマワリなどできぬ無法地帯なのだった。市川組は毎日のように揉《も》み合いぶつかり合いながら、アングラ・カジノや風俗店を経営し、あるいはカタギの店からミカジメと称する用心棒代をせしめて食っている。鉄兄ィも繁田も武田も、齢下の市川が荒事《あらごと》に及ぶたびに説教はするのだが、考えようによっては市川の生き方が最もヤクザらしくもあるから、渡世の張り方にまで文句をつけるわけにはいかなかった。

どんな苦労にも、苦労の値打ちはあると思う。しかし部屋住みの純一と卓人が市川組の厄介になるのは、教育も満足にできていない新兵をいきなり戦場の最前線に送りこむようなものだろう。短い間に武田が教えたことも、何ひとつ役にはたつまい。

「君は、市川君のところで何をしているんだね」

いっこうに慣れぬ学者言葉で、武田は訊ねた。

「何をって、まだ親分が死んで何日もたってねーから……組の事務所も、親分の家《ヤサ》もまだそのまんまだし」

「何か指示はされていないのかね」

「港家の鉄親分が言うには、七日間は魂が残ってるから、事務所もマンションもそのまんまにして、しっかり線香を上げとけって……でも、兄貴たちはきょうからあっちの事務所に行ってるんです。港家や繁田の親分のところは、やることがいくらでもあるらしくって」

武田の胸は痛んだ。純一と卓人は親分のいなくなったマンションに寝起きし、骨箱に線香を上げ、兄貴分の去った事務所に出て、ぼんやりと一日を過ごしているのだろう。

「ということは、兄貴たちは君ら二人をほっぽらかしにしたのかね。ううっ、許せん。僕はそんな教育をした覚えはない」

「へ？——何スか、その、教育って」

「いや何でもない。しかし君ら、心細いだろう」

親に突然死なれ、途方にくれている少年の顔だった。こいつにとっての俺は、親分ではなく親だったのだと、武田は今さらのように思った。

「実は——ゆんべ兄貴たちに引導を渡されたんス」

「引導？」

「兄貴たちみんなで相談したらしいんだけど、自分と卓人にね、おまえら足洗えって。市川組にゲソつけたってロクなことねえから、このまんまフケちまえって」

夜更けの事務所で、悲しい話し合いをする子供らの姿が瞼にうかんだ。兄貴分たちの結論は正しいと思う。

「そうしたまえ。君と卓人君の二人は、まだ正式に親分の盃を受けたわけじゃないんだ。ノー・プロブレム。このまま元の暮らしに戻ったところで、文句は誰も言わないよ」

「そんなことはわかってるけど……あ、猫だ」

ビルのすきまから仔猫《こねこ》がさまよい出て、純一の足に鳴きながら頭をこすりつけた。少年は身をかがめて猫を抱いた。

「自分も卓人も、今さら帰る家なんてねーから」

二匹の迷い猫を、コンビニの駐車場から拾って帰ったのは一年と少しばかり前のことだった。純一と卓人。親に捨てられた仔猫と、親に死なれた仔猫だった。

「もしかしておっさん、自分と卓人の身の上、親分から聞いてますか」

武田は答えにとまどって、「いや」と俯いた。純一の両親は離婚をして、それぞれが平和な家庭を築いていた。卓人は両親がすでに亡く、齢の離れた姉の厄介者だった。

いくら世の中が豊かになっても、不幸な子供が減るわけではない。むしろ豊かさの分だけ、彼らは差別され、コンプレックスを抱き、ねじくれて成長する。自分と似た生い立ちの二人の少年を、武田はどうしても他の大人たちのように白い目で見ることができなかった。

「親分と初めて会った晩、帰りたくたって帰る家がねえって悪態ついたら、ブン殴られたんです。そんで、マンションまで曳《ひ》きずってかれて。帰る家がねえんならここにいろって、親分は飯食わしてくれたんだよ。ビックリするくらいうまい味噌汁もこしらえてくれたんです」

ひとけの絶えた並木通りを、パトカーが通り過ぎた。胡乱《うろん》な目つきで睨む警官の視線をかわすように、二人は車に乗りこんだ。

「昔の仲間たちのところへ戻ってはいかんよ」

ゴテゴテと装飾されたインテリアを弄びながら武田は言った。

「そんなことしねーって。でも、どうすりゃいいんだろ」

少年は胸に抱いた仔猫に溜息を吐きかけた。

フロントガラスに雨が落ちてきた。消え残るネオンが滴に滲むまで、武田と純一は黙りこくっていた。

純一は生きる方途を見失ってしまったのだろう。眉を剃って復讐を誓うほど、気の強い性格の子供ではない。そういう大それたことをしでかして少年院にでも入れば、とりあえず寝ぐらが定まって飯も食えると考えたのではなかろうか。

「ところで、この件について卓人君は？」

気にかかったことを武田は訊ねた。本気で復讐を考えるとしたら、純一よりも卓人のほうだろう。卓人は気性が激しく、腕っぷしも強い。コンビニで殴り倒したときも、純一は頭を抱えて泣きを入れたが、卓人は向かってきた。

「それがよー、卓人のやつ親分が死んで以来、ひとっ言も口をきかねーんだ。一日中、事務所とマンションの掃除ばっかかしてて、自分が声をかけたって返事もしねーんです。

ノイローゼかな。そんで夜中にゴソゴソ起き出してね、親分のお骨を抱いて泣いてるんです。アレ……どうしたの、おっさん。何でおっさんまで泣いてるの。ダッセー」

「いや……亡くなった親分のことを思い出してね。僕らはとっても仲が良かったから」

「ふうん。そっかー、マブダチだったんスね」

「そうさ。かけがえのない、とうてい他人とは思えぬほどの仲だった。で、卓人君には他に何か変わったことは？」

エンジンをかけ、ワイパーを回してから純一は言いづらそうに呟いた。

「あのね、実はけさ方のことなんスけど、卓人のやつ親分の骨箱を開けてたんです」

「骨箱を？」

「ひえー。思い出しただけでおっかねー。あいつね、親分の骨をポリポリ食ってたんです。こえーッ、おっかねー」

とたんに武田は、純一の膝から仔猫を奪い取って命じた。

「車を出したまえ。もはや一刻の猶予もないような気がする。卓人君を止めなくては」

父の秘密

小雨に濡《ぬ》れる始発電車の窓から、椿は行き過ぎる沿線の風景をぼんやりと眺めていた。生前の記憶がありありと甦る。緩慢な死であれば病の床で思いたどったにちがいないが、それすらも許されぬほど、命は突然尽きてしまった。

高校を卒業してデパートに就職したころ、京王《けいおう》線の各駅停車はまだ玩具《がんぐ》のような緑色に塗られていた。明大前で井の頭線に乗り換え、渋谷の店に通った。

三十年近くの間、朝に晩に見慣れた風景が通り過ぎて行く。

新婚生活を送った社宅も、昨年ようやく手に入れた中古住宅も同じ沿線だった。まるで蟻《あり》ン子のように、この線路の上を毎日往復していた。

こと住宅事情に関して言うのなら、自分は幸運だったと思う。同世代のほとんどは好景気の時代に取り返しのつかない高い買い物をしてしまったが、晩婚だったがために災厄を免れた。土地価格の暴落により、十年前に家を買った友人よりも購入したとたんから残債が少ないという、超数学的恩恵にあずかったのである。

あの時代には誰ひとりとして予測していなかった結果なのだから、まことラッキーというほかはない。手に入れた家の元の所有者の話によると、彼が購入したころには倍以上の値がついていたそうで、家が売れてもなお、夥しい借金が残るという。まさに人生の明暗を感じたものだ。

しかし、いかな幸運であれ購入のあくる年にポックリ死んでしまったのでは身も蓋《ふた》もない。

始発電車に乗り合わせているのは、呑気《のんき》な朝帰りの若者たちだけだった。

各駅停車は懐かしい小駅のホームで、いちいちあくびでもするようにドアを開けた。車内放送の車掌の声も、心なしか眠たげである。一駅ずつ、まるでもどかしい一歩を踏むように、妻と子の待つ家が近付いてくる。

環状八号線を越えると、沿線は豊かな緑に包まれた郊外の風景に一変する。

千歳烏山《ちとせからすやま》。妻と新婚生活を過ごした町だ。椿は身を捻《ね》じ曲げて、雨に煙る駅頭を見つめた。若者たちが降りてしまうと、車内には誰もいなくなった。

仙川《せんがわ》は住宅地の谷間に置かれたような小さな駅である。線路を囲む土手には赤い夏の花が咲いていた。この駅からほど遠くない老人病院に、父が入院している。男手ひとつで育て上げた息子の死を報されることもなく、父は呆けた日々を送っているのだろうか。

電車はためらうほどにゆっくりと、雨の小駅に滑りこんだ。ホームに佇むいくつかの人影が窓を過ぎて行く。

あ、と小さく叫んで、椿はシートから腰を浮かせた。

（おとうさん——）

まぼろしかもしれない。長身の背を丸めて、たしかに父に良く似た老人の姿が窓をよぎった。

退屈なあくびでもするようにドアが開き、老人はひとつうしろの車両に乗りこんだ。心臓が高鳴る。

首を伸ばして覗き見たとたん、目が合ってしまった。椿は思わず顔をそむけた。父にまちがいなかった。こんな朝早くから、病院を抜け出して徘徊《はいかい》しているのだろうか。

気を取り直して椿は立ち上がった。考えてみれば、自分は似ても似つかぬ女に変身しているのだった。

引き戸を開けてうしろの車両に移る。父の姿が近付くほどに思いが乱れ、椿は斜め向かいの座席につくと顔を被った。気持ちを静めなければ、父に声をかけることも正視することすらもできなかった。

（泣いている場合じゃないでしょうに）

俯いたまま自分を励ました。それにしても女というのは便利なものだ。感極まればこんなふうにたちまち涙をこぼすことができる。

（ともかく病院に連れ戻さなくちゃ）

黒い鞄を探るとハンカチが入っていた。必要なものはとっさに出てくる便利な鞄である。涙を拭って息をつく。それでもまだ顔を上げる勇気はなかった。

母に死なれてからというもの、父にはそれなりに気を遣ってきたつもりだ。だが格別の迷惑をかけなかったかわり、これといった親孝行の記憶もない。そういう生き方が父の最も望むところであるということも承知していた。そしてとうとう、どうしようもない親不孝をしてしまった。先立つ不孝――これにまさる親不孝はあるまい。

「どうかなさいましたかね」

懐かしい声が耳に届いた。古ぼけて形のひしゃげた父の革靴が、椿のサンダルの爪先《つまさき》に向き合っていた。

「いえ、べつに。大丈夫ですから……」

顔を上げることができなかった。父はどうして役所勤めのころと同じ靴を、いつまでも後生大事にはいているのだろう。

「大丈夫と言ったってねえ」

思いがけず正気の声で、父は語りかけてきた。

「若い娘さんが始発電車で泣いているっていうのは、誰が見たって尋常じゃない」

よいこらせ、と雨傘を杖《つえ》にして、父は椿のかたわらに腰をおろした。

「若くなんかありません。もう三十九です」

「ほう、三十九。私ァまた、はたちそこそこの娘さんかと思った」

虚《むな》しい対話だが、父がお愛想を言える人間であるというのは、ひとつの発見だった。

いや、妙な感心をしている場合ではない。面会人の分別もつかぬほど呆けているはずの父が、まったく正気の言葉をしゃべっている。これはどうしたことだ。

「三十九にしたって、私の倅よりずっと若い。それに、べっぴんさんだ」

椿は勇気をふるって顔を上げた。目の前の父は表情までも正気だった。

「あのねえ、あなた。どんなことがあったにせよ、人前で泣くのはよろしくないよ。女の弱みにつけこむろくでなしもおるだろうし、ろくでなしではないにしろ、私のようなお節介の年寄りは放っておくことができない」

「すみません」と、椿は素直に詫びた。父の声はここちよく胸にしみた。

父の筋張った大きな掌《て》を見つめた。まるで古武士のように、腿《もも》の上で拳を握るのは父の癖だった。

「あの、おじいちゃん――」

「何だね。お悩みごとを相談する気になったか」

「そうじゃなくって、私の手を握ってもらえますか」

やれやれ、ととまどいがちの溜息をつきながら、父は椿の手の甲に温かな掌を重ねてくれた。

「これで少しは落ちつくかね。おや、どうしてまた泣き出すんだ」

遠い日の記憶が甦ったのだった。母の葬いのさなか、父は幼い息子の手をかたときも離さず握り続けていてくれた。ときどき圧し潰すように力をこめたのは、「泣くな、男だろう」という暗黙の叱咤《しった》だった。あの日からずっと、父は自分の手を握り続けていてくれたのだろう。そして息子が一人前の泣かぬ男になったのを見届けて、ようやく手を離した。離した手を二度とつなごうとはしなかった。

もし息子ではなく娘に生まれていたのなら、父はどんな育て方をしてくれたのだろうか。悲しみのたびにこんな温かな掌をさしのべて、泣くだけ泣かせてくれるのならば、この人の娘に生まれたかった。

「あの、以前お会いしたことがあるんですけど」

言葉を選び抜いて、椿は言った。一瞬、父の顔色が翳《かげ》った。

「仙川の、愛寿《あいじゅ》病院で……」

「あなた、看護婦さんかね」

怯む父の手を、椿は握り止めた。

「いえ、そうじゃありません。知り合いのお見舞いに行ったとき、お見かけしたような。ご退院なさったんですか」

涙を拭って、椿は父を見据えた。この人は嘘がつけない。けっして嘘と愚痴を口にできぬ父の気性は、椿が誰よりも知っている。

「いや」と、父は痩せた顎を振った。

「退院はしていない。まいったな、妙な人に声をかけちまった」

椿の手を握りしめたまま、父は開き直るように背筋から力を抜いた。

「あの、おじいちゃんはずいぶんシャンとなさってますよね。たしか病院でお見かけしたときは、車椅子に乗ってらして、ボーッとしてたみたいな。いったいどういうことなんでしょうか」

まさか、と椿は思った。思うほどに背中が寒くなる「まさか」である。

「あなた、ほんとに看護婦さんじゃあるまいね」

「ちがいます。知り合いもとっくに退院しましたから、あの病院とは縁もゆかりもありません」

「ほんとうだね？」

「はい。あの、たいへん僭越《せんえつ》ですけど、もしおじいちゃんに何か秘密があるのなら、聞かせて下さい」

「何だか強引な人だね。そんなことを聞き出しても仕様があるまい」

「私のことを心配して下さったお返しです。神様に誓って、誰にも言いませんから」

父はしげしげと椿を見つめ、ぶっきらぼうな口調で、「やっぱり三十九だな、あんた」と言った。

「ときどきこうして、朝早くに非常階段から脱走するんだ。実のところ、まだ足は達者だからね、仙川の駅まで歩いて、一駅か二駅ばかり電車に乗って、起床前に知らん顔で病院に戻る」

「ええっ、それって、どういうこと！」

思わず大声を上げると、父はあわてて椿の首を引き寄せた。

「ヒミツ、ヒミツ。本当にボケたくないからさ」

「ということは、ボケたふりをしてるんですか。まあ、何て器用な人」

あまりの驚愕に怒る気にもなれぬ椿の頭を親しげに撫でて、父はクックッと笑った。

「笑いごとじゃないわ」

「フム。たしかに笑いごとではないね」

「それって、誰にもバレてないんですか」

「もちろん。私はね、長いこと役所で福祉関係の仕事をしてきて、定年後もボランティアでお年寄りの世話をし続けた。要するに、ボケ老人のプロ」

そんなことは知っている。つまりボケ老人のプロが、プロのボケ老人になったということか。

「ど、どうしてそんな馬鹿なことをなさるんです」

父は周囲に目を配りながら、椿の興奮を宥めた。

「他人のあなたが四の五の文句をつけることじゃあるまい。あのね、他人のあなたにだから言えるんだけど、理由は二つある」

「二つ、とは？」

「そう怖い目で睨みなさんな。アカの他人なんだから。まずひとつ——」

「まずひとつ――」

父の指に、椿は指を並べた。咽が渇く。

「私はね、それこそ謹厳居士を絵に描いたような小役人でしてね。自分で言うのも何だけど、この齢になるまで嘘をついたことがない」

「はい、それはわかっています」

「え、どうしてわかるんだね」

「いやそれは、その――お人柄を拝見して」

「さよう。他人がひとめ見たって人柄に滲み出るくらいの、謹厳実直な男なのだよ。こういう性格は損だね。世の中、嘘つきのお調子者ばかりが出世する。そこで私はある日、フト考えたのだ。一生に一ぺん、乾坤一擲《けんこんいってき》の大嘘をついてやろう、とね」

「サイッテー……」

「はい、最低でけっこう。ところであなた、ケンコンイッテキという言葉は知っておるのかな」

「知らないわよ、そんなの」

「のるかそるかの大勝負、という意味さ」

「サ、サ、サイッッッテェー！」

鎮《しず》まれ、とでも言いたげに父は椿の掌を握る指先に力をこめた。

「つまり、ボケたふりをしてみんなを欺《だま》すという大嘘をついたのね」

「そう。家族も、知り合いも、医者も、看護婦も、本物のボケ老人たちも、みんな欺した」

「すごいわ。プロよ、プロの荒業だわ」

嘘というより、父は自分が老人になるまで格闘してきた社会問題に、みずから身を委《ゆだ》ねただけなのではなかろうか。

「二つ目の理由――」

椿は差し出された父の指に、二本の指を並べた。

「こんなことを、行きずりの人に言うなどと、まったくもってお恥ずかしいかぎりだが――」

父はふいに、いたずらっ子のような笑みをとざして太い息をついた。

わずかなためらいの間に、椿は父の心のうちを読んだ。これぱかりは、無口な父と誰よりも長い時間を共に過ごした自分にしか予測はつくまい。

「おっしゃって下さい。どうせ行きずりの人間ですから」

わかるよおとうさん、という声を嚙み潰して椿は言った。父は息を吐きつくしたまま体を屈めた。

「ありがたい。実のところ、つらくて仕様がなかったんだ。私は嘘をついたことがなかったが、愚痴を言ったためしもなかった。行きずりのあなたに生涯一度の愚痴を言わせていただく。よろしいかな」

椿は前屈みにしぼんだ父の背に手を置いた。ナイロンのジャンパーの上から、硬い背骨が触れた。自分はこの人から、血と肉とを分かち与えられたのだと思った。

「家族の世話になりたくなかったんだよ」

椿は父の背を握りしめた。

「どうして、ですか」

痛恨の声を、父は怪しみはしないだろうか。

「このところ、体もめっきり衰えた。いっそう頑固になったし、偏屈になった。つまらぬことに短気を起こして、嫁に当たったりもするようになった。そんな老醜を晒すようでは、孫の教育上にも好もしくはない。できれば家を出て、見知らぬ土地か深い山の中で、消えてなくなりたかったのだがね。昔の姥捨山《うばすてやま》のようなところがあれば、どんなにいいかと思いつめた」

言葉が声にならず、椿はただ胸の中で、おとうさん、おとうさん、と呟き続けた。

けっして愚痴を言わぬ人であることは知っていた。だから口にせぬ不満や苦悩は、できるかぎり斟酌するよう心を配ってきたつもりだった。自分も妻も、父をないがしろにしたおぼえはない。新居に越してから多少は体の衰えを見せ始めてはいたが、とりわけ頑固になったとも、偏屈になったとも思えなかった。短気を起こして妻に当たったのなら、亭主の耳に入らぬはずはなかった。

父は考え過ぎたのだと思う。家族に迷惑をかけたのではなく、いずれ迷惑をかける自分を怖れたのだ。

「それで、ボケたふりを……」

父は背を丸めたまま、こくりと肯いた。

「自分の作った福祉の仕事に甘えるほうが、いくらかマシだと思った結果ですよ」

各駅停車の曇った窓に、雨粒が斜めの縞《しま》模様を描いている。線路ぎわの土手にはあじさいが満開だった。

「いいおしめりだね。今年は空梅雨で、貯水池も干上がっておるらしい。これで一息つけばいいが」

傘にすがって顔をもたげると、父は雨景色に目を細めた。

幼いころ、東京は夏になれば毎年のように水不足になった。それも取水制限などというなまなかなものではなく、連日の断水だった。そんなときでも、父はヤカンに一杯の水しか汲《く》み置こうとはしなかった。風呂は沸かさずに銭湯に行き、帰りに井戸水を貰って帰った。みんなが汲み置きをすれば、よけい水が足らなくなる、というわけだ。万事において「私」のない人だった。

「倅は、デパートに勤めておりましてね」

椿は身をすくめた。正気の父が悲劇を知らされていない。これは怖ろしいことだ。

「本当は大学に行って、私のような小役人ではない立派な役人になってほしかったのだが――母親を早くに亡くしましてね。それでたぶん、父親に世話をかけてはならぬと思ったのでしょうな。学校の成績はよかったのに、もったいないことをしました」

「あのう、立ち入ったことですけど、いいですか」

「なんなりと」

「そういう息子さんだから、おじいちゃんも世話になりたくなかったのかしら」

「女にはわからん」

と、父は憮然とした口調で言った。

「はあ……そう言われても……たぶんわかると思いますけど」

「あのねえ、女は男に甘えてもいいが、男が男に甘えるというのは、けっしてあっちゃいけないことだよ。倅は私に甘えなかった。人生を棒に振った。だから私は倅に甘えるわけにはいかない」

誇り高きデパートマンの人生をそう言われるのは心外だが、父の考えるところはよくわかった。それにしても——何とわかりやすい人格だろう。父の人生は白と黒とがまときっぱりと分かたれていて、灰色の部分が何もない。この人はたとえば職場での人間関係のしがらみなどに、どう対処してきたのだろうと、椿は今さらのように思った。

「しかし——」

父は過ぎ行く風景をまっすぐに見つめて、乾いた唇を慄わせた。

「倅は、つい先日死にました。孝行息子だったが、とんだ親不孝をしおって……」

椿はきつく目をつむった。雨傘にすがった父の手を探り、他人のねぎらいを装って握りしめた。

ありがとう、と父は気丈な声で言った。

「つい四日前の話なのですがね。それまでは私自身の大嘘を悔やんだためしはなかった。いやむしろ、倅や嫁に世話をかけないという目的は達成しておったし、自分の手がけた福祉の仕事を、身をもって確認することにひそかな悦《よろこ》びすら感じていたのですよ。だが、さすがに今度ばかりは後悔した。知らされてはいないのだから、葬いに行くこともできない。嫁や孫を励ましてやることもできない。何の力にもなれない。わかりますかね――いかに身から出た錆《さび》とはいえ、人前で嘆くことすらも、私には許されんのですよ」

父はどこで泣いたのだろうと椿は思った。同室の老人たちが寝静まった夜更け、蒲団《ふとん》にくるまって忍び泣いたのだろうか。呆けた老人ばかりが住まう病院には、声を上げて泣くプライバシーもないはずだった。

「もしかして、毎朝この始発電車で――」

泣いていらしたのですか、という続く言葉は声にならなかった。

「まあ、そんなところです。できうるならばこの電車に乗って、家に帰りたいのですがね。今さらそれは許されんでしょう。だからそれこそ泣く泣く次の駅で降りて、泣き足らぬ分は便所にしゃがんで。お恥ずかしい話ですがね」

車内放送が退屈そうに駅名を告げ、電車は速度を緩めた。父はひとこえ唸って立ち上がった。

「実は、あなたの悩みを聞こうとしたわけではないんです。誰かに私の嘆きを伝えたかった。卑怯者《ひきょうもの》だと思わんで下さい」

もし見知らぬ女に声をかけた目的がそうであるにしろ、こんな不幸を耳にすれば誰でも自分の甘さに気付くだろう。

「あの、おじいちゃん。私、もう泣きません。おじいちゃんも少しは気持ちが晴れましたか」

「ありがとう。おかげでスッキリした。きょうはつつじヶ丘の便所に入らんですみそうです」

どうしても訊ねたいことがあった。父はいったい誰の口から、倅の死を聞いてしまったのだろう。

「ああ、それはですね」

電車の揺れにあやうく踏み耐えながら父は思いがけぬことを言った。

「孫が報告にきてくれたのです。まだ小学校二年なのに、よくもひとりでこられたものだと妙な感心をしましたがね。何とか知らせねばならぬと、葬い仕度のどさくさに抜け出してきたんですよ」

電車はつつじヶ丘駅のホームに滑りこんだ。残された一瞬に、聞かねばならぬことは多すぎた。

「ありがとう。あなたもしっかりなさい。嘆くのは私のような年寄りになってからでいい。それじゃあ」

　椿はドアに向かう父に追いすがった。

「お孫さんが、どうして――」

　腕を摑んだ椿の手をやさしく振り払って父は言った。

「ああ、それはですね、孫は私の共犯者なのです」

「共犯者？」

「つまり、倅も嫁も、医者も看護婦も欺しましたがね、たったひとりの孫を欺《あざむ》くわけにはいかなかった。奴《やつ》とは、男と男の約束をかわしたんです」

「ちょっと待ってよ、おじいちゃん。ということは、お孫さんはおじいちゃんが正気だって知っていたんですか。ひどい！　ひどすぎるわ」

　電車が雨のホームに止まった。一緒に降りようとする椿を押し戻して、父はにっこりと微笑んだ。

「他人のあなたにどうこう言われる筋合いじゃありますまい。私は私が周囲を欺く理由を、きちんと孫に説明しましたし、孫もよく理解してくれました。私の口から言うのも何だが、あの子はそんじょそこいらの子供とはデキがちがいます」

「もちろん、それはわかってますよ。そこいらのガキとは全然ちがうわ」

「はい、その通り。だから男と男の約束をかわした」

　父は降りしきる雨を恨むように空を見上げた。ドアが閉まり、濡れたガラスが二人を隔てた。

「ごめんなさい、おとうさん」

ドアに両手をついて、椿は唇の動きを読み取られぬほどかすかに呟いた。届いてほしいが、けっして届いてはならぬ声だった。

電車が動き出すと、父は筋張った大きな掌を挙げた。痩せた長身のたたずまいは、雨にしおたれた柳の古木のように、哀《かな》しく殆《あや》うかった。

ホームが視界から消えても、椿はドアから離れることができなかった。省みて、何と愚かしい人生だったのだろう。

身を粉《こ》にして働くことだけが正義だと信じていた。そして文字通り体が粉になってしまってから、ようやく知ったのだった。仕事にかまけて、かけがえのない家族をなおざりにしていた。血を享《う》けた父のやさしさを知らず、血を分けた息子の試練にも気付かなかった。つまるところ、自分は一家の稼ぎ手以外の何物でもなかったのだろう。

椿を責めるように、雨は降りつのった。

都下西郊の多摩市は、緑豊かな丘陵に近代的なマンションと戸建て住宅が犇《ひしめ》くこともなくゆったりと点在する、のどかな町である。

ここに世界最大級のベッドタウンを築こうとした計画が、順調に進んでいるとは思えない。二本の私鉄のほかに近隣都市を結ぶモノレールまで乗り入れているにもかかわらず、駅前には華やぎがなかった。地域の住民よりむしろ、都心から誘致された大学のキャンパスに通う学生のほうが多いような気がする。その学生たちですら、あまりこの町には住もうとせず、新宿に一駅でも近いアパートを借りて、ラッシュアワーに逆行する優雅な通学を望むという。

しかし多くの住人たちにとって、思惑のはずれた都市計画はむしろ好ましかった。街路樹とグリーンベルトを贅沢《ぜいたく》に誂《あつら》えた道路は渋滞することがなく、公園は多すぎるほどで、休日に家の周辺を散策していると、いかにも支払った税金を取り返しているという実感があった。

通勤客が増え始めた朝の駅頭に立って、椿は喪《うしな》われた四日間について考えこまねばならなかった。

「手帳、手帳」

ひとりごちながら「よみがえりキット」の黒い鞄を開ける。生前に使い古した手帳がちゃんと出てくる。

スピリッツ・アライバル・センターの審査官が説明したところによれば、四日前すなわち六月二十一日の午後十一時四十八分に自分は死んだらしい。

在世中からまめにメモを取る習慣があったが、それにしてもてめえの臨終の時刻までごていねいに書き留めた手帳には、今さらながら腹が立つ。

同日の午後八時に取引先との会食。仮に倒れた時刻が九時だとすると、それから救急車で病院に担ぎこまれて、ほとんど手の施しようもなく死んだのだろう。

さらに想像をたくましくするなら、医師たちは急な報せを受けた家族が病院に到着するまで、ともかく心臓を動かしてくれていたのかもしれない。

あくる二十二日の金曜日が通夜。息子はこの日の昼間に、すきを見て祖父に訃報《ふほう》をもたらしたのだろうか。

二十三日の土曜が葬儀。めでたく冥土へと旅立って、二十四日にＳＡＣ《サック》で往生の手続きをし、その晩のうちに現世へと逆送された。ということは、きょうは六月二十五日の月曜日である。
25、26、27、の三日間に☆印を書きこむ。何とも言うにつくせぬ虚しいマーク。
幸い雨は上がり、ガード下の改札口には涼やかな風が吹き抜けていた。

こうしていると、すべてが夢であったような気がしてならない。取引先の接待で終電に乗り遅れ、ビジネスホテルに泊まって朝帰りしたのだ。

しかし開店前の旅行社のウィンドウには、黒い鞄を肩から提げた見知らぬ女が立っていた。

髪をかき上げて、椿はおのれの姿を確認した。やはり夢ではない。椿山和昭はあの晩に死に、和山椿という仮の肉体に魂を宿して、三日間だけ現世に戻ったのだ。

雨上がりの並木道に出る。丘の上の自宅までの帰途は男の足でも十五分はかかるが、それでも途中の公園で多少の時間を潰さねばなるまい。

故人に仕事上の世話になっていたスタイリストが、遅ればせながら訃報に接して駆けつけた——筋書きは決めていたが、それにしても時刻は非常識である。家に帰りたい一心で矢も楯《たて》もたまらず始発電車に乗り、あろうことか父の秘密を知ってしまった。妻子の前で他人を装うのだから、平静を取り戻すための時間も必要だろう。

「ええと、制限時間の厳守、復讐の禁止、正体の秘匿——」

坂道を歩きながら椿は指を折った。この三項目のひとつでもたがえれば、こわいことになる。

制限時間の厳守と復讐の禁止は自分の意思にかかわることだから、たがえぬ自信はある。しかし、正体の秘匿は相手のある話だ。万全の注意を払わねばならない。

こんな朝っぱらから家を訪ねて、線香を上げさせてくれというのは、どう考えても不審である。だからと言ってまさか正体がバレるわけはなかろうが、少なくとも妻子をとまどわせぬだけの完全な理由を考えねばなるまい。

嘘とゴルフの才能がないのはわかっている。しかしアイデアマンではある。この不景気のさなか、彼のアイデアによる「少々難ありナイショのバーゲン」、「有名タレントそっくりコーディネートフェア」、「オフシーズン無料おあずかり・コート&毛皮セール」等は、ことごとくヒットしていた。

考えに考えた末、名案がうかんだ。

朝早くに線香を上げさせてくれとやってくる女は、沿線の一駅先に住んでいるのである。売場設営の残業で、タクシーの相乗り帰宅をしたことがあるから、自宅の場所も知っている。そしてきょうは、仕事の行きがけに不調法とは知りつつ椿山家を訪ねた。これでいい。

通い慣れた並木道が続く。プラタナスの葉に風が渡って、Tシャツの肩を滴が濡らした。

こうして仮の肉体で歩くと、女の足にはかなり応える坂道だった。途中の公園に立ち寄り、ベンチにハンカチを敷いて息を入れる。駅前のスーパーマーケットに買い物に行った帰り、妻もこうして休んだのだろうかと思う。

電撃的な結婚をしたとき、「美女と野獣」のスクープが全店を駆け巡ったほどの妻であった。身長は夫と同じくらいだが、体重はおそらく半分しかなく、要するにデパートの案内嬢としてはこのうえないプロポーションの持ち主である。仕事を辞めて妻となり母となった三十四歳の今でも、地顔は笑顔だった。息子を叱る声もウグイスのように澄んでおり、酔っ払いの夫を介抱するときでさえ、憤りとはうらはらに三日月のような目をしていた。

その笑顔も、ついに消えただろう。しかし、妻の失意の表情や暗く翳った声は、どうしても想像できない。

向かいの繁《しげ》みの中で吠《ほ》え声がしたと思うと、綱を曳きずったまま柴犬《しばいぬ》が駆け寄ってきた。

ヤバい。実にヤバい。まごうことなきわが家の愛犬である。小さいくせに気性が荒く、新聞配達に嚙みついて怪我《けが》をさせたこともある。

後を追って走り出てきたのは――息子だ。

「すみませぇん！　嚙みつきますから、気をつけて下さぁい」

息子は走りながら叫んだ。散歩のときはロープを離さぬようにとあれほど言ってあるのに。

「こら……ルイ……私よ、私」

言い聞かせるまでもなかった。ルイは尻尾《しっぽ》を振っている。だがしかし、嚙みつかれるのもヤバいが、なつかれるのはもっとヤバい。なにしろこの躾の悪い犬は、家族以外のすべての人間を敵とみなしているのだ。

ルイは吠えるのをやめ、鼻を鳴らしながら椿の足にまとわりついた。主人を抱きしめるように伸び上がり、体じゅうで歓喜を表現する。

「こら、ルイ……ちがうって、よく見なさい」

人の目をくらますことはできても、動物は欺せないのだろうか。差し出した手を、ルイは愛《いと》しげに舐《な》め回した。

「あれ……どうしちゃったんだろう」

ロープを摑んだなり、息子はふしぎそうに椿を見つめた。

「おかあさんとまちがえたのよ、きっと」

眩《まば》ゆい視線をかわしながら椿は答えた。

陽《よう》ちゃん、と咽まで出かかった声を、椿はあやうく呑み下した。

「すみません。うんちを取ろうとしたら、逃げちゃって」

陽介《ようすけ》はシャベルとビニール袋を持ったまま、ていねいに頭を下げた。

この礼儀正しさは、祖父の教育のたまものだった。今どき珍しく塾にも習いごとにも通っていないが、学校の成績はずば抜けており、性格にも非の打ちどころがなかった。

「あなた、学校は？」

はい、と素直に返事をしたなり、陽介の表情が曇った。

「きょうと、あしたと、あさってと、休んでいいんです。キビキだから」

忌引《きびき》という酷《むご》い言葉に、椿は顔をしかめた。

「あ、そう……悪いこと聞いちゃったみたいね」

「毎朝、犬の散歩はおとうさんと一緒だったんだけど」

「ごめんね、陽ちゃん」

思わず声が出てしまった。

「あれ？　おばさん、ご近所ですか」

「え、いえ……実はあなたのおとうさんをよく知ってるの。仕事の都合でお通夜にもお葬式にも行けなかったから、お線香を上げさせていただこうと思って」

「そうですか。わざわざありがとうございます」

たぶん母の口ぶりを真似て、陽介はもういちど頭を下げた。

「おとうさん、あなたのことをいつも自慢してらしたわ。学級委員で、成績も一番で、パソコンも俺よりずっとうまいんだって」

「それ、親バカです」

やっぱりこの子は天才だと思う。信じ難いＩＱテストの結果を、教師はあろうことか「何かのまちがいでしょう」と言ったが、そうではあるまい。誰に似たかはともかく、アインシュタインかエジソン級の天才なのだ。

近ごろでは毎朝の散歩の途中で、おそろしい質問をされる。たとえば、「イスラムとキリスト教国との文明の衝突は、どうしたら避けられるの？」とか、「世の中の景気と株価との関係を、わかりやすく説明してよ」といった、高卒の父にはとうてい答えられぬ質問である。

朝食は親子がさし向かいで新聞を読みながら食べるのだが、父が手にするのは前夜に渋谷駅で買った「東京スポーツ」であり、息子のそれは「朝日新聞」であった。

七日間の忌引休暇――一親等の家族の不幸について定められたその休みは、奇《く》しくもＳＡＣの規定による「死後七日間」の逆送期間と同じである。いや、それは偶然ではあるまい。いずれも「初七日まで」という意味なのであろう。

もし奇しき因縁を言うのであれば、幼いころに自分も「七日間の忌引休暇」を体験していることだった。

葬いが済んで父と二人きりになってしまった数日の心細さは、今もありありと覚えている。会葬者が去ってしまったあと、ようやく悲しみと不安とが襲ってきたのだ。

しかし、あのとき自分が感じた不安と、息子が今抱いている不安とは異質だろう。自分はとっさに、炊事や洗濯や掃除について考えたが、息子は経済的な不安に怯えているにちがいない。それはこの先の人生すべてにのしかかる恐怖だ。

椿はベンチから腰を上げて、陽介の肩を抱き寄せた。どうしても聞き質しておかねばならぬことがあった。

「おじいちゃんは？」

陽介はしばらく答えを探した。この子は他人に対して嘘をつけるだろうか。できうるならば真実を聞き出して、いくらかでも気持ちを楽にしてあげたいと椿は思った。

雨の残るうちに家を出てきたのだろう、陽介のシャツは濡れていた。

「おじいちゃんは、病院です」

「あら、ご病気なの？」

息子を責めてはならない。だが対話の手順は必要だった。

「べつに」と、陽介は目をそらさずに言った。

「どこも悪くない人が、どうして病院にいるのかしら」

明晰な表情がふいに毀《こわ》れた。奥歯が軋《きし》むほどに唇を引き結び、きっかりと椿を見据えたまま陽介は答えた。

「おばさんのことはよく知らないけど、ぼくはおじいちゃんと約束をしました。男と男の約束だから言えません」

おまえは天才だ。こんなに正確で立派で、嘘にもならず信義も損なわぬ答えは、誰にもできはしない。陽介、やっぱりおまえは天才だよ。

「ごめんね、陽ちゃん。もう何も訊かない」

椿は少年を胸深く抱きしめた。血を分けた子供。何の意味もなかった人生で、たったひとつ自分が残したもの。

胸の中で、陽介の骨がかたかたと鳴った。

弔問客

「ただいま」

思わず口に出てしまった。だが声は陽介と同時だったので、妻がべつだん怪しむふうはない。玄関先にプランターを並べながら、妻は時ならぬ訪問者に軽く会釈をした。

「あの、こんな朝早くからおじゃまして申しわけありません。私、ご主人にとてもよくしていただいておりました、スタイリストのカズヤマ・ツバキ、と申します。このたびはとんだことで……」

アホらしいと思いつつ、椿は考え続けてきた筋書きをさらになぞった。

「実は関西に出張しておりまして、ご不幸を存じ上げなかったんです。きのうの晩に耳にいたしまして、出勤前におじゃました次第なのですが」

「それは、どうも。お忙しいところごていねいに」

さほど落胆している様子はなかった。いや、妻の表情はかつての案内嬢のままなのだ。

笑顔が地顔になっており、あまつさえウグイスのように明るい声の持ち主であるというのは、この際たいそう不自由だろう。

「どうぞお上がり下さい。みなさんにお気遣いいただいて、主人もきっと喜んでおります」

なかなか堂に入った受け応えである。ニコニコと笑ってさえいなければ完璧《かんぺき》なのだが。

「すぐに失礼させていただきますから、どうぞお構いなく。では、おじゃまいたします」

なぜ自分の家に入るのにおじゃましなければならぬのだと不本意に感じながら、椿は大変なミステイクに気付いた。Tシャツにストレッチパンツという気軽な服装は、まあ通勤途中なのだから仕方ないとしても、香典の用意を忘れた。供物もない。

うっかりしていたというより、自分で自分に香典を供えるという「当然の非常識」に考えが及ばなかったのだった。この不作法ばかりは申し開きのしようがない。

待てよ――と、椿は玄関先で「よみがえりキット」の口を開けた。

おお、何とすばらしいこと。必要なものは何でも出てくるふしぎな鞄。台付き袱紗《ふくさ》に包まれた香典袋のほかに、故人の大好物であるユーハイムのバウムクーヘン。

「何ぶん突然のことでしたので、取り散らかしておりますけれど」

廊下を右に折れ、南向きのリビングルームに入る。小さな祭壇に骨箱が置かれていた。

位牌の戒名はまぎれもなく「昭光道成居士《しょうこうどうせいこじ》」。少々脂ぎってはいるが、齢なりに大らかな笑顔の写真が飾られている。

すでに疑いようのない事実とはいえ、自分の骨箱と遺影を目の前にすると、仮の肉体から力が脱《ぬ》けた。

（あーあ、ほんとに死んじゃったんだわ）

正座をしたまま踵《かかと》が自然に開き、座蒲団に尻がついた。腰の抜けたおばあさん座りになってしまった。

「お茶をお淹《い》れしますので、どうぞお線香を」

立ち上がろうとする妻の手を、椿は思わず握りとめた。由紀《ゆき》、とあやうく口に出かかる妻の名を、奥歯で嚙み潰す。

「ごめんなさい」と、椿はようやく言った。

とたんに妻の顔から持ち前の微笑が消えた。

「あの、それってどういう意味ですの」

思いのたけをこめた一言であったが、失言にはちがいなかった。椿は答えに窮した。

「カズヤマさん、っておっしゃいましたわね。ごめんなさいって、どういうことなんでしょう」

「いえ、あの……ともかく、ごめんなさい」

「ですからァ、どうして初対面のあなたに、私がそういうことを言われなけりゃならないんでしょうか」

「ええと、その……いかに不測の事態とはいえ、突然こんなことになっちゃって、ごめんなさい」

妻の表情には次第に黒々とした猜疑《さいぎ》があらわになった。

「いったい何をおっしゃっているのか、ぜんぜんわかりませんけど。もしやあなた、何かうちの主人と特別なご関係でも」

妻は切れた。日ごろ穏やかな性格だが、舐めてかかっているとほんの一瞬で人格が悪魔のように豹変《ひょうへん》する。そしていったん切れると、曲がったヘソが三日は元に戻らないのだった。

けがらわしいもののように、妻は椿の手を振り払った。

「お茶を淹れてまいります」

妻は憮然として居間から出て行った。

深呼吸をする。落ちつけ、落ちつけ。一言の失言があらぬ誤解を招いただけじゃないの。

自らを励ましながら、椿は祭壇ににじり寄った。供物と香典を供えて合掌する。在りし日の自分の笑顔に向き合うと、痛恨の涙が出た。

「おばさん——」

振り返ると陽介が立っていた。

「なあに、陽ちゃん」

「もしかして、おばさんはおとうさんのアイジンですか?」

ちーがーうー、と椿は胸の中で叫んだ。

「あらあら、どうして陽ちゃんまでそんなふうに考えるのかしら」

平静を装って椿は微笑み返した。

「だって、さっき公園のベンチで、ものすごくヘコんでたでしょう。ぼくやおかあさんの顔をジロジロ睨むし。おとうさんの写真を見ながらシクシク泣くし。どう考えたってふつうの関係じゃないと思うんだけど」

そうよ、陽ちゃん。ふつうの関係じゃないわ。でもただの愛人ならば、ここまで悲しみはしない。

「おませなことは言わないの」

「ねえ、おばさん。ほんとのこと言ってよ。おかあさんには内緒にしておくからさ」

陽介は祭壇のかたわらに回りこんで膝を抱えた。大人をからかっているのだろうか、表情はむしろ楽しげである。

「あなた、そんな下らないこと言って、何が面白いの」

「下らないことじゃないよ。これはですね、おとうさんのアイデンティティーにかかわる大問題なんだ」

子供は天才ではないほうがいいと、椿はしみじみ思った。廊下を気にしながら、陽介は声をひそめて続ける。

「あのね、さっき公園で抱きしめられたとき、ピンときたんです。この人、おとうさんのアイジンだなって。おかあさんにはぼくからうまく言っておくから、安心して」

「ちょっと待って、陽ちゃん」

この子は親の前では、ことさら子供を装っているのだろうと椿は思った。頭がよく、勘も鋭い子供であることはもちろん知っていたが、ここまで大人びた会話をかわしたためしはない。

「仮にあなたの言う通りだとしてもよ、どうして陽ちゃんはそんなに楽しそうなのかしら」

「それはですねえ――」

と、陽介は膝を抱えたまま恥じらうように身をすくめた。

「おとうさんがそういう人だったってことが、何となく嬉《うれ》しいんです」

「嬉しい？――おとうさんの不倫が？」

「ぼくのおとうさんはとってもいいおとうさんだったけど、つまらない人だなって思ってたから」

「つ、つ、つまらない！」

「はい。仕事ばっかりで、ちっとも余裕がないんです。働きづめで死んじゃったなんて、かわいそうすぎます」

陽介の瞳は澄み切っていた。

「そう……でもね、陽ちゃん。そういうことって、子供から見ればふつうはいやなものよ」

「それはそうだよね。でも、ふつうじゃないでしょ。おとうさんは死んじゃったんだから。お医者さんが、ご臨終ですって言ったときから、ぼくはずっと考え続けていたの。おとうさんの人生について」

「もういいわ、陽ちゃん」

陽介の饒舌を聞きたくはなかった。聡明な少年は人知れず思い悩んできたにちがいない。誰にも語れず、今ようやく見知らぬ弔問客に吐露しようとしている胸のうちを、椿は聞く勇気がなかった。

「おとうさんの苦労は、おじいちゃんから聞いていたんです。おばあちゃんが早くに死んで、おじいちゃんとおとうさんはずっと二人きりで暮らしていたって、知ってますか」

「知らないわ、そんなこと」

「やっぱり。おとうさんは愚痴を言わない人だからね。好きな人にも言わなかったんだ。それで、勉強はとってもよくできたんだけど、少しでもおじいちゃんに苦労をさせちゃならないって、大学に行かずにデパートに就職したんです。ねえ、偉いでしょう、ぼくのおとうさん」

返す言葉が見つからずに、椿は「偉いおとうさん」の遺影を見上げた。

「でも、死んじゃったら、ちっとも偉くなんかないわ。奥さんやお子さんを残してポックリ死んじゃうなんて、最低よ」

「そういう言い方はやめて下さい。ぼくにとっては最高のおとうさんだったんだから」

「最高？――ほんとうに？」

「うん。最高のおとうさんだったし、最高の人間だったと思います。でも……かわいそうすぎます」

陽介は俯いてしまった。息子の胸のうちは、これですべてがわかった。父の人生が短いなりに楽しいものだったのだと、陽介は考えたいのだ。

「でもね、陽ちゃん。もし私がおとうさんの恋人だったとしたら、けっしていいことじゃないのよ」

陽介は俯いたままかぶりを振った。

「ぼくやおかあさんにとってはいいことじゃなくっても、おとうさんにとって楽しかったのならいいことです。だってね、おばさん――」

顔を上げて、陽介は嚙みしめた唇を震わせた。

「どう考えても、ぼくのおとうさんは、楽しいことなんてひとっつもなかったんだよ」

そんなことないよ、陽ちゃん。おとうさんはとても幸せだった。

妻が喪服に着替えて居間に戻ってきた。

ジョーゼット生地のアンサンブルは、先月の社内キャンペーン販売で買ったものだった。

「この喪服、主人が見立てて買ってきてくれたんです。今から思えば、ふしぎなプレゼントですよね」

そうではない。虫の知らせとか、そういうふうに考えないでほしい。ソシアル売場の予算が厳しかったから、身銭を切っただけだ。

妻は気を取り直したらしい。瞼は三日月の形に和んでおり、口元には微笑が戻っている。喪服姿の妻のしとやかな美しさに、椿は見惚《みと》れた。

「デパートマンの生活って、物持ちになるんです。家具も、電気製品も、お洋服も、みんな社員割引で買えますから」

そうは言っても、せいぜい一割引きである。むしろ予算達成のために不必要なものまで買わされる。妻は自由に買い物をしたためしがなかったろうと思う。

「妙なたとえですけど、揺りかごから墓場まで、とでも言うんでしょうか。この子のオムツから産着から、ランドセルから――」

「つかぬことを伺いますが、もしやお葬いも？」

「はい。渋谷のお店にはセレモニー・サービスのコーナーもありますので。本館の三階、南エスカレーターを昇って左手にお進み下さい――あら、私としたことが昔とったキネヅカ」

セレモニー・サービス・センターの葬祭係長は、一期後輩のうだつの上がらぬ男である。このところ一般葬儀社の大攻勢にあって、苦戦をしいられていると嘆いていた。デパートのセレモニー・サービスは、下請け業者の葬儀社がとり行う葬儀の窓口となっているだけだが、毎月の予算は査定されている。思いがけぬ「社員販売」にありついて、さぞ大助かりだろう。

「お葬いも一割引きになりましたの。それに、担当の方が主人の後輩でしたので、業者さんに無理を言って下さって、一ランク上のものを出していただきました」

「そうですか。まさに揺りかごから墓場まで」

「はい。そのお墓も、パンフレットをたくさん持ってきて説明して下さったんですけど、うちは姑《はは》が亡くなったときに用意してありますので」

いい女だ、と椿は妻を見つめた。喪服は女性を最も美しく見せるという説は本当である。

庭先からさし入る初夏の陽光が、ややコンケーブされた喪服の肩を隈取《くまど》っている。正面玄関の案内所に座っていたときと同じ姿勢で、美しい妻は凛《りん》と背筋を伸ばしていた。

線香を上げる。こういうときふつうは、故人の霊に対して何かを語りかけるものである。しかし今さら自分の骨に文句を言っても始まらぬ。

「先ほどは取り乱してしまいました。で、主人とはどのようなお付き合いで――いいえ、けっして変な意味ではなく」

誤解がとけたわけではあるまい。喪服に着替え、冷静になって妻は仕切り直したのだ。

「はい。私はフリーのスタイリストなんですけど、売場のディスプレイとか、宣伝写真のコーディネートなどのお仕事を、椿山課長から承っていたんです」

口に出してみると、かなり強引な嘘である。百貨店の中でスタイリストなる職業は、耳にしたこともなかった。

「さようでございますか」

妻は、妙に妻らしい口ぶりで言った。嫌味とも聞こえる。

「で、さきほどおっしゃった、ごめんなさい、とはどういう意味なのでしょうか」

火事場のクソ力のように、とっさの名案が声になった。

「はい、奥様。私たちみんな、課長が無理をなさって働いてらっしゃるのを知ってたんです。知っていながら、何から何まで課長に頼ってしまって」

「うそ」

三日月の目で笑ったまま、妻はウグイスの声で言った。

「は?」

「あなたは嘘をついているわ。ということはつまり、そういうことですのね」

「ちがいます、ちがいます。私、そんなんじゃありません」

「うそ」

どうしてこいつは、こわいセリフをふさわしい表情と声とで言えないのだろう。

「ちょっと、陽ちゃん、何とか言ってよ」

椿は振り返って陽介に助けを求めた。

「おかあさん、こわいからダメです」

「話がちがうじゃないの。うまく言うから安心してって言ったじゃない」

「だって、おかあさんこわいもん。顔は笑ってるけど、ものすごく怒ってるんだよ」

陽ちゃん、と妻が叱った。

「知らない人と親しく口をきくもんじゃありません。カズヤマさん、あなたもうちの子をまるで自分の子みたいに呼ばないで下さい」

不本意ながら、椿は肩をすくめるしかなかった。

階段が軋み、野卑な男のあくびが聞こえたのはそのときだった。

ぎょっと顔を上げて、椿は妻を問い質した。

「誰ですか、こんな朝早く。どなたか泊まってらしたんですか」

「他人の家のことはお気遣いなく」

妻は冷ややかに言った。

不穏な足音が廊下を近付いてくる。洗面所で水を使う音。

椿はとっさに、親類の誰かしらが家に泊まる可能性について考えた。妻の父か弟か、あるいは地方の親類か。しかし、襖を開けてつき出された顔をひとめ見たなり、椿は気を失うほど仰天した。

「おはようございまあす。あ、お客さんですか。これは失礼」

なぜ嶋田がいる。しかも死んだ俺のパジャマを着て、おはようございますとは何ごとだ。

「ちょうどいいわ、嶋田さん。ちょっとお願いがあるの。そのままでけっこうですから」

うち続く最悪の事態に椿は混乱した。妻は嶋田係長に、椿の首を検分させるつもりなのだ。

「おばさん、悪いけど何だかものすごくヤバい雰囲気だから、ごめんね」

とどめる間もなく陽介は居間から逃げ去った。すれちがいざまに嶋田は陽介の頭を親しげに撫でた。

「あのね、嶋田さん。主人とお付き合いのあったスタイリストの方なんですけど、ご存じかしら」

嶋田は寝癖のついた髪を撫で上げ、妻に並んで座った。しばらく椿を見つめてから、

「いや」と嶋田は答えた。

「スタイリストなんて、売場には必要ないからね。由紀ちゃんは知らないの？」

由紀ちゃん。上司の女房を摑まえてそれはなかろう。しかし怒りがこみ上げるより先に、怖ろしい現実がのしかかってきた。

しばらくの間、妻と椿は火花の出るほどに睨み合った。

「つまり、そういうことだったのね」

と、二人はまったく同時に声を揃えた。

「許せないわ。いけしゃあしゃあと、お線香を上げさせてくれだなんて！」

「こっちこそ許せないわよ。あなたたち、いつの間にそんなことになってたの！」

「まあまあ、二人とも。仏さんの前で怒鳴り合うのはよくないよ」

「おだまり！」と椿はバウムクーヘンの缶を嶋田に投げつけた。

まったく思いがけぬことだが、思い当たるフシがないわけではなかった。

部下の嶋田係長と妻の由紀は同期入社である。二人を並べてみればけっして「美女と野獣」ではなく、「節句のお雛様《ひなさま》」もしくは「シーザーとクレオパトラ」であった。

いつであったか妻がまだ案内嬢だったころ、ブライダル・フェアの広告のモデルに、二人が起用されたことがあった。とうてい自前のファッションモデルとは思えぬ新郎新婦の美しさに、店員たちはみな溜息をついたものだ。

あの二人は実は恋人同士なのだという噂も耳にした。女性が大半を占める職場では、そういう根も葉もない噂が女性週刊誌の見出しのように罷《まか》り通る。

だが、こうして二人を目の前に据えてみると、遠い昔の噂がまるで今しがた聞いたかのように、生々しく甦った。

嶋田は正面大階段の踊り場に大正時代から立ちつくしているローマ彫刻に似ている。慶応の経済を出た幹部候補生でもある。もちろん、仕事もできる。そんな彼に浮いた噂のかけらもないのは「渋谷本店の七不思議」のひとつといわれていた。

ちなみに、「椿山課長夫人は元ミス渋谷店」もそのうちのひとつである。

「失礼させていただきます」

椿はやおら腰を上げた。この場には一分一秒たりともいたたまれなかった。

「まだお話はすんでいませんけど」

睨み上げる妻を嶋田が制する。

「いいじゃないか、由紀ちゃん。今さら聞きたくもないことは聞かなくたって」

襖を乱暴に開けて、椿は背を向けたまま言った。どれほど心に嵐《あらし》があっても、夫の務めとしてこれだけは確かめておかねばならない。

「つかぬことをお伺いしますけど、奥様――」

「何よ」

「このおうちのローンにご心配は？」

妻は不愉快そうに鼻で嗤った。

「あなたから言われる筋合いじゃありませんけど、その点でしたらご心配なく。ローン契約のときに保険ぐらい入ってますから」

ああ、そうだった、と椿は胸を撫でおろした。家のことはすべて妻まかせだったが、たしかそんな話を聞いた記憶がある。

築十年の古家だけれども、この家が好きだった。できうるならばこの家で老い、この家で死にたかった。

柱や壁を愛おしみつつ、椿は廊下を歩いた。

玄関の床を指先で撫でさすり、サンダルをはく。怒りは急激に鎮まって、重い徒労感がのしかかってきた。妻が送りに出る気配はなかった。

玄関先には沙羅の花が咲いていた。命を失う朝、出がけに妻とこの花を眺めた。

「おばさん、ありがとう」

花の精のような澄んだ声で、陽介が椿を呼び止めた。この子は母の秘密をすべて知っているにちがいない。しかし子供の口から事実を聞き出すわけにはいかなかった。

「おとうさんはきっと喜んでいます。勇気を出してきてくれて、ほんとにありがとう」

ちっとも喜んでやしないわよ。ホッとしたのはローンのことだけ。

「じゃあね。おかあさんによろしく」

誤解をとく気力もなくなってしまった。しばらく歩いてからわが家を振り返る。白いタイルを貼った玄関で、陽介は手を振っていた。

小さな家と小さな子供。四十六年間の人生で自分が残した二つのもの。

ゆるい下り坂にかかると、椿は遁《のが》れるような早足になった。家は懐かしくもいまわしい場所だった。

(こんなことって、あり?)

考えがまとまらずに、ひたすら自問をくり返す。

（いったいどうなっちゃってるのよ。何から何まで、まるっきり私の知らなかったことだらけじゃないの）

父も息子も妻も、そして最も頼みとしていた部下までもが、自分に対して大きな秘密を隠し持っていた。

（ちょっと待ってよ……まさか……）

歩きながら頭の中のパズルが、ひとつの形になった。

（うそ……うそよね）

仮の肉体が持っている脳ミソは、どうやら椿山課長よりは上等であるらしい。いや、女性の思考力はこうした問題を解くのに適しているのだろう。

嘘は誰にとってもつらい。秘密は苦痛である。ならばなぜ、彼らはみな秘密を持ったのだろう。それぞれの嘘が緊密に結びついているとしたら――。

椿の明晰な頭脳は、こんな推理をしたのだった。

かつて店内で噂になった通り、妻の由紀と部下の嶋田は恋愛関係にあった。しかし恋愛が結婚という形で成就するとは限らない。ましてや職場内でのひそかな交際は不自由である。そういう関係が長く続けば、結婚の決断はむしろ遠のくものだ。

そもそも結婚というものは、恋愛の熱量とはさほど関係がなく、恋愛の期間とはかえって反比例する。ダラダラと続いた長い恋愛を清算したとたん、よく知らぬ相手と電撃的にゴールインしてしまうという例は多い。

他人事のように言うが、自分がその好例である。長い付き合いの佐伯知子と結婚する意思はなく、そろそろ潮時と思っていたところに由紀が現れた。もしそのころ、由紀も嶋田との関係に悩んでいたとしたら、思いもかけぬプロポーズをむしろ受け入れやすかったのではあるまいか。

自分と佐伯知子は齢の分だけ大人だったと思う。しかし一回りも齢下の由紀と嶋田は、たがいに未練があった。そして何かの拍子に、倫《みち》ならぬ関係として復活した。

売場の課長と係長が同時に休みをとることはありえない。このところの不況で規定の全館定休日もなくなってしまっているから、二人はローテーションを組んで休みをとっている。ということは原則として週に二日、由紀と嶋田は誰はばかることなく逢瀬《おうせ》を重ねることができるのだ。

もし由紀の不倫に気付く者がいるとしたら――一日のほとんどを共に暮らしていた父であろう。父は人一倍正義感が強い。倫理のかたまりである。しかし同時に、息子夫婦の厄介者であることを強く意識している。嫁を許すことができなくても、家庭に波風を立てたくないと考えるはずだ。

懊悩《おうのう》の末、父はこれしかないという方法を選んだ。ボケたふり、である。ものすごい離れ業ではあるけれども、潔癖と怯懦《きょうだ》とが同義に完結するという発想は、いかにも小役人の叡智《えいち》という気がする。

陽介はその父が英才教育を施した傑作である。祖父と孫との信頼関係は、むしろ親と子よりも強いだろう。父母の前ではことさら子供を装っていたが、祖父に対しては正体を晒していたかもしれない。尊敬と信頼は二人の間に密約を作った。

これですべての説明はついてしまう。見知らぬ弔問客に対する、妻の強迫的とも思える誤解も。父の不倫を快事として喜んだ、陽介の誤解も。

雨上がりの坂道を歩きながら、椿の明晰な頭脳はさらなる推理へと飛躍した。

もしかしたら、陽介の父親は嶋田ではないのか。

「うそ」

怖ろしい仮説を思いついたとたん、椿は声に出して否定した。しかし人情ということのほかに、否定するべき明確な根拠はない。そのかわり仮説にはいくつかの理由があった。

陽介は母親によく似た顔をしている。嶋田に似ているとは思えないが、自分にどこも似ていないことも確かだった。祖父の面ざしとも、共通点は見出《みいだ》せない。

それはまあいい。問題はあの、とうてい七歳の少年とは思えぬ頭の良さである。その点を言うなら妻は凡庸で、自分は学校の成績こそ悪くはなかったが努力をするタイプだったと思う。祖父はもちろんのこと一族郎党を見渡しても、クレヴァーな感じのする者は見当たらない。

突然変異というよりは、他者の遺伝子を享けていると考えるほうが、遺伝学的には説得力がある。

「うそ。うそ、うそ、うそ」

　サンダルの足音に合わせて、椿は呟き続けた。この仮説は、目の前につきつけられたどんな事実よりも怖ろしい。

　嶋田の人物評を一言で言い表すならば、「目から鼻に抜ける男」である。同じことをくり返し言わせせたためしはなく、むしろ指示以上のことを実行し、結果に過不足がない。口数は多いほうではないが、言葉は正確である。つまり学歴うんぬんを言うよりも、もともと頭のいい男なのだ。

　いよいよすべての説明がついてしまう。仮説が真実であったとすると、登場人物はひとりひとりが大変な苦悩と業《ごう》を抱えていることになるのだが、自分ひとりが死んでしまえば人々は本来あるべき姿に帰着し、業から完全に救済されることになりはしないか。すなわち、もし神が存在するのならば、自分は死を賜ったのである。

「……ひどいよ、そんなの。ひどすぎるよ」

　椿はハンカチで目がしらを押さえた。悔し涙ではなかった。死ぬことだけが、愛する者たちの平安につながる。

　由紀を愛している。どのような不実があろうと、その気持ちに変わりはない。

　陽介を愛している。不義の子であろうと、血を分けた子供と同様に愛している。

　たとえば生前、すべてが審《つまび》らかにされたとしたら、自分は二人の平安のために死んだかもしれない。自分の死によって彼らが正常な愛のかたちを獲得できるのなら、たぶんそうしただろう。

駅頭のベンチで、椿はしばらくの間ぼんやりと、勤めに向かう人の波を見つめていた。

携帯電話が鳴った。呼び出し音は「運命」。

「おはようございます、昭光道成居士さん。こちらはSAC《サック》中陰役所のリライフ・サービス・センター、あなたの現世におけるナビゲーターの、マヤです」

「いちいち自己紹介しなくたってわかってるわよ。ずいぶん明るい声ね」

「オゥ・イェー。ただいま朝のモードなんです。誰だって職場での朝の応対はこんなものですわ。こうじゃなけりゃ一日は持ちません。何たって根が暗い仕事ですからね」

「ご用件は？」

「お節介かもしれませんけど、そこにいつまでもいると、会いたくない人に会っちゃいますよ」

「会いたくない人って、誰よ」

「決まってるじゃないですか。嶋田係長です」

そこまでは考えていなかった。時刻は七時四十五分。八時ちょうどの通勤快速で、嶋田はたぶん出勤する。

「望むところだわよ。この際キッチリ話をつけてやるわ」

「いけません、昭光道成居士さん。クールダウン、クールダウン。いいですか、現世逆

いちいち復唱するのも馬鹿らしいので、胸の中でくり返す。制限時間の厳守。復讐の禁止。正体の秘匿。なるほどここでもういちど嶋田と出くわそうものなら、たちまち摑みかかりそうな気がする。殴っても罵《ののし》っても、復讐ということになるのかもしれない。

「お話し合いはけっこうですけれど、クールダウンしてから。時間はまだたっぷり残っています」

「わかったわ。じゃあ、一本前の電車に乗る」

椿は出札口に向かって歩き出した。

「ところで昭光道成居士さん。これからどちらへ?」

「佐伯知子に会うわ。あの子には聞きたいことが山ほどあるもの」

「そうですか、くれぐれもお気をつけて。彼女はカンが鋭いですからね。万がいち正体がバレたら、こわいことになりますよ。それじゃ、ハヴ・ア・ナイス・デイ!」

電話は勝手に切れた。渋谷までの切符を買う。混雑した電車の中で、椿はわけもなく男たちに怯えた。体が小さく非力だということは、こんなにも心細いものなのだ。どうして世間の男たちは、か弱い女性をもっと労《いたわ》ろうとはしないのだろう。

甦った聖者

両国橋《りょうごくばし》を渡ると、明けそめた下町の空が豁けた。ハンドルを握る純一の悲しみそのままに、車は力なくゆっくりと走った。

「君は、ずいぶん安全運転をするんだね」

苛立ってはいるがまさか飛ばせとも言えず、武田は少年の横顔に語りかけた。

「親分が、制限速度だけは守れって。とくに、急いでいるときやイライラしているときは、ゼッタイにスピードを出すなって。自分、今はふつうじゃねーから、運転だけは気をつけてるんス」

武田は苦笑した。純一は素直な子供だ。

「ほかに親分から教わったことは？」

「そうっスね。いろいろあるけど、一番胸に残ってるのはね、腹を立ててるなってことです」

「ほう、それはどういうことかな」

とぼけて訊ねた。自分の教えを、純一がどのくらい正確に理解しているかを知りたかった。

「自分らは、世間様の厄介者だからね。カタギさんたちにおまんまを食わしてもらってるんです。だからいつも頭を低くして、腹は立てちゃいけねえって」

「テキヤはけっして卑しい仕事ではないよ。そのあたりをはきちがえてはいけない」

「あれ、親分もたしか同じこと言ってたな。つまり人間は、社長さんでも国会議員でもヤクザでもおまわりでも、みんな同じだって。みんな誰かしらの厄介になってて、おまんまを食わしてもらっているんだから、このさき稼業がえをしても、どんなに出世しても、その気持ちを忘れるなって。自分を食わしてくれる人はみんな恩人なんだから、頭を低くして、腹を立てちゃいけないって」

武田は黙って肯いた。コンプレックスのかたまりの少年たちに、最も肝に銘じてほしいことだった。先代からの受け売りだが、自分もその通りに生きてきた。いや、その通りに生きていた。高市《たかまち》の商売で客に頭を下げることを覚え、辛抱を身につければ、足を洗ってどんな仕事につこうが必ず通用する。

「けどよォ……」

純一は涙をこらえ、ハンドルを握りしめた。

「こんなときでも、腹を立てちゃいけねーんかな。親分が生きていたら、我慢しろって言うんかな」

　懐かしい下町のたたずまいが車窓を行き過ぎる。朝靄《あさもや》の中にぽつんと灯りをともしているのは、純一と卓人を拾ったコンビニだった。店先には拾いきれぬ少年たちが、何人もたむろしている。

「我慢しろ」

　拳を握りしめて、武田は言った。


「ただいまァ。おーい、卓人。お客人だぜー、親分のマブダチの弁護士さん」

　マンションのドアを開けると、線香の煙が闇の中から溢れ出た。卓人の返事はない。

　室内は武田の生前にもまして、きちんと整頓《せいとん》されていた。居間には立派な祭壇が置かれている。

「あれ、卓人のやつ、線香あげたまんまどこ行っちまったんだろ。こんな朝っぱらから」

　武田は胸騒ぎを覚えた。

「心当たりはないのかね」

「だからよー、あいつ、親分に死なれてから様子がおかしいんだって。ひとっ言も口をきいてくれねえし、何かこう、目が据わっちまってるんだ。心当たりも何も、考えてることだってわかりゃしねーんだよー」

いちおう礼儀として、位牌に向き合い、線香を上げる。

「義正院勇《ぎせいいんゆう》武俠道《ぶきょうどう》居士《こじ》、か。傑作だな。気に入ったよ」

「おっさんが気に入ったってしょうがねえじゃん。でも、いい戒名だよなー。いかにもうちの親分らしくって。これ、港家の親分がつけてくれたんス。知ってますか、鉄親分」

「ああ、知ってるとも。そうか、鉄兄ィが」

武田は住み慣れたマンションを見渡した。初七日を過ぎれば、二人の少年はここを引き払ってどこへ行くのだろう。子分たちの身の振り方を決めてやれなかったのは、何にもまして心残りだった。

「君たち、お金はあるのかね」

純一は武田の脇に膝を揃え、遺影に掌《て》を合わせた。

「それがよー、自分、泣いちまったんですけど」

「何だね」

「親分はね、自分らひとりひとりの名義で、ザイケーチョチクとかいうの、しっかり積んでてくれたんス」

武田は胸を撫でおろした。苦労して積み立てた金は子分たちの手に渡ったのだ。

「無駄遣いをしてはいかんよ。金をなくすのは簡単だが、貯《た》めるのは難しい」

「へ、また親分の口癖でやんの。それなら大丈夫ッス。銀座のおじきがね、預かっててくれてますから。知ってますか、繁田の親分」

銀行員のような兄弟分の顔が瞼にうかんだ。銭金のことなら事業家の繁田に任せておけば安心である。

「銀座のおじきはね、親分のかわりにザイケーの続きを積んでくれるっていうんです」

持つべきものは兄弟分である。手広く金融業を営む繁田は、性格のセコさで仲間うちからは嫌われているけれども、セコい分だけ頼りがいのある男だった。

鉄兄ィが戒名をつけて葬式も取りしきり、繁田の兄弟が金を預かり、新宿の市川が二人の部屋住みを引き取ってくれる。仲の良かった三人の兄弟分たちが、自分の死後の始末を分担してくれている。

「ところでよー、おっさん」

「その、おっさんはやめろ。他人様に対して失礼じゃないか」

「したっけ、おっさんの名前、知らねーもん」

「僕はタケ……タケ、タケノウチ。そう、弁護士の竹之内《たけのうち》だ。以後、先生と呼びたまえ」

「はい、先生。ところでよー、先生は親分を殺したやつの目星はついてんの？」

知りたい。どうしても知りたい。まさか掟を破って復讐をするつもりはないが、真実はどうしても知りたかった。

「ふむ。思い当たるフシはないんだがね。何かのまちがいじゃあないかと、僕は思うんだが」

「やっぱりな」

と、純一は聞き捨てならぬ言い方をした。

「やっぱり、とは？」

「もしかしたら、人ちがいじゃねえかと思ってたんです。うちの親分は、誰かとまちがわれたんじゃねえか、って」

ううむ。おまえはバカだと思っていたが、あんがいそうでもないらしい。

「誰かって、誰と？」

「あの晩、うちの親分は三人のおじきたちと飲んでたんス。鉄親分、繁田のおじさん、市川のおじさん――あのね、ここだけの話だけど、ほかの三人の親分衆は、命を狙われたってちっともふしぎじゃねーんだ」

ふと武田は、純一が大のミステリー・ファンであることを思い出した。高市ではしばしば客も呼ばずにミステリー小説を読みふけっていたものだ。小説などは男の修業にはクソの役にも立たないと、何度叱りつけたかわからないが、もしかしたら今度ばかりはその趣味が役に立つかもしれない。

「ほう。三人の親分衆は、何かトラブルを抱えていたのかね」

「そんなこと、ちょいと考えたってわかるぜ」

武田には全然わからない。やはり小説を読むことも男の修業のうちだったのかと、暗い気持ちになった。

「まず、港家の鉄親分だけど――」

純一の表情が、心なしか聡明な探偵に見える。「鉄親分はバリバリの武闘派で、一年前の抗争の主役だぜ。ヒットマンだって、みんな港家の若い衆なんだ」

「あの件ならとっくに手打ちはすんでいる」

「だからよー、自分、こうなって初めてわかったんス。上のほうで勝手に手打ちをされてもよ、親を殺《と》られた子分は納得できねーもん。破門絶縁も覚悟で体張るぜ」

なるほど、道理ではある。しかも抗争の相手は関西の組織だった。（ヒャー、あかん、人ちがいや）というヒットマンの声は今も耳に残っている。

「そうか、鉄兄ィにまちがわれて――」

「はやまるなって、先生」

純一は腰を浮かせた武田を宥めた。

「次に、銀座の繁田親分なんだけど。これはわかるよね」

「え？……いや、わからん」

「まあ、カタギの先生じゃムリか。繁田のおじきは不動産とか金融とか、かなり派手な商売をしてるわけよ。しかもこのところの不景気で、トラブルだらけ」

「へえ、そうなのか」

「不動産の抵当権なんて、よその金貸しとぶつかるんだ。会社が一軒つぶれりゃ、債権回収で金貸し同士が揉めるわけだろ。何せ銀座の繁田商事と言ャァ、泣く子も黙る暴力金融だもんね。命なんていくつあったって足らねえぐれーさ」

武田は再び腰を浮かせた。

「わかったぞ。繁田の兄弟とまちがわれて――」

「はやまるなって、先生」

武田の肩を抱き寄せて、純一は続けた。

「市川のおじさんはもっとヤバいよ。歌舞伎町は無法地帯だからな。仁義もねえ、シマワリもねえ、お早い者勝ち、強い者勝ちのサバイバル・ゾーンなんだぜー。関西だって大勢やってきてるし」

「ナニ、関西！　わかった、わかったぞ。僕は市川にまちがわれて――」

「おっさんはカンケーねーじゃん」

「もとい。親分は市川君にまちがわれたんだな」

純一は蔑《さげす》むような目で武田を睨みつけた。

「だからよー、うちの親分は誰の恨みも買うはずはねーんだけど、あの晩一緒にいた三人の親分は、それぞれに命を狙われるだけの理由があったってことさ。そのうちの誰だかはわからねーけど」

自分はいったい、誰のかわりに殺されたのだろう。どうしても知りたい。

「それはそうとして――卓人君は大丈夫かな」

武田はカーテンを開け、縹《はなだ》色の空を見上げた。

「心配することないスよ。あいつは腕っぷしは強いけど、バカだからね。どんなに必死こいて探したって、親分を殺《や》ったやつなんて見つけられっこねーんです。じっとしてられねえだけ」

言われてみれば、とりこし苦労かもしれない。たしかに卓人は、命ぜられたことは何でもできるが、自分で物を考えられない子供である。

「自分、幼なじみだからあいつのことはよく知ってます。親の考えてることはわからねーけど、卓人の頭ん中は手に取るようにわかるんス。あのね、葬式のとき鉄親分が言ってたんスよ。死んでから七日間はまだあの世に行っちゃいねえから、しっかり線香を上げとけって。卓人のやつ、泣きながらウンウンって肯いてた」

「ほう。何を考えていたんだね」

「だからよ、親分の魂があの世に行っちまう前に仇討ちをしなけりゃって」

ぎょっ、と武田は振り返った。奇しくもというか当然というか、死後七日間すなわち初七日までというタイムリミットは、武田の「現世逆送」の制限時間でもある。

「へーき、へーき。卓人は上の人の言葉をまるっきし額面通りに受け取るやつだからね、あと三日たてばあきらめる」

「し、しかし、その三日の間に何かまちがいを起こしゃしないか」

「起こしようがねーって。何せ言われた通りにしかできねえやつなんです。タコヤキひとつ焼くにしたってね、こうすりゃもっとうまくなるんじゃねーかとか、そういうことはぜんぜん考えねーんだ。あいつね、ここんとこもずっとお骨の前で寝起きしてたんスよ。鉄親分に言われたから、線香を絶やしちゃならねえって。さすがに退屈しちまったんだね」

位牌に向かって座り続ける卓人の姿を想像して、武田は胸が痛くなった。卓人は一途《いちず》な少年だった。

「今ごろ何をしているんだろうな」

「そうよなー、お台場あたりに車止めて、ぼんやりしてるんじゃねえんかな。そんで、港家の若い衆とか、兄貴分たちのところを回って、親分を殺したやつ知りませんかとか訊くんじゃねーの。ダッセー」

誰も相手にはするまい。むしろ行く先々で、つまらぬことは考えるなと説教されるだろう。盃事もすんでいない部屋住みを、一人前の子分として扱う者などいるはずはなかった。

「親分は、まだあの世に行ってねーんかな」

純一は膝を抱えて遺影を見つめる。ここにいるよ、どこにも行っちゃいない、という声を武田はあやうく嚙み潰した。

正体の秘匿。それは現世逆送の掟だ。

「純一――」

武田は少年の肩を抱き寄せて、胸深くに抱きすくめた。

「キモいぜー、おっさん。ホモかよー」

言いながらも純一は、見知らぬ男の力に抗おうとはしなかった。少年の金髪が窓ごしの朝の光に輝いた。

髪を染めるのはやめろと叱ったことがあった。卓人は言う通りに従ったが、純一は反抗した。丸坊主にするから盃をくれろと言った。

「すまんな、純一――」

俺はこの金色の髪を、生まれたままの色に戻してやることもできなかった。何ひとつ、おまえを変えてやれなかった。

「何でおっさんがあやまるんだよー。そういう言い方、やめてくれよー。悲しくなる」

盃をくれろと純一が言ったときは、思わず殴りつけた。生意気を言うな、と。純一は子分になりたかったわけではあるまい。子供になりたかったのだ。

「鉄親分が言ってた。死んだ人はあの世でもこの世でもねえ宙ぶらりんのところに、七日間はいるんだと。そこで極楽往生するか、地獄に落ちるかって裁判を受けるんだと。だから線香をしっかり上げて、みんなで応援してやれって。そんなことしなくたって、親分は極楽往生するに決まってらあ。そうだろ、先生」

ちがう、と武田は思った。どれほどまっとうに生きてきても、最後にこの子らを捨ててしまった。それは地獄に突き落とされても仕方のない罪だと思う。今さら行くあてもない子供を不慮の死によって捨ててしまうことは、この子らを見捨てた生みの親の罪よりもずっと重い。

「そんな宙ぶらりんのところにいるんなら、もういっぺん帰ってきてくれねーかな。お化けでも何でもいいや。そしたら自分、うまい飯炊いて、風呂沸かして、背中流してやりてーんだけど」

「もう何も言うな」

と、武田は純一の髪をかき抱いた。

「男だろ。メソメソするな」

「また親分みてーなこと。でも親分は、男が泣くのは親が死んだときだけでいいって言ってたぜ。だったらメソメソ泣いたっていいじゃねーか」

なるほど卓人のことは心配するまでもないのだと武田は気付いた。純一の口ぶりから察するに、立ち回り先の兄貴分は承知しているのだろう。

港家の鉄兄ィのところには、すでに一人前の義雄と、齢は若いがしっかり者の一郎がいる。繁田の兄弟に貰われた広志は頭が切れるし、幸夫は常識をわきまえた男だ。卓人が親の仇《かたき》の情報を仕入れようとすれば彼ら兄貴分を頼るほかはないのだから、どのみちそこから先へは進めない。

そう考えるとむしろ、卓人のことよりも彼らがどうなっているのか、武田は不安になった。

とりあえず二つの事務所を訪ねて、様子を見てくるとしよう。

「それじゃ、僕は失礼するよ」

肩を抱き起こすと、純一は座蒲団の上に横たわってしまった。疲れ果てて泣き寝入りだ。

「あ……すんません。線香あげなくちゃ……」

「いいよ、少し休め」

「……坊さんが、線香は仏さんのご飯だからって……親分が腹減らしちまう」

「腹は減ってないよ」

「先生の腹じゃねーよ……親分の」

「大丈夫だって。おやすみ」

「そうスか……そんじゃ、おやすみなさい」

猫のように丸くなって寝息をたて始めた純一の体に毛布をかける。雨に湿った金髪を撫でて、武田は立ち上がった。

「……親分」

寝言だ。

「……やだよ、親分。死んじゃいやだ」

名乗れぬことのもどかしさに唇を噛みしめながら、武田はマンションを出た。

雨上がりのさわやかな朝である。古い賃貸マンションの廊下からは、下町の黒い甍《いらか》の波が見渡せた。好景気のころ地上げにかかって、買い手のないまま更地か駐車場になっている虫食いのほかには、昔とさほど変わりばえのしない頑固な町だった。

生まれ故郷は忘れた。悲しい生い立ちも忘れた。先代の情に触れたときから、この町をふるさとだと思うことにした。過去は誰にも語ってはいなかったから、血を分けた人々に訃報は届かなかったと思う。

それでいい。自分の骨はやがて兄弟分たちの手で、一門の寺に納められるだろう。遥かな昔から、そこには大勢の仲間たちが眠っている。春秋の彼岸には、みんなが香華《こうげ》をたむけてくれる。

存外幸せな人生だったと武田は思った。


繁田社長の朝は早い。

日本国中ほとんどの社長が手詰まりで、朝早くから出社する理由も気力もないきょうこのごろ、彼だけは愛車メルセデスを駆って午前八時には家を出る。そして銀座六丁目のビルのスリーフロアを占有する事務所に着くやいなや、スポンサーとなっているＦＭ番組を聞く。

「きょうの株式市況——中小企業のビッグパートナー、あなたのマネー・コンサルタントの繁田商事がお送りします」

ラジオでＣＭを開始したとたん、マスコミすなわち正義であると勘違いしている大勢の人々から電話が殺到した。

ボロい。これはボロい。その客たちの多くは、銀行から突然見放された世間知らずの経営者である。銀行にとっては危険な客でも、切った張ったの町金融から見れば余力十分の健全な取引先と言えた。そういう社長さんが、「ラジオで宣伝をしているのだから、しっかりした金融会社にちがいない」と独善的かつ希望的に判断して、融資を申し込んでくる。

好景気のころにさんざいい思いをした経営者は甘い。業績の悪化はすべて景気のせいで、社長の自己責任はこれっぽっちもないと思っている。だから月利七パーセントの金を、ありがたがって借りてゆく。要するに足し算はできても掛け算ができないのである。百万円を一カ月借りて百七万円を返せばいいと単純に考えており、一年後には倍の借金を抱えるであろう当然の結果までは考えが及ばない。

こういう客を生かさず殺さず、いわゆる半殺しの状態で何年か押さえておけば、あげくの果ての不渡りなど痛くも痒《かゆ》くもなかった。

都合の良いことに、町金融の代表選手にちがいない大手消費者金融が、テレビのＣＭ枠を占拠して「借金は悪いことではない」と宣伝してくれている。金貸しは銀行や質屋にかわって、市民権を得た感がある。

ましてやなお都合の良いことには、銀行金利がふしぎなくらい安くなった。金貸しの商品は金であるから、好景気のころに較《くら》べて「仕入代金」が四分の一に下がったことになるのだが、高利貸しの金利すなわち「定価」は変わらない。

ボロい。ものすごくボロい。むろん口先では、客と同様に不景気を嘆く。まちがってもうちだけ景気がいいなどとは言わない。しかし、ボロい。この不景気があと何年か続けば、まちがいなく銀座に自社ビルが建つ。

株式会社繁田商事の社員六十名のうち、約二十名はれっきとした子分である。ヤクザではあるけれども専門知識は十分に身につけており、主として不良債権の回収にあたっている。

窓口で接客する女子社員と事務職が約二十名。彼女らは全員が大学卒で、きわめて優秀である。どのくらい優秀かというと、朝日新聞の入社試験に落ちたその足で銀座のこの会社に入ったというのが何人かいる。

残り二十名は金融のエキスパートである。年齢四十歳以上六十歳未満。財務経験者に限る。銀行信金信組退職者優先——とかいう募集広告を出すと、信用と信頼のかたまりのような人材がドッと押し寄せた。

これらカタギの社員たちは入社早々に会社の実体には気付くはずなのだが、誰も辞めようとはしない。女子社員もリストラ組も、ここを辞めれば後がないことは十分に承知しているからである。

灰色の風が吹き抜ける雨上がりの銀座通りを見おろして、繁田はクックッと笑った。

腕っぷしにはてんで自信がない。ために若い時分には、仲間うちからさんざコケにされた。しかし、時代は変わったのである。

　誰がどう見たって人畜無害の、知的で文化的な顔をしている。ごくアトランダムに、たとえば銀座四丁目の通行人に繁田の顔写真を見せ、職業を当てさせたとしたら、八割方は「銀行の支店長」と答えるにちがいない。

　しかしその正体は、某指定広域組織の大幹部、繁田組組長である。

「おはようございます、親分。じゃなかった、社長」

　年かさの子分が背中から声をかけた。

「言葉には気をつけろ、ヒデ。じゃなかった、馬場《ばば》君」

「へい。じゃなかった、はい。朝っぱらから客人が、じゃなかった、早朝からお客様がお見えです」

「そうか。で、どんな野郎だ。じゃなかった、どこのどなたかな」

「弁護士のタケノウチとかいう」

「ナニ、弁護士。しゃらくせえ、じゃなかった面倒くさそうなお客様だね。おめえ、じゃなかった、君で用は足らんのかね」

「それが、直接親分、じゃなかった社長にお会いして、殺《と》られた武田のおじきの件――いや、先日お亡くなりになった武田社長のことを訊ねたいと」

　繁田は暗い気分になった。一日も早く忘れたい事件のいまわしい感触が甦った。

「安心できそうな人物かね。たとえば弁護士を名乗るヒットマンとか、そういうのじゃあるまいね」

「へい。じゃなかった、はい。いかにも正義の味方という感じの、クラーク・ゲーブルみてえな品のいい男です」

「正義の味方……ぜんぜん安心できんじゃないか。それに、クラーク・ゲーブルという比喩《ひゆ》はあまりにも古い。イメージが湧かない。正義の味方ならトム・ハンクスだろう」

「いえ、トム・ハンクスじゃございません。そうさな――わかりやすく言うと、ハリソン・フォードからタンパク質を削って、ちょいと乾かしたみてえなやつです」

「ううむ。わかりやすくはないね。まあ、ヒットマンじゃないのなら通したまえ」

「へい。じゃなかった、はい。ああ面倒くせえ」

「馬場君。面倒くせえとは何かね。かりそめにも専務取締役が口にする文句ではなかろう」

「そうは言ったって、親分、じゃなかった社長だって面倒くせえでしょうが、こういう口のきき方」

「ふむ……たしかに面倒くせえ。いつまでたっても慣れない。ま、ともかく通したまえ。それからヒデ、じゃなかった馬場君、タマヨケをたのむ。君のかわりはいくらでもいるが、僕のかわりはいないからね」

やがて専務に先導され、若い衆に左右を固められて社長室に入ってきたのは、いかにも正義の味方といったふうな、長身の男だった。

背広の胸のバッジを確かめてから、繁田は満面の笑みで男に席を勧めた。差し出された名刺には「弁護士　竹之内勇一《ゆういち》」とあった。

はっきり言って、正義の味方は苦手である。

「で、どのようなご用件でしょう」

「はい。私、実は先日ご不幸に見舞われた武田勇君と昵懇《じっこん》にしていた者なのですが、個人的に彼の死についてお訊ねしたいと思いまして」

繁田はソファに体を沈めて弁護士を睨みつけた。そういう関係ならば、あえて面倒な態度を繕う必要はあるまい。

「私にわかることでしたらお答えしますよ」

目付きで十分に威嚇《いかく》したつもりだったが、竹之内は怯まなかった。視線をけっしてそらそうとしない。まるで同業者のような身構えである。

「どうも武田君は、人ちがいで殺されたらしいんです。お心当たりはないでしょうか」

繁田はひやりとした。こいつはただものではない。そんなことをなぜ知っているのだ。

「人ちがい？……いやはや物騒な話ですな」

そらとぼけて、繁田は眉をひそめた。

武田組長の不慮の死は、兄弟分の繁田にとって悔やんでも悔やみきれぬ痛恨事だった。同じ代紋を背負っているとはいえ、組織上の血脈は遠い。ふつうそういう関係の男同士が兄弟分の盃をかわすには、何らかの政治的な背景があるものだ。しかし武田と繁田の盃には何の欲得もなかった。若い時分から妙にウマが合い、たがいを心から信頼していたのだった。猜疑心がことのほか強く、誰も信用しないかわりに誰からも信用されていない繁田にとって、この世で唯一信じられる男は武田勇だけだった。

弁護士はソファから身を乗り出して、きっかりと繁田を見据えた。

「ねえ、社長。あなたは商売がら、いろいろとはたから恨みを買うこともあると思うのですが、もしや武田さんは、あなたにまちがわれて殺されたのではないですかね」

色めき立つ専務を片手で制して、繁田も身を起こした。

「ずいぶん立ち入ったことをおっしゃいますねえ、先生。そういうのを下衆《ゲス》のかんぐりとか言うんじゃないですか」

「私はゲスではありませんよ。少なくともあなたよりも、武田君とは近しい関係でした」

繁田は暗い嫉妬を覚えた。それくらい、死んだ武田が愛しかった。

「用件はそれだけですか、先生」

「はい。武田君は人を憎む人間ではない。ましてやまちがって殺されたのであれば、犯人を憎みはしません。しかし、誰にまちがえられたのかは知りたい。いや、友人として知っておきたいのです」

「知ったところでどうなるものでもないでしょう。無意味な詮索だと思いますがね」

竹之内はいかにも無念そうに、きつく目をつむった。犯人を探すというならともかく、武田が死なねばならなかった事情をあばこうとするのは、たしかに意味のないことだ。あえてそれを知ろうとするこの男は、よほど武田の死を悔やんでいるのだろうと繁田は思った。

「わかりました。お答えしましょう」

繁田は弁護士の目を見据えて言った。

「まったく思い当たるフシはありません。先生を死んだ武田の兄弟だと思って、はっきり言います。僕はあいつだけには、嘘をつけなかった」

竹之内は満身の力を抜くと、初めて繁田から目をそらした。

「失礼なことをお訊ねしました。社長と武田君の間に嘘のないことは、よく存じています」

竹之内弁護士はそれだけを言うと、コーヒーにも手をつけずに社長室から出て行ってしまった。

「ヒデ……」

ソファに体を沈めて、繁田は力なく子分の名を呼んだ。何だかひどく疲れた。人間ではない何ものかに、問い質されたような気分だった。

「へい、じゃなかった、はい」

「……もういい。面倒くせえ話し方はやめようぜ。おめえもくたびれたろう」

「へい。裁判官の前だって、これほど緊張はしやせん。何ですかね、あの野郎」

「知るか。ともかく妙に疲れた」

専務は腰から拳銃を抜き出すと、安全装置をかけた。ガラス越しに射し入る初夏の光に顔を晒して、二人はしばらく呆けていた。

「親分のおっしゃったことに嘘はござんせん。どうかお気になさらず」

繁田はメガネをはずし、細い指先で顔を被った。たしかに嘘ではあるまい。武田は自分の身代わりとなって殺されたのではない。

「しかしよォ、ヒデ。そのほうがよっぽど気が楽ってもんだぜ。武田の兄弟が俺の身代わりになってくれたんなら、あいつの仇は俺がとる。それで悔いは残るめえ」

「まったくです……ああ、やだやだ。いってえどういうわけでこんなまちがいが起きちまったんだろう」

「あのヒットマン、大阪戦争の生き残りとか何とかで、腕はたしかなはずなんだが」

「へい。若え時分《わけ》に広島の戦争で三人、第一次と第二次の大阪戦争で五人も殺《と》ったってえ腕ききです。万が一にもまちがいはねえって、本人も言ってました」

「だが、あろうことかそのヒットマンが、的をとりちがえやがった。港家の鉄兄ィと武田の兄弟の、いってえどこが似てるってんだ」

繁田はクリスタルの灰皿を壁に向かって投げつけた。港家の鉄蔵《てつぞう》を消すために、高い金を払って殺し屋を雇った。義理事の帰りに銀座に誘い出し、客が引ける午前零時の雑踏で仕留める手筈《てはず》だった。

鉄蔵さえいなければ、次期総長の座は繁田に約束されたようなものだった。むろん古株の伯父分たちにも相応の根回しはしてある。しかも去年の抗争の主役だった鉄兄ィは、いくら手打ちがすんだからとはいえ、どこで命を落としてもふしぎではなかった。

「武田の兄弟に、何と詫びていいかわからねえな」

白皙《はくせき》の顔を俯けて、繁田は唸るように呟いた。

エレベーターの中で武田は息をついた。

自分が死なねばならなかった理由――それは繁田に言われるまでもなく、今さら知ったところで何の意味もないことだと思う。

恨み言は性に合わない。だから自分の命を奪った男のことなどはどうでもよかった。ただ、死ぬ理由をなおざりにして、極楽往生などしたくはなかった。

人は自分をヤクザと呼んだが、ヤクザなりに正しく生きてきたと思う。弱きを助け強きをくじいて、先代から教えられた任侠道を全うしてきた。その人生が、つまらぬまちがいで終わってしまったとは思いたくない。

繁田の言葉に嘘はあるまい。ともかくこれで、繁田の身代わりとして死んだのではないことだけははっきりした。

それならそれでもよかったのだが。

「オッス！」

途中階のドアが開いて、二人の若者が乗りこんできた。広志と幸夫だ。

「やあ、元気でやってるかね」

武田は子分たちの肩を摑んで言った。背広姿もなかなか様になっていた。

「ええと、どちらさんでしたっけ」

広志は二十七になった。長いこと同棲《どうせい》している女に子供ができたと言っていた。

「かみさん、元気か」

「え、はい。元気でやってますけど」

「無理させるなよ。かみさん、籍は入れたのかな」

とまどいながらも、広志は誠実に答えた。

「ちょっと事情があって、日延べになってます」

「事情というのは、武田さんのご不幸のことかね」

「……まあ、そうですけど。あのう、どちらさんでしょう」

「誰でもいいさ。そんなことより、初七日がすんだらすぐ籍を入れなさい。不幸と幸福とをまぜこぜにしてはいけない」

広志の女は暴走族のころの仲間だが、足を洗って宅配便のドライバーをやっていた。子供ができたと聞いたとき、武田は広志と一緒に運送会社に行って、しばらくは事務につけてくれるよう頭を下げた。

「どなたか存じませんけど、心配して下さってありがとうございます。籍はきちんとさせていただきます」

広志の礼儀正しさが嬉しかった。こいつは大丈夫だ。大学出のぼんくらよりも、ずっとしっかりしている。

一階のドアが開いた。二人の若者は謎《なぞ》の来訪者との関わりを避けるように、エレベーターを降りた。

「おい、幸夫君」

名前を呼ばれて、幸夫は立ち止まった。

「おとうさん、具合が悪いんだろう。お見舞いには行っているのかね」

「ですから、ちょっととりこみ中なもんで」

幸夫は都立高校を卒業している。継母《ままはは》とそりが合わなくて家を出たままだった。築地《つきじ》のがんセンターに入院している父から、倅をよろしく頼むという電話をもらったのは、つい先日のことだ。

齢は二十三。武田の目から見ると実に良識ある男なのだが、その良識がかえって道楽者の父を許さず、若い継母とも親しめぬ原因になっていた。

「あのな、幸夫君――」

言いかけて、声が詰まってしまった。生きてさえいれば、親子を和解させるのは難しいことではなかった。

「武田さんは、おとうさんのお見舞いにいらっしゃったんだよ」

えっ、と幸夫は意外そうに目をみはった。

「君がどうしても親の顔なんか見たくないって言うものだから、ひとりでいらっしゃったんだ。おとうさんもおかあさんも心配してらしたそうだ。つまらぬ意地を張らないで、行ってきなさい。行くだけでいいから。いいかね、親と子の絆というのは、君の考えているほど弱いものじゃないんだよ。行くだけでいい。たのむ」

武田は子分に頭を下げた。多くを語ることができないのだから、そうでもするほかはなかった。幸夫は良識ある男だ。心が通じればたぶん、親の前で下げたくない頭も、同じように下げてくれるだろうと思った。それでいい。下げたくない頭を下げてこそ男だ。

「何だかよくわからないんですけど……わかりました。そうします」

二人の子分は武田に一礼をして、あわただしく町に出て行った。

金貸しはしょせんカタギの仕事ではない。しかし背広を着てネクタイを締め、交渉事の席につくことは、けっして悪い経験にはなるまい。自分が教えてやりたくてもやれなかった世の中のしくみを、しっかりと学んでほしい。

日ざかりの舗道に出てビルを見上げる。

「兄弟。世話をかけてすまない」

小さな声に出して、武田は繁田に詫びた。

港家に行こう。鉄兄ィに問い質さなくては。

ステンドグラスの家

お空が回っている。

厚く繋ったプラタナスの葉の間から、おひさまがぼくの目を射る。

ブランコの鎖をしっかりとつかんで、揺れるお空をこんなふうに見上げていると、死んじゃったことなんてウソみたいだ。

でも、このサービスは三日間だけ。あさっての夜にはここにもどってきて、ブランコに乗る。そうすればあっちへ帰れるって。

ちこくをするとこわいことになるからねって、おじさんたちはぼくに念をおした。学校でも、ちこくをしたことはないからだいじょうぶです。

ええと、ここはどこ？

もどる場所がわからなくてこわいことになったらたいへん。

なあんだ。うちのすぐ近くの公園じゃないか。ぼくの家は世田谷区の成城《せいじょう》だけれど、この公園のさきは調布《ちょうふ》市なんだって。だから桜並木もここでおしまい。街灯のかたちだってちがう。

あ、電話だ。

このカバン、すごくカッコ悪い。黒くて大きくて、おやじっぽい。

「もしもし、蓮です」

「ハウ・アー・ユー！」

「アイム・ファイン。ええと……だれですか」

「私はマヤ。リライフ・サービス・センターのマヤです。逆送期間中はあなたの担当をするから、よろしくね。蓮ちゃんは、三つのお約束をちゃんと覚えているかな？」

「おぼえてます。ちこくはしない。正体は誰にも知られちゃだめ。ふくしゅうもだめ」

「はい、よくできました。あなたは他のおじさんたちよりずっと安心できるわ」

ほかのおじさんというのは、いっしょに再審査を受けた二人の男の人のことだと思う。ひとりは髪の薄い、アブラギッシュなおじさんで、もうひとりはヤクザの親分みたいなこわい顔をした人だった。言われてみれば何となく、二人ともお約束なんて守れそうもない。

「気分はどう？　蓮ちゃん」

「体が重たいです。とても不自由な感じ」

「それは仕方ないわ。ちょっとお顔が変わっちゃってるけど、心配しないでね」

あれれ、どこか変だと思ったら、チェックのスカートなんかはいてる。フリルのついたブラウスも。

「はずかしいよ、こんなの」

「がまん、がまん。元のまんまのあなたが家の近所をうろうろしていたら、みんなビックリしちゃうでしょう。だから蓮ちゃんは女の子になりました。名前は蓮子《れんこ》ちゃん」

「レンコ……ですか。レンコンみたい」

「齢は同じだけれど、それなら誰にもわかりっこないわ。パパやママとは会うの？」

「うん、そのつもりです。ほかにも会いたい人はいるけど」

「誰と会ってもいいけど、お約束だけはきちんと守ってね。それから、何かわからないことや困ったことがあったら、この電話機の☆のボタンを押して」

「あ、これですね。わかりました」

「それじゃ、蓮子ちゃん。ハヴ・ア・ナイス・デイ！」

「サンキュー」

女の子だって。はずかしいけど、しかたないか。

さて、これからどうしよう。とりあえずブラブラ歩いて、おうちに帰らなくちゃ。あんまり気はすすまないけれど。

生きているときは、根岸雄太という名前だった。でも死んだとたんに、蓮空雄心童子《れんくうゆうしんどうじ》とかいうめんどくさい名前に変わってしまった。「雄ちゃん」が「蓮ちゃん」に変わっただけでもピンとこないのに、「蓮子ちゃん」だって。

桜並木に看板を出しているのは、ママの行きつけのブティック。ドキドキするけど、ショウウィンドウに体をうつしてみよう。

ひええっ、かわいい。アイドルだよ、これって。学校に行ったら男子たちにモテモテだよね。

フリルのついた半袖のブラウスにチェックのスカート。まっかなスニーカー。帽子には花かざりがいっぱい。三つあみの髪のさきっぽにリボンなんか結んじゃって、まるで絵本のさしえみたい。こんな女の子、現実にはいないみたいな気もするけど、ま、いっか。

スキップ、スキップ。かなしそうに歩いてたら、おせっかいなおばさんに呼びとめられちゃう。

おっと、車には気をつけなきゃ。もういっぺん死ぬのはいやだ。

ちゃんと横断歩道を渡ってたのにな。信号も青だったのにな。

急ブレーキの音がしたと思ったら、体が空を飛んだんだ。まるでブランコが一回転しちゃったみたいに。

桜の枝をつきぬけて、頭から道路に落ちた。それからのことは何もおぼえていない。

気がついたら、おおぜいのおじいさんやおばあさんといっしょに、まっしろな花の咲く並木道を歩いていた。

ここはどこ、ってきいた。すると知らないおばあさんが、「めいどへ行く道だよ」と教えてくれた。

ほっとしたのは、この道のさきにメイドのハッコさんが待っているんだなと思ったから。

でも、そうじゃなかった。「めいど」はお手伝いさんのことじゃなくって、死んだ人が集まる場所だった。

ハッコさんはしかられたと思う。あの日だけ、ハッコさんはおむかえにきてくれなかった。校庭でしばらく待っていたけれど、友だちがみんな帰っちゃったから、ぼくもひとりで家に帰ることにした。それで、車にひかれちゃった。

ハッコさんのせいじゃない。おむかえのいない友だちもおおぜいいるし、バスや電車で遠い家から通ってる子もいるんだから。

信号無視をした運転手さんも悪いけど、ぼくも不注意だった。成城の町には交通事故なんてあるわけはないって、勝手に思いこんでいた。先生のご注意は、世田谷通りとか環状八号線とか、成城の町の外で起きることをおっしゃっているんだなと思っていた。

こういうのを「おぼっちゃま」っていうんだな。家がお金持ちだという意味じゃなくて、世間知らずってこと。けっきょく、その「おぼっちゃま」が命とりになったってわけ。

ドキドキ。おうちが見えた。何だかなつかしいな。垣根にあふれるブーゲンビリアも昔のまま。考えてみればそんな昔じゃないんだね。ぼくが死んだのは、ほんの何日か前のことだ。

垣根のすきまからのぞいてみよう。

あ、ママだ。ローズガーデンでバラのお世話をしている。あんまりかなしそうにはみえないけど、そうじゃないな。ガーデニングでかなしみをまぎらわしているんだ。

ママ、って言いたいけどだめ。そんなことを口にしたら、こわいことになる。

どうしよう。おうちに入りたいんだけど。

ぼくのお葬式がおわって、家は何ごともなかったように静まりかえっている。

正面は古ぼけた石造りにステンドグラスのはまった洋館で、うしろのほうは広い縁がわがめぐる和風の家。

建物はひいおじいちゃんが建てたころのまんまだけど、日本庭園はパパが埋めたてて芝生のお庭にした。そのときの工事のようすは、ぼくもうっすらとおぼえている。

ママは芝生のお庭の日あたりのいいところに、一年じゅう花のたえないローズガーデンを作ったんだ。

宅配便がきた。プラスチックのケースに入った、大きなお花をおろす。きっと、ぼくのお骨に供えるお花なんだな。お葬式にこれなかった人が、まっしろな菊の花をおくってくれたんだ。

門のところまでハツコさんが出てきた。ハツコさん、やつれたみたい。やっぱりパパやママにしかられたんだな。

いけない。ハツコさんに気づかれちゃった。じっとこっちを見てる。逃げ出したらよけい変だ。どうしよう。

「あなた、どなた？　もしかしたら、ぼっちゃんのお友だちかしら」

逃げちゃだめ。ちゃんとお返事をしなくちゃ。

「はい。雄ちゃんの友だちです。病気をしていて、みんなといっしょにお葬式にこれなかったの」

女の子の声。きもち悪い。

「あら、まあ。お名前は？」

「ええと、あの、根岸——じゃない、ネ、ネ、根本《ねもと》蓮子でえす」

「根本さん？……」

「学年はいっしょだけど、クラスがちがうんです。でも、学校では仲がよかったの」

あんまりくわしいことを言うのはよそう。よけいうたがわれる。

「さようですか。お線香を上げにきて下すったんですね。ささ、どうぞ」

ハツコさんはエプロンをほどいて、まぶたをぬぐった。泣かないで、ハツコさん。

「みなさん毎日寄って下さるんですよ。お友だちどうしが連れ立って。ぼっちゃんはクラスの人気者でしたからねえ」

鉄の門をすりぬけて庭に入る。ぼくの家。でも、ただいまは言えない。

ぼくのおうち。よくおぼえておこう。めいどに帰ったら、エスカレーターに乗ってごくらくに行く。大好きだったおじいちゃんやおばあちゃんには会えるかもしれないけれど、おうちにはもう二度ともどってはこれないんだから。

門からさきはつつじの垣根に囲まれた小道です。

「奥様ァ、ぼっちゃんのお友達がいらっしゃいました」

ハツコさんが芝生のお庭に向かって呼んだ。あ、ママがきた。ニコニコ笑って、やっぱりそんなに悲しそうじゃないな。

「あーら、お久しぶり。よくきて下さったわねえ」

ぼくのママはお調子者です。会ったことなんてあるはずないのに、「お久しぶり」だって。でも、こういうおあいそが言えないと、この町では生きていけない。子供はみんなおぼっちゃまとおじょうちゃまだから、子供だと思ってばかにしちゃいけないんだ。ちょっとしたことが子供の口から親につつぬけになって、悪いうわさになったりする。

「お線香、あげさせてください」

「ありがとう。さ、どうぞ」

ママは泥だらけの手袋をはずしながら、玄関のドアをあけた。回り階段から二階を見上げて、パパを呼ぶ。

はあい、とねぼけた声で答えて、パパがおりてきた。パジャマの上にガウンをはおって、そういうかっこうはまずいよ、パパ。

シラガがふえたみたい。あんまりぼくと遊んでくれたことはないけど、やっぱりショックは大きかったんだな。

「ごめんなさいね。おじさん、こんなかっこうで。お仕事がいそがしいから、しかたないの」

ぼくのパパは小説家です。毎日しめきりに追われて、ずっと家にいるのにあんまり会うことがない。書斎にはシャワールームもおトイレもあるから、いそがしいときは何日も出てこない。ごはんはハツコさんが、ワゴンにのせて運ぶ。

パパはいくつになったのかな。五十五か六。クラスのおとうさんたちの中では一番のおじいちゃん。ママは五十さい。やっぱりクラスのおかあさんたちの中ではダンゼンのおばさんです。

仲よしのヒロミちゃんの家は、おじいちゃんとおばあちゃんがぼくのパパとママより年下だった。それを知ったときはすごくいやな感じがしたけれど、ぼくの家はフクザツな事情があるのでしかたがない。

「やあ、ようこそ。かわいいおじょうちゃんだね」

パパはぼくの頭をくるくるとなでてくれた。

ぼくはふと気がついた。

ママが書斎に向かってパパを呼ぶなんて、ありっこない。パパがお仕事をしているときは、家の中を走っても、大きな声を出してもいけないいんだ。

小説家はとてもナーバスだから、足音が雷さまみたいに聞こえたり、お庭の木もれ日が稲光のように見えるんだって。

ということは、パパはお仕事をしているわけじゃないんだ。原稿を書くどころじゃなくって、書斎にジッとこもってご本でも読んでいるんだろう。

ぼくのおうち。よくおぼえておこう。

玄関のホールには吹き抜けのステンドグラスから七色の光がさしこんでいる。廊下の窓も、ぜんぶ古いステンドグラス。赤や青や緑の光にくるまれた、夢のようなおうち。

まっすぐに歩いて行くと、短い階段があって、そのさきは和風のお座敷になっている。

ぼくのひいおじいちゃんがこの家を建てたとき、わざとこんなふうなつぎはぎにした。

ひいおじいちゃんは貴族だったからお客さんが多くて——ええと、どう言ったらいいんだろう。日本語ではうまく言えないけど、つまり表の洋館はオフィシャルで、うしろの和風のおうちはプライベートな部分、ってわけ。

でも、パパがプライベートな部分にいるのは、見たこともないような気がする。

「あとは頼んだよ。僕は仕事があるから」

つなぎ合わせの短い階段のところで、パパは廊下をもどって行っちゃった。

やっぱり変だな。パパはここからさきに行こうとしない。

ステンドグラスの光の中を書斎へもどって行くパパはさびしそう。

「おじさん、とてもいそがしいの。ごめんなさいね」

ふり返るぼくの背中を、ママが押した。

うすうす気づいてはいたんだけど、ぼくのおうちはやっぱり変だ。大きいからじゃない。パパとママはべつべつにくらしている。これでぼくがいなくなっちゃったら、いったいどうなるんだろう。

「雄ちゃんのこと、忘れないでね」

むかし、おじいちゃんが使っていた十五畳の奥座敷に、ぼくのお骨がおかれていた。何だか悲しい。死んじゃったっていう感じがする。

「おばさん。雄ちゃんはきっと元気でいるよ。天国で楽しく遊んでる」

そうだよ、ママ。みんなが考えるほど、こわいことじゃないんだ。だから泣かないで。

お線香を上げて、おかしとお紅茶をいただく。ぼくはぼく自身の思い出話を、ママの口からきかなければならなかった。

「雄ちゃんは、どんな赤ちゃんだったんですか」

七さいの子供の過去って、赤ちゃんしかないんだ。

「とても手のかからない子だったわ。夜泣きもしなかったし、おむつもすぐにとれたし」

うそ。ママはうそをついてる。

「どこの病院で生まれたんですか」

またうそをつこうとして、ママはじっとぼくを見つめた。

「あなた、どうしてそんなことを訊くの。おかしな子ね」

ごきげんを悪くしたみたい。質問がちょっといじわるだったかな。

「いえ、もしかしたら私と同じ病院かなって思ったの。ごめんなさい、おばさん」

ママにききたいことがあったんだ。でも、やっぱりうまく言えない。どうしよう。そのためにむりを言って生き返ってきたのに。審査官のおじさんたちも、「むりもない事情だねえ」って言ってくれたのに。

「それじゃ、これでしつれいします」

いたたまれなくなって、ぼくはおいとまのあいさつをした。早足で玄関にもどる。

ママはさっきの質問がこたえたみたいだ。笑顔が消えて、落ちこんじゃった。

ごめんね、ママ。でもぼくは、たった七年間のぼくの人生を、きちんと知っておきたいんだ。わがままかもしれないけど、わかって下さい。

「またきてもいいですか」

「いいわよ、いつでもいらっしゃい」

吹き抜けの階段の上で、パパがそっと手を振ってくれた。ママと仲よくしてね、パパ。

ハツコさんが車寄せを掃いていた。ピンポーン、グッド・アイデア。ママにきけなかったことは、ハツコさんにたずねればいい。

ぼくはハツコさんの手を引いて、小道を走った。

「ねえ、教えてほしいことがあるの。雄ちゃんの本当のパパとママは、だれ？」

ヒエッ、とハツコさんはのけぞるようにおどろいて、玄関をふり返った。ママはにっこり笑いながら手をふっている。

「ちょっと、お嬢ちゃん。こっちにおいでなさい」

ハツコさんはぼくを引きずるようにして門の外に出た。キョロキョロと左右を見渡して、桜の並木のかげにしゃがみこむ。

「な、なにをおっしゃるんですか、いきなり」

ものすごくあわてている。ハツコさんは知っているんだ。

「あのね、雄ちゃんが言ってたの。ぼくはもらいっ子なんだよって」

「だ、だ、だからどうしろっていうんですか」

「知ってたらおしえてほしいと思って」

あー、とゼツボウ的な声をあげて、ハツコさんは顔をおおった。

「あなたには関係ないでしょうに。そんなこと、よそさんにおっしゃっちゃいやですよ」

ぼくもガッカリです。そんなのウソだって言ってほしかった。

「知らないの？　雄ちゃんのほんとのパパとママ」

「存じませんよ。さ、おうちにお帰りなさい。車に気をつけてね」

作戦はしっぱい。でも、ぼくの記憶にまちがいはなかったということだけはわかった。

「バイバイ。おじゃましました」

ぼくは桜並木を、あてどもなく歩き出した。

どうしてももういちどこの世にもどってきたかった理由。それは、ほんとうのパパとママに会いたかったから。

生んでくれてありがとうって言いたかった。もうこれで会えないけど、ごめんねって言いたかったんだ。

うっすらと、あの日のことをおぼえていた。桜の花がちる施設に、パパとママがお迎えにきてくれた。たぶん三さいぐらいのときだったと思う。

よかったわね、雄ちゃん。新しいパパとママよって、先生が言ってた。まっしろなベンツの窓から、先生とお友だちにさよならをした。

パパは運転をしながら、「わかるかな」と言った。「まだ何もわからないわよ」とママが答えた。でも、ぼくはおぼえていたんだ。なにも知らないふりをしてずっとくらしてきたけど、ほんとうはあの日のことをおぼえていた。

パパとママはぼくを幸せにしてくれたんだから、知らないふりをしていなくちゃいけない。それはぼくが一生まもりつづけなければならないマナーだった。

それでもぼくには、胸にちかっていることがあった。

ぼくはお金持ちのおうちにもらわれた。ほんとうのパパとママがぼくを手放したのは、貧乏だったからだと思う。だったら大きくなってお金持ちになったら、ほんとうのパパとママをさがしてお金をあげようと思った。

ぼくの不注意で車にひかれちゃったから、それができなくなった。だから、ごめんねを言わなくちゃならない。それと、七年間はとても楽しかったから、生んでくれてありがとうです。

考えていたそういうことをありのままに言ったら、審査官のおじさんたちも、「むりもない事情だねえ」って言ってくれた。

どうしよう。困っちゃったな。

ともかく、さっきのハツコさんのようすから、ぼくの記憶が夢でもまぼろしでもなかったということははっきりした。

かんたんに考えすぎていた。七さいの子供にできることなんて、たかが知れてるんだ。正体をバラしちゃいけないんだし、女の子になっちゃってるんだし、これじゃほんとうのパパとママに会うことなんて、できっこない。

涙が出てきちゃった。だって、どうしていいかわからないんだもん。マヤさんにヘルプの電話をしようかな。でも、そんなことをしたら、帰っておいでって言うにきまってる。むりやり連れもどされちゃうかもしれないし。

「キミ、どうしたの？　なんで泣いてるの」

だあれ、この男の子。ぼくの顔をのぞきこんでる。

「まいご？」

「まあ、にたようなものよ」

「たいへん、たいへん。交番にいこうよ」

「いや。私、おまわりさん大ッきらい」

あらら、かわいい男の子。ジャニーズ系だ。でも、男の子に興味を持つ自分がきもちわるい。何だか心の中まで女の子になってきちゃったみたい。

「おじいちゃあん！」

男の子が手をふると、並木道のさきから背の高い、やさしそうなおじいちゃんが歩いてきた。

「おやおや、どうしたんだね」

「この子、まいごだってさ。ビクビクしてて、交番にも行きたくないって」

おじいちゃんはぼくの目の高さにかがみこんだ。

「だいじょうぶだよ、お嬢ちゃん、怖がることは何もない。私は少々ボケてしまって、この近くの病院に入院しているんだ。この子は孫。キミのみかただよ」

ユニークな自己しょうかいをして、おじいちゃんはぼくの頭をなでてくれた。男の子は涙にぬれた手を、しっかりとにぎってくれた。

「キミ、名前は？」

「レディに名前をきく前に、自分が名のるのがマナーよ」

「エクスキューズミー。マイ・ネーム・イズ・ヨウスケ・ツバキヤマ。ホワッチュアネーム？」

グーッド。こいつの知能指数はぼくと同じくらいだな。生きているうちに会えたら、きっといい友だちになれただろう。それにしても、「ツバキヤマ・ヨウスケ」だって、変な名前。

「私は、根本蓮子。レンコのレンはハスの花」

ふうん、と言いながら、男の子は街路樹の根っ子の乾いた土に、「蓮」という字を書いた。やや、こいつはタダモノじゃない。こんなむずかしい字はぼくだって書けないぞ。となりに自分の名前を書く。「椿山陽介」。こいつ、名前までジャニーズ系だ。

「さあて、自己紹介がおわったところで、お嬢ちゃんのおうちを教えていただこうかな。交番になんか行かないさ。おじいちゃんがキミをちゃんとパパとママのところへ連れて行ってあげよう」

このおじいちゃん、すごくいい人みたい。入院しているとか言っていたけど、ぜんぜんそんなふうには見えない。

ゼンイを利用するっていうのは、何となく良心がとがめるけど、このさいだからしかたないな。

「あの、おじいちゃん。私、実はまいごじゃないんです」

「おや……どういうことかな」

「ほんとうのパパとママを、さがしているんです。私、三さいぐらいのとき施設から引きとられたんだけど、急にほんとうのパパとママに会いたくなって、家出しちゃったの。

これ以上くわしいことはきかないで下さい。ともかくあと三日間のうちに、パパとママに会いたい。ありがとうとごめんなさいを言いたいんです」

おじいちゃんはいい人だ。口をモゴモゴさせて何か言うかわりにダーッと涙を流した。ヨダレもいっぱい。すごくきたないけど、すごくいい人だ。

「わかったよ、レンちゃん。何も訊ねるのはよそう。施設、とか言ったね。おじいちゃんはずっとそういう関係のお仕事をしていたから、きっとキミのパパとママを探すことができる。力になろう」

ジゴクにホトケとはこのこと。うれしさのあまり、ぼくは陽介に抱きついてキスをした。もう、サイッテー！

ぼくはおじいちゃんと陽ちゃんに両手をひかれて、並木道をしばらく歩いた。

「おじいちゃんのおうちはご近所ですか？」

気になっていたことをぼくはたずねた。三つの約束を守るためにはウソをつかなければならない。パパやママや、生きていたころのぼくを知っているご近所の人にウソをつくのはいやだった。

「いや、家は遠いんだ。今は成城の丘の下の、調布市の老人病院にいるんだがね」

よかった。成城の並木道は、きっとお散歩のコースなんだな。

「ぜんぜんボケているふうには見えないんだけど」

おじいちゃんはぼくを見おろして、おかしそうに笑う。

「嘘をついてるんだよ」

ドキッ。自分のことを言われたみたい。

「……それ、どういうことですか？」

「嘘も方便という言葉を、蓮ちゃんは知っているかな」

「ホーベン？　英語ですか」

「いやいや、そうじゃない。目的を達成する手段としてはだね、嘘をつくことも必要なんだ」

おじいちゃんの事情はわからないけど、いよいよ自分のことを言われているみたいだ。

「正しい目的をたっせいするためなら、ウソをついてもいいんですね」

「そうだよ。自分のためにではなく、他人のためになることならば、仏様は嘘を許してくれる」

言ったとたんにおじいちゃんは、笑顔を消してまじめな表情になった。おじいちゃんの言葉に、ぼくは勇気づけられた。

「だれにも言いっこなしだよ。このことはぼくとおじいちゃんだけのヒミツなんだからね」

陽ちゃんが耳元でささやいた。ちょっとつらいな。おじいちゃんと陽ちゃんは二人だけのヒミツをぼくに教えてくれたのに、ぼくはぼくのヒミツをうちあけられない。それを口にしたら、こわいことになる。

ひとついいお勉強をした。ヒミツを持つのは悪いことじゃないけど、ヒミツを守るためにウソをつくのはつらいんだ。きっと大人の人たちはみんなこんなふうにして生きているんだな。だとすると人生って、つらいことばかりなんだな。

駅のそばの、オープンエアのカフェに入る。ここ、いちどきてみたかったんだ。

ウッドデッキにさしかけられた白いパラソルの下で、おじいちゃんはコーヒーを注文し、ぼくと陽ちゃんはオレンジジュースを飲んだ。

「さて、それでは本題に入ろうか。おじいちゃんはね、何とか蓮ちゃんのお悩みごとを解決してさし上げたい。本当のおとうさんとおかあさんに会いたくなって家出をしたというご事情はよくわかった。ふつうの大人なら、君の事情など斟酌せずに交番に行くか、おうちに連れ戻すだろうけど、おじいちゃんはこの通り浮世ばなれした年寄りなのでね、そういう不粋なまねはせんよ」

こういう考え方をする大人の人はめずらしいな。ぼくは思わず、「どうして？」ときいた。

「それはだね、蓮ちゃん。君をひとりの人間として尊重するからなのだよ。誰よりも長く福祉の仕事にたずさわってきたおじいちゃんの結論です。体の不自由な人も、お年寄りも、子供も、社会的な弱者ではあるけれどもけっして人間的に劣っている人ではないんだ。人間に強弱はあっても優劣はない。だから大切なのは、お世話をする人の意思ではなく、ご本人の意思なんだよ。わかってもらえるかな？」

すごくわかりやすい。目からウロコです。

「かと言って、わがままはいけないよ」

「私、わがままですか？」

「いや。君はさっき、本当のパパとママに会いたいと言って泣いた。これ以上くわしいことはきかないで、と言ったね。アカの他人にそんなわがままを言えるはずはないだろう。わがままでないのなら、お悩みごとは何としてでも解決してさし上げねばならない。これはおじいちゃんの仕事というより、健常な人間としてのつとめです」

「こんなちっちゃな子供のいうことでも、そんちょうしてくれるんですか？」

「もちろんさ。子供を大切にするというのは、猫や犬みたいに可愛がることじゃあるまい。未来を大切にすることだよ。だからいたずらに子供扱いしてはいけないんだ。このごろでは親たちに子供と猫の区別がつかなくなったね。おかげで生意気な子やおませな子がいなくなった。若者たちまでがみんな子供のように幼い」

すごい、すごい。このおじいちゃんの言うことは正しい。きっとこのおじいちゃんのエイキョウで、陽ちゃんも頭がよくなったんだな。たしかにおませで生意気な感じもするけど、陽ちゃんはとてもクレヴァーです。

「ところで——三歳ぐらいの記憶というと、相当おぼろげだろうけど、覚えている限りを教えてくれるかな」

おじいちゃんはコーヒーカップを口にあてたまま、テーブルの上に身を乗りだした。

「はい。ほんとうのパパとママは知りません。おぼえているのは、あずけられていた施設のことだけ」

「どんなところだったかな。ここから遠いのかね」

「そんなに遠くないと思います。おしっこをがまんできたから」

不安でしかたがなかった。施設からはなれて、遠い場所には行きたくなかったんだ。でも、おしっこをがまんできたのだから、そんなに長い時間ではなかったと思う。

「施設の名前を覚えてないかね」

「それはわかりません。忘れちゃった」

忘れちゃったというより、忘れようとしたんだ。忘れることが、新しいパパとママに対するマナーだと思ったから。よく遊んだお友だちの名前も、先生の名前も、みんな忘れちゃった。

「それじゃあ、何かしら施設の風景を思い出してくれないかね」

「門のところに大きな桜の木がありました。先生やお友だちとお別れするとき、桜の花が雪みたいに散っていて、とても悲しかった」

「ほかには？」

ほかには——思い出さなくちゃ。ぼくのはじめての記憶。一番古い思い出。

「その桜の木の下に、マリアさまの白い像がありました。赤ちゃんのキリストさまを抱いているの。キリストさまにはママがいるのに、どうして私にはいないんだろうって、いつも思ってた」

コーヒーカップを持ったまま、おじいちゃんの手の動きが止まった。

「その施設の前に、川が流れてはいなかったかね」

どうだったかな。そうだ、たしかに川べりだった。水鳥がたくさん遊んでいる川が、施設のすぐ前を流れていた。

ぼくはだまってうなずいた。忘れていたことを少しずつ思い出すのは、何だかこわい。

「施設の屋根は赤い色で、壁はまっしろだね」

うなずくたびに、涙が出た。ウンもハイも言えません。だって、ぼくは忘れちゃってたんだもの。赤ちゃんのときから育てられたおうちのことを、忘れちゃってたんだよ。おむつをかえてくださった先生のことも、遊んでくれたおにいさんやおねえさんのことも、すっかり忘れていた。そして、ぼくひとりだけが幸せになった。

「玄関に、大きな古時計があっただろう」

あったよ、おじいちゃん。その時計にも、ぼくはちゃんとさよならをした。忘れちゃうけどごめんねって言ったんだ。

「しっかりしろよ、蓮ちゃん。メソメソしてたらほんとうのパパとママに会えないじゃないか」

陽ちゃんはストローをくわえたまま、ぼくの背中を抱きよせてくれた。

「ジュース、飲みなよ。ほら」

ぼくは泣きながらジュースを飲んだ。ぼくのものではない仮の肉体に、甘いオレンジのしずくがしみこんでいく。

「私ね、バチが当たったの」

「なに、それ？」

くわしいことは言えない。でも、バチが当たって車にひかれたんだと思う。

ひとりだけ幸せになったんだから。貧乏なパパとママのことも忘れて、先生やお友だちも忘れて、ひとりだけ大金持ちのパパとママにもらわれたんだ。

忘れることが新しいパパとママに対するマナーだって？——ちがう、ちがう。そんなきれいごとじゃないよ。ぼくは自分が捨て子だったって知ってた。親のいない子だって知ってたんだ。ただ、そうした不幸を忘れようとした。いやなことは何もかも忘れて、ひとりだけ幸せな子供になろうとした。

「ねえ、陽ちゃん。あなた、あくたがわりうのすけの『くものいと』って、読んだ？」

「読んだけど、それがどうしたの」

ぼくはカンダタです。血の池に浮きつ沈みつしていたら、おシャカさまが極楽から、クモの糸をたらして下さった。

「私ね、ひとりでクモの糸をのぼったの。自分ひとりが極楽にいければいいと思ってた」

お世話になった先生がたや、遊んでくれたおにいさんやおねえさんたちの顔を忘れることは、血の池に向かってペッとつばを吐くのと同じだと思う。だから、クモの糸はぼくの手元で、プツンと切れちゃったんだ。

　大きくなったら、ほんとうのパパとママにも、施設の先生がたやみなさんにも、ご恩返しをしようと思っていた。でも、それはぼくのごつごうだよね。忘れることは罪です。ぼくはぼくの不幸といっしょに、この世に生まれ、この世で育てられたすべてのご恩を、忘れようとした。

「よしよし。蓮ちゃんのパパとママの居場所はわかるよ。これできっとわかる」

おじいちゃんは椅子をよせて、グズグズになったぼくの顔を抱きしめてくれた。

おねがいします。バチは当たっちゃったけれど、ぼくはつぐないがしたいんだ。

邪淫の罪

通用口の並びにあるコーヒーショップは、店員たちの朝の溜まり場である。

長い一日をデパートという箱の中で過ごさねばならぬ売り子たちは、申し合わせたようにここでモーニングコーヒーを飲み、出勤時間ぎりぎりに社員通用口をくぐる。

カウンターにもたれてぼんやりと見知った顔を眺めながら、いったい今までにこの店のコーヒーを何杯飲んだだろうと椿は考えた。一年に二百杯として勤続二十八年。ざっと五千六百杯。

マスターは昔ながらの木綿のフィルターで、頑固な味のドリップコーヒーを淹れている。ずいぶん年老いたが、ポットの湯を落とす真剣なまなざしは変わらない。生前は毎朝カウンターごしに、たわいのない無駄話をかわしたものだった。

「マスター……」

思わず語りかけてしまった。湯気に曇った眼鏡をかしげて、マスターは椿を見つめた。

「はい、何でしょう」

誠実な笑顔が懐かしい。四十を過ぎてから銀行勤めに嫌気がさして、この小さな喫茶店を始めたという話だった。

「婦人服課の椿山課長のこと、ご存じですよね」

そう訊ねたとたんに、マスターの顔色は暗く沈んだ。

「ええ、毎朝その席でね、コーヒーを一杯。タバコを一服。まったく人間の命なんて、わからないものですね。お取引先ですか？」

はい、とだけ椿は答えた。余分な嘘をつきたくはなかった。

「椿山さんとは新入社員のころからのおなじみだから、お通夜ぐらいは伺おうと思ったんですけど、デパートの人たちにまじってお焼香をするのも何だかさしでがましいようで、失礼しちゃったんです。あなたは、いらっしゃいましたか」

「ちょうど出張と重なったもので、けさご自宅に寄ってお線香を上げさせていただきました」

「そうですか。奥さん、いかがでした」

マスターはデパートの中の噂は何でも知っている。案内嬢だったころの妻もこの店の常連だった。

「思いのほかしっかりしてらっしゃいましたよ」

「そうですか、それはよかった。ご存じかもしれませんけど、奥さんはデパートの案内係だったんですよ。椿山さんと結婚なさったときはビックリしました」

「今回は二度ビックリですか」

溜息をつきながら、マスターは軽く顎を振った。

「悪い冗談としか思えませんでしたよ」

おそらく突然の訃報に接したときには、誰もが「悪い冗談」だと思ったことだろう。エネルギッシュな婦人服第一課長は、死や病のイメージとまったく無縁だったはずだ。

問わず語りにマスターは続ける。

「朝の八時に店を開けましたらね、今まで病院の救急センターに詰めてらしたっていう店員さんが、立ち寄って教えて下さったんですよ。椿山課長がきのう倒れて、亡くなられたって。僕はもう、てっきり悪い冗談としか思えなくてねえ。だって前の日の朝も、いつもと同じようにその席でコーヒーを飲んでらしたんですから」

訃報をもたらした店員とは、嶋田だろうか。それとも三上部長だろうか。

「どなたが？」

「ええと、ご存じないと思いますけど、時計宝飾課の佐伯係長さん。あの人は椿山さんとは同期でしてね、仲が良かったんですよ。お若い時分なんか、僕はてっきり恋人同士だとばかり思いこんでましたから」

佐伯知子は朝まで自分のなきがらに付き添っていてくれた。いや、もしかしたら死を看取《みと》ったのかもしれない。妻と知子が末期《まつご》の床に並んで立つ姿を想像して、椿は暗い気分になった。

「椿山さんが倒れたことは保安課に連絡が入っていて、佐伯さんは残業をおえて退店するときに通用口で耳にしたらしいんです。それで、驚いて病院に駆けつけたんだけど、もう意識がなくて、そのまま――」

マスターの声は力ない溜息になってしまった。

時計宝飾課が遅い時間まで残業をすることはあるまい。自分の死亡時刻は夜の十一時すぎだったらしいから、知子は死に目に遭ったということになる。

「まだお若いのにねえ」と、椿は他人事のように呟いた。

「まったくです。あんなに若くて元気だった人がポックリ死んじゃって、僕みたいな年寄りがピンピンしているのがふしぎでなりませんよ――あ、噂をすれば」

おはようございます、と背中で歯切れのいい声がして、隣の席に女が座った。佐伯知子だ。

「いま、椿山さんの話になりましてね――」

多くを語らずにマスターはコーヒーカップを差し出した。

知子は椿に目を向けた。軽い会釈だけを返して、椿は俯いたまま呟いた。

「お世話になったスタイリストなんです、私」

そう、とだけ答えて、知子はそっけなく視線をはずしてしまった。いかにも、いやな話を蒸し返すなというふうな顔でコーヒーをすする。

こうして女の目から見ると、知子はなかなか魅力的だ。二十歳の彼女よりも三十歳の彼女よりも、四十六歳の佐伯知子は磨き上げられた美貌《びぼう》を備えている。

膝の上に置かれた「よみがえりキット」の黒い鞄の中で、ふいに携帯電話が鳴った。

「あ、失礼します」

椿はあたふたと鞄の中を探り、電話機を取り出した。

「もしもし、昭光道成居士《しょうこうどうせいこじ》さん？」

「は、はい。そうです」

この際そういう呼び方はやめてほしいと思う。気が滅入《めい》る。

「あなたの現世におけるナビゲーター、リライフ・サービス・センターのマヤです」

「いちいち名乗らないでよ。何の用事？」

「チャンスですわよ、チャ・ン・ス！」

そうだ。これはチャンスなのだ。無実にちがいない「邪淫の罪」を晴らすチャンス。

「そ、そ、そうですね。わー、どうしよう」

「落ちついて。いいですか、昭光道成居士さん。老婆心ながらレクチャーしておきます。このチャンスにテープをお使いなさい」

「テープ、ですか？」

知子に背を向け、電話機を口元にかばいながら椿は訊ねた。

「そうです。SAC《サック》中陰役所の再審査には証拠物件が必要です。あなたの罪をそそぐためには、佐伯知子さんの告白を録音するのが一番ですわ」

「そんなもの、どこにあるんですか」

「ったくもう。何だって鞄の中に入ってるって言ってるでしょうに。あのね、昭光道成《しょうこうどうせい》居士《こじ》さん。私の口からこういう知恵をつけるのは、厳密にいうと規則違反なのよ。でも、あなたの行動には口を出さないわけにはいかない。いいわね。チャンスよ、チャンス」

電話は勝手に切れた。鞄の中を覗きこむと、たしかに小型の録音機らしきものが入っている。録音スイッチを入れてから、椿はカウンターに向き直った。

「あの、もしや時計宝飾課の佐伯係長さん？」

いきなり名を呼ばれて、知子は訝しげに椿を見つめた。

「そうですけど、何か」

千載一遇のチャンス。うまく言わなくちゃ。

「私、椿山課長には生前いろいろとお世話になっていた者なんです。少しお時間をいただけませんでしょうか」

知子は一瞬、あからさまに疑《うたぐ》り深い目をした。「いろいろとお世話になっていた」という言い方がいけなかったらしい。

「業者さんですか？」

「いえ、フリーのスタイリストなんです。商品のディスプレイとか、広告掲載品のセットアップとかを承っていました」

そんな下請け仕事などあるはずはないのだが、知子に婦人服課のことはわかるまい。

少し気を許したように表情を和ませて、知子は腕時計を見た。

「時間がないんだけど」

「でしたら閉店後でけっこうです。お食事でもご一緒できたら」

生前とったキネヅカで押しは強い。出入り業者に対してはこの押しの強さを遺憾なく発揮して、売上を維持してきた。

「お願いします。どうしてもお伺いしたいことがあるんです。このままですと、たぶん椿山課長は成仏できません。お願いしますよ、佐伯さん。この通り」

さすがだ、と椿は自分で感心した。高卒叩き上げの仕入担当者《バイヤー》は根性がちがう。自分の死は不況下の百貨店にとってどれほどの損失であろうか。

「でもねえ……あんまり思い出したくないことだから」

「ご無理は承知の上です。でも、ほかの人じゃだめなんです。あなたじゃないと」

この論法はバイヤーの定石である。「ほかの業者では役に立たない、御社だからこそ」という言い方で全メーカーを押しまくれば、夢のような品揃えが実現する。

「もしや、ご親戚《しんせき》ですか？」

「あ、いえ……」

「何だか椿山課長と話してるみたい」

危ない。ついつい本性を現してしまった。自制しなければこわいことになる。

「いかがでしょうか。私、どうしても納得できないことがあって」

財布から小銭を出してカウンターに置き、知子はいかにも寄り切られたように言った。

「何だかよくわからないけど、お断りしたらいやな気分だわ。それじゃあ、閉店後にここで待っていて下さい」

椿はカウンターの下でガッツポーズを決めた。


コーヒーショップでスポーツ新聞を読みながら、椿は午前十時の開店を待った。

売場が気になってならなかった。「初夏のグランド・バザール」には全力を傾けた。けっして物のたとえではなく、「命がけ」だった。立ち上がりの初日に指揮官が戦死した売場は、いったいどうなっているのだろう。

「椿山さんは仕事熱心だったからねえ。まとまった休みなんて、盆暮れのほかにはとったことがなかったんじゃないかな」

店員たちが出勤してしまうと、コーヒーショップには客がいなくなった。

「そうですね。その盆暮れの休暇だって怪しいもんですよ。なにしろ初売りの福袋をこしらえているうちに年が明けちゃったんですから」

マスターはようやく仕事の手を休めて、タバコを一服つけた。

「へえ、そうかね。あなたもお手伝いしてたんですか」

「え、ええ。たまたま居合わせたものですから」

正月用の福袋は丸ごと出入り業者に発注したのだが、大晦日《おおみそか》の朝に納入された中身を点検してみると、客からクレームがつきそうな気がした。そこで急遽《きゆうきよ》、小回りのきくメーカーに連絡して在庫品をかき集め、袋を適当な幸福感で膨らましたのだった。限定五百袋を作りおえたときは、年を越してしまっていた。

「まさか女子社員や派遣のマネキンさんにそんな仕事をさせるわけにはいきませんからね。椿山課長と嶋田係長とメーカーの担当者の三人で」

「あなたを入れて四人、か」

「ええと……そうですね。しかもですよ、大晦日は電車が終夜運転だから、これ幸いとタクシーも使わずに、初詣《はつもう》での客に混じって帰宅したんです」

言いながら椿は、生前の律義さがばからしくなった。終電以後の残業にはタクシーでの帰宅が認められているのだが、大晦日は終夜運転なのだからその必要はないと考えたのだった。

各駅停車を乗り継いで家にたどり着いたのは午前三時だった。風呂に入って、いつに変わらぬ晩酌をしているうちに夜が明け、雑煮を食ってから寝た。元旦《がんたん》と二日を泥のように眠り続け、酒のぬけぬまま正月の三日は初売りだった。

「考えてみれば、死なないほうがふしぎよね」

椿はしみじみと独りごちた。生来の律義者ではない。押しつけられる予算をことごとくクリアしていかなければ、四十六歳の高卒課長の居場所はなくなってしまう。

スポーツ新聞の記事は空虚だった。大リーグにおける日本人選手の活躍は、死者とは無関係だった。芸能界のスキャンダルも、釣り場の情報も、競馬の調教タイムも、すべての娯楽は生者の日常なのだった。

いっさいの新聞記事と無縁になってしまった自分が、どうして職場に思いを残しているのだろう。死んでしまった後まで、なぜ予算達成を願うのだろう。

「ごちそうさま」

必要な金はいくらでも出てくる便利な財布からコインを出し、椿はコーヒーショップを出た。午前十時。開店の時刻である。

正面玄関に客が吸いこまれてゆく。さわやかな冷気とのどかな店内放送が流れ出てくる。

「本日は早朝からのご来店、まことにありがとうございます。当店ではただいま、全館にて『初夏のグランド・バザール』を開催いたしております。どうぞ一日をごゆっくりと、お買い物に、お食事にお過ごし下さいませ――」

店長が開店時の客を正面玄関で出迎えるのは、わが国の百貨店のうるわしき伝統である。聞くところによれば、江戸時代の呉服屋の習慣が今も続いているらしい。どこのデパートでも居ずまいを正した店長と重役が正面玄関に立ち、五分か十分の間、店員たちはみな売場の通路に直立不動で客を迎える。

椿は胸をときめかせながら玄関に歩みこんだ。

「いらっしゃいませ」

頭を下げる店長に向かって、椿は思わず「おはようございます」と気合のこもった声を返した。

メイン通路を歩く。店員たちは椿の行く手に次々と頭《こうべ》を垂れた。なるほど悪い気持ちはしない。

早起きの年配客に並んで昇りのエスカレーターに乗る。二階のフロアでは、婦人服飾部の三上部長が客を迎えていた。

（三上さん……）

腰を屈めた横顔を見たとたん、椿は胸がいっぱいになった。

入社年次では自分のほうが先輩だが、大学卒の三上には並ぶ間もなく追い抜かれた。むろん、それが実力の結果だとは思わない。むしろデパートマンとしての三上は凡庸である。

しかし三上は、部長に昇進したとたんに自分を後任の課長に推挙してくれた。婦人服第一課長は、高卒ノンキャリアでは前例のない花形のポストだった。

いろいろあったけれど、こいつは親友だった。

「あの、ちょっとお訊ねしますが」

「はい、何なりと」

声をかけると、三上はデパートマンのお手本のような笑顔を向けた。

若い時分から要領のいい男だった。自分が動かずに人を動かすという特技があり、そのぶん身なりは清潔で偉そうにも見えた。いわゆるキャリア組の典型である。

「私、こちらの椿山課長さんにいつもお洋服を見立てていただいてたんですけど……何かご不幸があったとかで」

とっさに客を装ったのは妙案である。百貨店の店員は伝統的に内剛外柔で、つまり部下や出入り業者に対しては威丈高だが、上司と客に対しては平身低頭する。むろんどのような無理難題にも「NO」と答えてはならない。

「は？――椿山がお客様のお見立てを」

いかにも意外そうに三上は訊き返した。接客は女子店員やメーカーの派遣社員の仕事である。

「ここ何年も、ずっと椿山さんにお洋服を選んでいただいてたんです。あの人、柄に似合わずすっごくセンスがいいんですよ」

今さら自分をヨイショしたって始まらぬ。だが手のあいているときは進んで接客をしたのも事実だった。そんな努力を、三上は知るまい。

「どちらでお聞きになりましたか」

三上は腰を屈めたまま手を伸べて、椿を柱の陰に導いた。デパートは夢を売る商売である。内部の不幸が顧客の耳にまで伝わるのは、由々しきことなのだ。

「いえ、噂ですけど。私の友人にも椿山さんのファンが何人かいまして」

言いすぎではある。しかし口ばかりで体の動かぬ三上に、それくらいのことは言っておきたかった。こいつはたぶん、一枚のセーターすら自分の力で売ったことはないだろう。

「ええ。実はつい先日、急病で」

「……やっぱり。どうしましょ、私これから何を着ていいかわからないわ」

「ご安心下さい、お客様。手前どもの売場にはベテランの販売員が大勢おりますので」

「いやっ。椿山さんじゃなくちゃ、いやっ。ところで――」

と言いかけて、椿は言葉に詰まった。訊きたいのは「初夏のグランド・バザール」の予算達成状況なのだが、まさか客が質問するべきことではあるまい。

そのとき二人の間に、いきなり嶋田係長が割って入った。やばい。

「部長、ここは私が」

椿を睨み据えながら嶋田は言った。

「たのむよ。お客様にくれぐれも粗相のないようにね」

三上部長は身を翻してアッサリと去ってしまった。面倒で難しそうなことは部下に任せ、簡単で見映えのする仕事は進んでやる。自分のエラーは部下のせい、部下のヒットは自分のもの、という哲学がミエミエの男である。

嶋田係長はローマ彫刻のように端正な顔を寄せて、椿に囁きかけた。

「……いったい誰なんだよ、あんた」

俺だよ嶋田。椿山だ。

と言いたいが言えるはずはない。もし冗談にも口を滑らそうものならこわいことになる。

「本当のこと言えよ。朝っぱらから椿山さんの家にまで押しかけて、奥さんにひどいことを言ってさ。デパートまでやってきて、部長に何を訊いてるんだ。おい、誰なんだよ」

嶋田が気色ばむのもわからんでもない。客観的にはよほど怪しい女だろう。

バカヤロー、と殴りつけたい気分だが、手を出せば復讐になってしまう。

「ちょっと来てちょうだい」

と、椿は嶋田の腕を引いた。勝手知ったる売場を横切って従業員専用のドアを抜け、段ボール箱とラックの在庫品が犇く通路に出る。

バーゲン期間中とはいえ、ひどい散らかりようだ。

「少しは片付けなさいよ。抜き打ちの消防検査でもあったらどうするつもり」

きょとんと椿を見つめて、嶋田は手を振りほどいた。

「いったい誰なんだよ、あんた」

こうなると思いつく嘘はひとつしかなかった。

「私は椿山さんの女よ」

ええっ、と声を出して嶋田は驚愕した。全然信じられんというふうに椿の顔から爪先までを見渡す。

心外である。何もそうまでビックリすることはなかろう。

「それで、その、椿山課長の彼女が、いったい何をしているんですか」

「あなたに訊きたいことがあるわ。売上はどうなってるの。予算達成状況を教えて」

質問にはものすごく飛躍があると思う。

「はァ？」

「教えなければ、けさ私が見たことをバラすわ」

嶋田の顔からスッと血の気が引いた。

「青ざめるのもあったりまえだわよ。上司の未亡人とデキてるなんて、昔のロマンポルノの世界じゃないの。最低の醜聞。究極の不倫。こんな話が表沙汰《おもてざた》になったら、あなたの未来は真ッ暗よね」

うろたえながら通路のひとけを窺い、嶋田は積み上げられた在庫品の陰に椿を引きずりこんだ。

「どこのどなたかは知りませんけど、ちょっと待って下さいよ」

「今さら何の言いわけがあるっていうの」

「いや、言いわけはしない。そうじゃなくって、ふつう恐喝につきものの要求というのは、少なくともあなたの利益になるものじゃないと変ですよね」

さすがはエリートである。超越的な椿の要求を、冷静に判断している。

「理屈は言わないでよ。ともかく、きのうまでの四日間の売上と、予算達成率を教えてちょうだい」

「だーかーらー、その要求っていうのが全然わからないんだって。売上を教えないと、どうして僕の未来が真ッ暗になるの。きょうびテロリストの言ってることだって、もうちょっとはわかりやすいよ」

指摘された矛盾の論理的説明は不可能である。椿は刃《やいば》を抜くように、折よくドアを開けた業務用エレベーターに向かって叫んだ。

「みなさーん、嶋田係長ったらねー！」

よせっ、と嶋田は椿の口を塞《ふさ》ぎ、エレベーターの中の店員たちはかかわりを避けるように、きそって「閉」のボタンを押した。

しばらく揉み合ったあとで、嶋田はおそろしく聡明な推理を口にした。

「わかった。わかったぞ。おまえは競合店のスパイだな。一丹《いちたん》か、四越《よつこし》か、それとも横島屋か。クソッ、そうか、椿山課長は色香に迷って、うちの売上情報を競合店にリークしていたのか。これでぜんぶ説明がつく。どうしてうちの目玉商品より、いつだって一丹の広告が二百円安いのか。うちが稟議《りんぎ》中の催事企画を一足先にやるのか。課長は良心の苛責《かしやく》に悩んでいたんだ。そのストレスがとうとう命取りになって——」

なるほど。頭の回転が早いというのは便利なものである。椿は低い声で言った。

「わかったようね、嶋田さん。売上を知ることは私の利益になるの。ちっとも超越的な要求じゃないわ」

ううっ、と唸りながら、嶋田は段ボールに頭突きをくれた。端正な表情は進退きわまった苦渋に歪んでいる。

「そ、そうか。おまえが椿山課長の家まで乗りこんできた理由もこれでわかったぞ」

仕事のできる男だが、能力を過信するあまりの勇み足は、嶋田の唯一の欠点である。アイデアがどんどん膨らんでしまって、とりとめようがなくなるタイプだった。

「椿山課長の死は、わが社の偽装工作だと疑ったんだな。スパイ行為がバレて地方店に飛ばされるにあたり、死んだという偽情報をうちが流したとでも思ったんだろう。それで、椿山さんの家まで行って、事実確認をした。ちがうか？」

話の膨らみ方がたいそう面白いので、椿は黙って肯いた。

「やっぱりそうか。で、死の事実を知ってガッカリしたのもつかのま、思いがけぬユスリのネタを摑んだ、と。うわァ、何てこった。これで俺は椿山課長の後釜にされちまう。オーマイゴオッ！」

嶋田は勝手な妄想にうちのめされて、段ボール箱に俯してしまった。

この男を憎みきれなかった。どのような秘密を持っていたにせよ、誠実に自分の仕事を支えてくれていたのはたしかだった。

俯したまま、嶋田は呪文《じゅもん》でも唱えるように呟いた。

「……セールの四日目までの売上は、七千五百三十。予算達成率はすでに一一〇パーセントだよ。大楽勝さ」

数字を聞いたとたん、椿の体は震えた。前年の売上などクリアできるはずもない不況の中で、それは上司たちが勝手に決めて売場に押しつけた法外の予算だった。

「ありがとう、嶋田君」

心の底から椿は感謝した。

「嘘じゃない。僕だって信じられない売上だ。あんたに聞かれなくたって、一円の売場に行って叫びたいような数字だよ。どうしてこんな売上が作れたかわかるか。椿山課長の弔い合戦だからさ」

「弔い合戦？」

「そうだよ。僕らはみんな、椿山さんのことを尊敬していた。あの人は売場課長の鑑だったよ。僕も、三上部長も、女子店員たちも派遣の販売員も、メーカーの担当者たちもみんな、椿山課長が大好きだったんだ。だから、課長が命をかけたこの予算を、どうしても達成したいんだ。僕らにできることって、それだけだろう。デパートマンの供養なんて、それしかないいんじゃないのか」

ありがとう、と一声呟いて、椿は顔を被ったまま後ずさった。業務用のドアを押して、別世界に出る。売場は華やかな喧噪《けんそう》に包まれていた。

初夏の一日を、椿は自分でもふしぎに思うほどのどかに、のんびりと過ごした。

地下の食料品売場から屋上の園芸用品売場まで、店内をくまなく歩いた。見知った顔と出会えば、客を装って短い会話をかわした。

商品の説明を求めると、店員たちはみな親切に応対してくれた。

「わかったわ、ありがとう」

「またお越し下さいませ」

「さよなら」

「ありがとうございました」

対話はいつも、そんな悲しいやりとりでしめくくられた。椿は「さよなら」と言ったが、店員たちにとってその言葉は禁句だった。何も買わずに去って行く客に対しても、彼らはみな「ありがとうございました」と頭を下げてくれた。

「さよなら」

「ありがとうございました」

大勢の仲間たちにそうして別れを告げた。初めの何人かは切なかったが、くり返すうちにむしろ穏やかな気持ちになった。地方店に転勤を命じられて、挨拶回りをしているような気分だった。

デパートマンとしての自分は恵まれていたと思う。全国の系列店で最大の売上を誇るこの店から、二十八年間出ることのなかった男子店員は稀《まれ》だろう。異動は店内のセクションに限られ、しかも売場業務から離れたことはなかった。

同世代の多くは、好景気の出店ラッシュでこの店を去った。経営統合された地方デパートに出向したきりの者もいる。身軽な独身時代の長かった自分が、一度もこのフラッグシップを離れなかったのは奇跡だと思う。

売場をすみずみまでめぐって、椿が屋上のベンチに腰をおろしたのは、夏の光も力を失うたそがれどきだった。

渋谷の町がその名の通りの谷間であることを、椿は初めて知った。東からは宮益坂《みやますざか》が、西からは道玄坂《どうげんざか》が下っている。その谷底に、山手線《やまのて》と明治通りが走っていた。今は暗渠《あんきょ》になってしまった渋谷川も、入店したころは饐《す》えた臭気を放つ泥川だった。

デパートは谷間に置かれた夢の箱だ。催し物を知らせる垂れ幕と、夜を染めるイルミネーションとでラッピングされた箱の中で、自分は二十八年の間、夢を売り続けたのだと思った。

黒い鞄の中で電話が鳴った。

「何だか悟りを開いちゃったみたいね。昭光道成居士さん」

電話機を耳に当てたまま、椿は茜《あかね》空を眺めた。

「つらいわ……」

涙は悲しみをやわらげてくれる。もし男にも泣くことが許されるのなら、自分の人生はどんなにか救われただろうと思う。

「あらあら、すっかりナーバスになっちゃって」

「ナーバスにもなるわよ。私が死んじゃったって、世の中は何も変わっていないんだもの。死ぬっていうのは、この世からフッと消えちゃうだけのことなのよね」

「あったりまえじゃないの」

マヤは呆れたように言い返した。四十六年間、懸命に生きた痕跡がどこにもない。知人たちとの別れや、見納めのこの世の風景がつらいわけではなかった。

「戻ってくるんじゃなかったわ」

「今さら何を言ってるの。現世での罪なんて、ボタンひとつでぜーんぶ償えるのに」

「……だって、冤罪だもの」

「まったく、ご苦労さんだわ。あのねえ、昭光道成居士さん。これだけは言っとくけど、現世にやり残したことのある人なんて、ほんとはいないのよ。それは自分の人生を買い被っているだけ。後悔してるんだったら、現世逆送はいつでも中止できるわよ。そうする？」

椿は少し考えた。現世に舞い戻ってきたおかげで、見たくもないものを見てしまった。このさき邪淫の罪を晴らし、死者の名誉を回復することに何の意味があるのだろう。

「どうするの、昭光道成居士さん」

「やっぱり続けさせてもらうわ。私、何でもウヤムヤにするのって嫌なの」

「ああ、ああ」と、マヤはどうしようもない溜息をついた。

「メイワク？」

「迷惑だわよ。今さらこんなこと言うのも何ですけどね、私、あんたらのおかげで夏の旅行をキャンセルしちゃったのよ。『須弥山《しゅみせん》極楽リゾートステイ15日間』。オプションだっていっぱい予約してあったのに」

「……オプションって、なあに」

「そりゃあああなた、『天女の羽衣レンタル付き・ガーデン・ウォッチング』とか、『菩薩《ぼさつ》様がガイドするゴンドラ・ライド』とか、『浄土ケ浜のマッサージ＆エステ・究極のヒーリングタイム』とかね。ああ、あったま来た」

夕方の職場で苛立つのは、あの世もこの世も同じらしい。

「ごめんなさい、マヤさん。でもやっぱり私、ボタンひとつで罪を免れるなんて、嫌なの。ずっとそういうふうに生きてきたつもりだし」

「ごたいそうに」

マヤは意地悪く笑った。椅子が軋み、いらいらとボールペンを弄ぶ音が聴こえる。

「そういう完璧主義者に限って、自分の足元が見えていない。身近の出来事がちっとも目に入ってないものよ。邪淫の罪がはたして冤罪かどうか、よおく見てらっしゃい。じゃあね！」

受話器を投げ置くように、マヤからの電話はブッツリと切れた。

屋上のスピーカーから、物哀しい「赤とんぼ」のメロディーが流れてきた。まもなく閉店の時間である。

学校に上がらぬほんの小さなころ、母に連れられてこのデパートにきた。あのころの屋上は遊園地のように華やいでいた。ステージでは漫才や手品が催され、楽隊が日がなジャズを奏で、昼どきになるとベンチで弁当を拡げる家族も多かった。

就職先にこのデパートを選んだのも、心の中でそんな平和な日々の記憶を懐かしんでいたからかもしれない。

ふと、幼い日の母の感触が甦って、椿は掌《て》を握りしめた。

どうして今まで母のことを忘れていたのだろう。現世に未練を残すあまり、死んだ母と再会する喜びを忘れていた。SAC《サック》のフロアから光に向かって昇るエスカレーターに乗り、極楽往生すればきっと母に会える。祖父も、祖母も、恩師も、不慮の事故で死んだ親友も、先立った親しい人々がみな自分を迎えてくれるのだろう。

自分ひとりを残してエスカレーターに乗って行った死者たちの、楽しげな表情が思い出された。

あのときは胸の中で、彼らを罵った。

（おまえら、本当に思い残すことはないのか。そんなに簡単な人生だったのかよ。自分だけとっとと極楽に行けば、それでいいのか――）

考えてみれば、現世に思いを残す自分のほうが愚かなのかもしれない。死は現世の終末ではあるけれど、同時に来世への出発点でもあるのだから。それさえわかっていれば、振り返る必要は何もないはずだった。

マヤの捨てゼリフは身に応えた。働くことを至上の正義と信じた自分は、人間として最も身近な、最も配慮すべきことを無視し続けていた。父の生活を余生であるときめつけ、妻も子も自分の付属物であると定義していた。


「お待たせ」

コーヒーショップのドアから顔だけをつき出して、佐伯知子が呼んだ。

「ごめんね、マスター。きょうはこの人と、椿山さんのご供養をするから」

独身のころ、よくこうして知子の退店を待った。時計宝飾課は閉店後に商品の検品と収納があるから、コーヒーショップで待つのは決まって自分だった。

「せいぜい思い出話をしてあげて下さいな。ありがとうございました」

やさしいマスターの声に送られて店から出ると、知子は食品売場の袋を提げて待っていた。

「うちに来て下さらないかしら。そのほうがゆっくり話せるでしょう?」

「え?……ええ、かまいませんけど。おじゃまじゃないですか」

「気にしなくていいわ。独り暮らしだから」

一日じゅう立ち通しのデパート店員は、閉店後に寄り道をしない。とにもかくにも靴を脱ぎたい一心で、まっすぐに帰宅する者が多かった。それにしても、見ず知らずの女をいきなり夕食に呼ぶとは意外である。

「季節はずれのお鍋《なべ》でもしようかなと思って」

タクシー乗り場に向かって歩き出しながら、椿の胸は痛んだ。知子の部屋で、よく鍋を囲んだ。帰宅時間の遅いデパート店員にとって、手間がかからずにしかも寛《くつろ》げる鍋物は、一番のごちそうだった。

「供養ですね」

ちらりと椿を横目で睨んで、知子はタクシーに乗った。

「近くてごめんなさい。並木橋を左に曲がったあたりまで」

椿は目をつむった。結婚するまで足繁く通ったマンションに、知子は今も住んでいる。泊まった翌朝は一緒に歩いて出勤したこともあった。

「もうお長いんですか？」

わかりきったことを訊ねた。

「ええと――勤めかな、それとも住まいかな」

「お住まいです」

夏の夜のネオンサインが知子の頰を染める。唐突な質問を怪しむふうもなく、知子は答えた。

「長いも何も、かれこれ四半世紀は住んでるわね。マンションの値段もずいぶん下がったし、そろそろ買いどきかなって思ってた矢先に、椿山君があんなことになって」

謎めいた言葉を呟きながら、知子は微笑んだ。

意味がわからない。マンションを購入することと自分の死に、何の関係があるというのだろう。

「お名前、うかがってなかったわね」

「あ、はい。失礼しました。カズヤマ・ツバキと申します」

「カズヤマ・ツバキ?……ジョークじゃないわよね」

「いえ、あの、まったくの偶然です。椿山さんも他人のような気がしないって笑ってました」

知子はシートから身を起こして、椿の顔色を窺った。

「で、他人だったのかしら」

きつい質問ではある。むろん他人ではない。正しくは同一人物である。しかしそう答えてしまえば冥土の掟により「こわいこと」になるし、知子からは品性を疑われるだろう。

「答えなさいよ」

この手の質問はタチが悪い。無回答の場合は回答とみなされる。

「た、他人です」

「あなた、嘘がヘタね。いよいよ椿山君に似ているわ。つまり、人格が似てきちゃうほど、あなたと椿山君は長く親密な関係だったと、そういう解釈でいいのかしら」

「いいです。もう、どうでもいいです」

「あのバカ」と、知子は呪《のろ》わしい声で独りごちた。

「ところで佐伯さん。マンションを買うことと、椿山課長のご不幸との間に、何の関係があるんでしょうか」

「大ありよ。ま、もうじきわかるわ」

タクシーはやがて、住宅地の狭い路地を迷うように走り、懐かしいマンションの前で止まった。お屋敷町の森の中に嵌めこまれるようにして建つ、三階建ての瀟洒《しょうしゃ》なマンションである。

「築二十五年の賃貸マンション。でも大家さんがいい人で、お家賃はそれほど上がってはいないの」

エントランスに靴音が響く。

「あなたと椿山君はどうか知らないけど、私とあの人は他人じゃなかったの」

はい、と椿は素直に答えた。

「このマンションはね、若いころ、椿山君と二人で探したのよ。私は、スイートホームのつもりだったんだけど」

思いついて鞄の中に手を忍ばせ、テープレコーダーのスイッチを入れた。

知子が口にした「スイートホーム」の意味を、椿は考えねばならなかった。少なくとも自分には、そんな意識はなかったと思う。

「でも、申しわけないけどあなたの立場とはちがうわ。同じ傷を負った女だとは思わないでね」

知子は蔑むような言い方をした。

「どういう意味ですか？」

「私は椿山君と不倫をした覚えはないもの。結婚の宣言をされた晩に、きっぱりと別れたわ」

「潔いですね」

「男にしてみれば都合のいい女よ。なにしろ別れの言葉も必要なかったんだから。私たちの最後のラブコール、教えてあげましょうか」

聞きたくはなかった。ゴメンでもサヨナラでもない別れの言葉は、はっきりと覚えていた。

薄闇の中で鍵穴をさぐりながら、知子は吐き棄てるように言った。

「おめでとう。ありがとう。そんな別れの言葉って、あるかしら」

ドアが開く。灯りをつけた玄関で椿が初めて見たものは、赤と青の番《つがい》のスリッパだった。

「男がいるわけじゃないのよ。椿山君が使ってたものは、何も捨ててないの。このスリッパも、八年間ずっとこうして置きっぱなし。はいていいわよ」

知子は靴を脱ぎ散らかして部屋に上がると、ためらう椿を振り返った。

「どうしたの。死人のスリッパがいや？」

「いえ――」

知子が自分の帰りを待っていたなどとは思いたくなかった。残して行ったものもあえて捨てるまでもないくらいの、淡白な関係だったはずだ。

短い廊下の先にオープンキッチンの付いたリビングがあり、襖の向こうはセミダブルのベッドがあらかた占領する小さな和室。狭い1LDKだが、あのころには洒落《しやれ》た都会生活を絵に描いたような部屋だった。

リビングの灯りをともしたとたん、椿は立ちすくんだ。八年前と何ひとつ変わらない室内の壁に、大きく引き延ばされた二人の写真が何枚も飾られていた。

「これが、さっきの質問の答えよ。もうここに帰ってくることもないだろうと思ったから、いいかげんこういう暮らしはやめて、新しいマンションを買おうとしていた矢先だったの」

言いながら空気のしぼむように、知子は買い物袋を投げ出して膝をついた。

「誤解しないでね。私、待ってたわけじゃないわ。あの人の幸福を、心から願っていたの。あの人がどんなにひどい目に遭っても、幸福を取り戻してあげるつもりだった」

邪淫の罪――立ちすくむ椿の肩に、濡れた皮衣のようにその言葉がのしかかった。自己弁護をしなければならなかった。椿山和昭としてではなく、和山椿として。

「あの、佐伯さん。私、椿山課長とはそういう関係じゃありません」

「べつにいいのよ、いまさら」

「ほんとうです。フレンドリーなお付き合いだったんです。私の悩みを聞いてくれて、私もいろんなことを聞いて。でも、それだけの関係だったんです。信じて下さい」

知子はじっと椿を見上げた。それから言葉を信じるように、深い溜息をついた。

「だとすると――いかにもあの人らしいわ」

これで知子は、いくらかでも救われただろうかと椿は思った。

「あの人らしい、ですか？」

「椿山君らしいわ。いい人だったでしょう、彼」

答えにとまどって、椿は肯いた。

「すっごくいいやつなのよ。恋人と友だちの境目がわからなくなるくらいの。あなたたちの関係も、きっとそういうものだったのね。ごはん、食べようか。おなかすいたでしょう」

知子は気を取り直したように微笑んで、キッチンに立った。

「いいやつ」という知子の評価は、涙が出るほど嬉しかった。その言葉はそっくりそのまま、知子に返してやりたいと思った。

「愛してらしたんですか」

思いきって訊ねた。すぐに、あっけらかんとした答えがキッチンから返ってきた。

「わからない。仲が良すぎたから」

「嫉妬が愛情のバロメーターになると思うんですけど」

「嫉妬ねえ……嫉妬。まあ、なかったと言ったら嘘になるかもね」

「佐伯さんの胸の中を、ぜんぶ知りたいんです」

「いいわよ。私もそのつもりであなたを家まで呼んだの。洗いざらいお話しするわ」

菜を刻みながら、知子は鼻歌を唄い始めた。

献杯

まずはカンパイ。

あ、いけないい。カンパイはおめでたいときね。何てったっけ――そうそう、ケンパイだわ。

それじゃあらためて、ケンパイ。

ああ、おいしい。お酒って便利なものよね。どんなに悲しいお酒だって、味に変わりがあるわけじゃないし。そのくせ体の調子が悪いときは、はっきりまずいと思うし。ビールでいいかな。何なら日本酒もウイスキーもあるけど。

あの人とはよくこうして乾杯をした。八年前の話だけどね。最後にお鍋を囲んだのは、あの人が結婚宣言をした晩だったわ。

私の胸の中をぜんぶ知りたい、か。

変な人ね、あなた。死んだ人間の過去をあばいて、いったい何の得があるっていうの。

ましてやあなたとあの人はアカの他人だったって、いよいよ妙だわ。

いやじゃないわよ、べつに。それどころか、ありがたいくらいのもんだわ。あなたを家に呼んだのも、愚痴を言いたかったから。今まで誰にも言うことのできなかった私の胸のうちをね、あなたに聞いてほしかったの。

本当は、相手があなたじゃ何の意味もない。めんと向かってあの人に言わなきゃならないことだった。いつか言ってやろうと思いながら、とうとうタイミングを摑みそこねちゃった。

あと十四年。そう、二人して仲良く定年になったらね、花束を抱いてデパートを送り出されたその晩に、あらいざらいぶちまけてやろうと思ってたのよ。ずいぶん遠大な計画だけど、私に残された告白のタイミングは、もうそれしかないと思ってた。

そのときまでに、私が死んじゃうケースは想定していたんだけどね。だったらさぞかし無念だろうなあ、って。でも、あの人がこんなことになっちゃうなんて、夢にも思わなかった。エネルギッシュで、パワフルで、精神的にものすごくタフな人よ。セールの初日に取引先とお酒を飲んで、頭の血管が切れてポックリなんて、宝クジが当たって億万長者になるより信じられないわ。

毎朝、目を覚ますたびに夢だと思う。けさだってそう思った。そう思い続けながらお化粧をして、そう思い続けながら出勤する。でも、コーヒーショップにあの人の姿はない。従業員の通用口を入って、タイムカードを押すときも、婦人服第一課のあの人の名前を探す。それでようやく、夢じゃないんだって思うの。

あなたがどこの誰で、いったいあの人とどういう関係だったか――そんなことはもうどうでもいいわ。

これもきっと何かのご縁なんでしょうから、せめてあなたを椿山和昭だと思って話すことにします。誰のためでもない、私自身のためにね。

私とあの人とは、同期入社のころからとても相性がよかった。

似た者同士なのよね。同い齢で、生まれ育った環境も似たようなもの。あの人は母親に早く死なれたけど、私は両親が離婚して母に育てられた。いい大学にも行けたのに、親の苦労を考えて就職した。

つまり、価値観も世界観もぴったり同じだったっていうわけ。

私たちは高度成長期の申し子。平均でいうのなら、おそらく歴史的にも世界的にも、一番幸福な人類じゃないかしら。上の世代のように貧しくはなかったし、下の世代ほど競争をしなくてよかったから。ただし、それは「平均でいうのなら」って但し書きがついての話よ。家庭の事情で進学せずに就職した私たちは、少なくとも世代の平均とは言えなかった。

私にとって、就職先のデパートは結婚までの腰かけじゃなかったわ。母は体が弱かったし、弟を大学に行かせたいと思っていたから。

浪花節はやめ。柄じゃないわ。

私たち以外の高卒の同期生は、みんなだらしなかった。どの程度の連中か、入社してすぐにわかったもの。

デパートはコネの世界だからね、口にこそ出さないけど縁故採用者が大勢いる。たいていは株主の子供か、外商の顧客の紹介ね。どうせコネやカネを使うのなら大学に行けばいいのに、それすらできないっていうんだから程度は知れてるわ。

もうひとつ。デパートは学歴の世界だからね、大卒と高卒は役人でいうキャリアとノンキャリアぐらいのちがいがあるの。重要店舗での高卒者はどう頑張っても課長職まで、あとは地方店に出るか子会社に出向するって決まっていた。

そういう運命は入社したとたんにわかるから、同期の高卒は全員はなっからやる気がない。女子はみんな、大卒の店員や出入り業者の中から玉の輿《こし》を探し始めるってわけ。ウンザリだったわ。話をする気にもなれなかった。でも、あの人だけはそうじゃなかったのよ。

何となくわかるでしょ、若いころの椿山君。あの人って、まるきり呉服屋の丁稚《でっち》だったの。

とりたてて能力があるわけじゃない。性格も、みてくれも、凡庸を絵に描いたような男よ。

でも、ふしぎなくらいまっすぐな人だった。ちょっと要領は悪いんだけど、やることにはまちがいがなかった。あなたも一緒に仕事をしたことがあるのなら、わかるでしょう?

デパートって、呉服屋さんだった大昔の習慣がいまだに残っているの。たとえば言葉づかいひとつにしても、江戸時代と同じ符牒《ふちょう》を今でも使っている。「お客様」のことは「前主《ぜんしゅ》」と言う。「トイレ」は「遠方《えんぽう》」。「不良品」は「ウロコ」。私はそういう古くさい伝統が嫌いじゃなかった。

私たちが入社したころは、お店もまだ大改装する前で、ジャバラのエレベーターとか大理石と真鍮《しんちゅう》でできた階段なんかが残っていた。古い店員さんは、まったくお店《たな》の番頭っていう感じでね。

若いころの椿山君は、古いものが新しく変わっていくデパートの中で、ひとりだけ丁稚をやってたわ。小柄な体をもっと小さく丸めて、売場を一日じゅう駆け回っていた。

何もデパートに限ったことじゃないと思うけど、「働き者」が必ずしも出世をするわけじゃないわよね。まず学歴という出自があって、上司の引き立てがあって、数字にはっきりと現れる実績を上げなければ評価はされない。

その点あの人はお気の毒だったわ。要領の悪い働き者なんだから。たとえば婦人服飾部の三上部長。知ってるでしょ?――あの三上さんなんて、椿山君のお手柄をぜんぶ勲章にしたような人よ。

ま、そんな愚痴を言ったたって始まらないわ。

私ね、そういう椿山君が好きだったの。

はっきり言って、あの人はバカよ。よっぽどのバカじゃなけりゃ、あんな死に方はしないわ。そう思えば、何だか知れきった往生をとげたみたいな気もする。

愛していたのかって？

……あなた、ずいぶん立ち入ったことを訊くのね。返答に困るわ。

今さら見栄《みえ》を張ってもしょうがないから、本当のところを言います。

すごく愛してた。すっごく。新入社員のころから、ずっと。ずうっと。

——どうしたの？　気分でも悪い？　顔色が真ッ青よ。

あらあら、飲めないお酒を無理に飲んだのかな。

ちょっとォ、そこらで吐かないでよ。気持ち悪いんなら遠方に行って。

だいじょうぶう、ツバキさあん！

ハイ、お水。少し横になりなさい。話はしててあげるから。

あの人もよくそうして、ソファに寝転んでたっけ。残業の帰りにひょっこりやってきて、泊めてくれェ、ってね。もちろん独身のころよ。ずっと昔の話。

愛してたのは嘘じゃないわ。もっとも、そんな嘘をつく理由もあるわけないか。

私、彼にはたくさん嘘をついた。どうしてかって……どうしてかな。自分でもよくわからない。ともかく、好きだなんておくびにも出さなかった。

はじめて男と女の関係になったのはね、たしかになりゆきだったわ。高校時代からずっと付き合っていた男に振られて、いじけてたのよ。そしたらあの人、ものすごく親身になって慰めてくれたの。

考えてみれば、そういう悩みごとの相談を持ちかけたってこと自体、私にも彼に対する多少の色気はあったのかもしれないけど。

いや、やっぱちがうな。大学に行った彼氏に新しい恋人ができたんだから、私も別の人が欲しかったのね。捨てられたって思いたくなかった。これでおたがいさまよォ、って言いたかった。

そもそものスタートがいけなかったんだわ。恋人に振られた腹いせに、好きでもない男と寝た女。そういう女の弱味につけこんで、甘い汁を吸った男。私と椿山君の間には、はなっからそんな暗黙の定義があった。

ましてや同期の親友だったものが、その信頼関係をご破算にして突然そうなっちゃったんだから、今さら好いた惚れたっていうのも、何だかねえ。

きれいごとを言わせてくれる？

私ね、ほんとはあの人と、恋人であるより親友でありたかったの。あいつ、すっごくいいやつだったから。あの人もたぶん、同じことを考えていたと思う。だからこそ私たちの間に、愛の言葉はタブーだった。

あの人の口癖だった。「佐伯さんが男だったらよかったのにな」って。私も何度思ったかしれない。「椿山君が女だったらなあ」って。

セックス・フレンドって、いやな言葉よね。でもセックスは人間にとって、食べることや眠ることと同じ本能なんだから、そういう関係もけっして不自然なものじゃないと思うわ。

愛情表現ができずに、私たちは既成事実を積み上げていった。そうこうしているうちに、私は「セックス・フレンド」という言葉を、私たちの建前にするほかはなくなっちゃったの。

はい、ケンパーイ。

無理しなさんな。私のペースに合わせちゃだめよ。毎晩ひとりで晩酌しているうちに、お酒は強くなった。

わからないって？　そうかなあ、あなたも女ならわかると思うんだけど。

男に振られたあとの恋愛ってね、妙に構えるものよ。みじめな思いは二度としたくないから。二度と傷つきたくないから。

もっとも、そんな弱腰じゃ恋愛をする資格がそもそもないんだけど。

私のほうから愛の言葉を口にするのは怖かった。何だかその瞬間に、恋の奴隷になっちゃうみたいな気がして。それともうひとつ、きっかけが私の失恋だったからね、慰めてくれた椿山君に恋をするっていうのは、いかにもはすっぱな女みたいでしょ。

だから、どうしてもあの人の口からアイラブユーを言ってほしかったのよ。椿山君は私のことを愛してなかったんだ。セックスもできる親友だとしか考えてなかったのよ。そんなことは百も承知だったんだけどね。でも、自分のスタンスを変えることはできなかった。何も恋愛に限ったことじゃなく、男におもねって生きたくはなかったの。

バカね、私。あの人もバカだけど、私はそれに輪をかけたバカだと思うわ。

何度も嘘をついた。好きな人ができたって。あの人に愛情があるのなら、私を抱き留めてくれると思ったから。

ぜーんぶ、嘘。あの人のほかには、男なんてひとりもいやしなかったわ。

私が嘘の告白をするとね、あの人ったらあわてるかと思いきや、「あっ、そう。がんばれよ、佐伯」って、それっきりここにもこなくなっちゃうのよ。で、しばらくたってから、嘘の失恋をまた慰めてもらうってわけ。

そんなことを何度もくり返して、私はあるとき頭にきて訊ねた。「ちょっと椿山君。あなた、私がほかの男に抱かれても、何とも思わないの」って。

あの人、何て答えたと思う？　たったひとこと、「べつに」だってさ。うんざりするくらい鈍感な男だった。

あっちから同じ告白をされたこともあったわ。そのときはものすごくあせった。でも、そこですがりつくわけにはいかないから、私も言ってやったの。「あっ、そう。がんばれよ、椿山」ってね。

あの人の告白に嘘はなかったと思うけど。

私たちの間には愛の言葉がなかった。恋人同士のようなデートもしたことはなかったわ。旅行に出たことも、プレゼントの交換もね。腕を組んで歩いたことも、手をつないだ記憶すらないの。

それでも私は、心からあの人を愛していた。少なくとも二十歳《はたち》から四十六歳までの二十六年間、ずうっとね。

信じられない、ですって？

べつにあなたがどう思おうと勝手だけどね。関係ないんだから。

初めの五年くらいは、ゼロからやり直す方法を考えていたわ。でも、かけちがえたボタンを正しい形に戻すのは難しかった。とまどっているうちに、年月がどんどんボタンをかけ続けていって、そのうち不格好だけど何となく着心地のいい形になっちゃったってわけ。

年齢とともにおたがい仕事も忙しくなる。三十ちかくになって売場主任に昇進すると、出入り業者との付き合いも始まる。はっきり言って私も椿山君も仕事はできたからね、大学卒のバイヤーは頼りきりだったわ。叩き上げのノンキャリアって、仕事を体で覚えているのよ。売場は戦場なの。理詰めで物を考えている余裕なんてない。だからエリート将校は、経験を積んだ歴戦の下士官に頼りきる。

商品の仕入れや返品。品揃えやディスプレイ。若い店員やメーカーからの派遣店員の指導。クレームの処理。毎日の予算に追われて、人間関係に悩んで、私たちはストレスのかたまりだったわ。

そのころになるとね、何だか私たちのへんてこな関係も、都合のいいものに思えてきた。

フムフムって、何よあなた。わかったような顔しないで。

つまり、恋人同士のわずらわしさがないのね。わかりやすく言うと、たとえばクリスマスシーズン。「セックス付きの親友」という建前の私たちに、贈り物やディナーなんていう恋の儀式は必要ない。仕事は猫の手も借りたい忙しさで、身も心もクタクタだから、面倒なことは何もしたくないのよ。正直言って、便利な関係だなあって思ったわ。

それにしてもあの人――女にはからきし不器用だった。

好きな人ができて私から去って行っても、せいぜい半年も待っていればちゃんと帰ってきてくれたもの。

見ばえがしない。話がつまらない。お金にセコい。ま、半年がせいぜいだわね。

そのくせ若いころからスケベだったからね。あんがい押しは強いの。とりあえず分不相応の女を手に入れることはできる。

ふつうの女は惚れないわよ、あの人には。ただし根がいいやつだから、「ま、いっか」っていう気にはさせる。彼はそういう女性を恋人だと勝手に決めつけるわけね。それで半年もたたぬうちにたちまちボロが出て、サヨナラ。

自己採点が甘いんだわ。仕事での自信を、そのまんま恋愛にシフトさせてるっていう甘さね。職場での信頼度が、イコール男性的魅力だっていうの、それってひどい誤解よねえ。一般的には逆だわよ、どう考えたって。

私ね、遅かれ早かれ、あの人と結婚することになるだろうって高をくってた。年貢の納めどきっていうのも、自然でいいじゃない。

準備はできてたのよ。おとうさんも私を気に入ってくれてたみたいだし、仕事をやめてお舅《しゅうと》さんつきの専業主婦も悪くないなって。私のほうは弟が先に結婚して、母親と同居してたしね。問題は何もなかった。

椿山君のおとうさん、すごくいい人なの。やさしくって、まじめで、他人の幸福だけを祈っているような人。

この人が男手ひとつで、私の大好きな椿山君を育て上げたんだって思うと、ありがたくて涙が出た。一生をかけて、この人の苦労を私が取り返してあげようって思っていた。

私、バカな女だよ。デパートの箱の中で、十八のときから走り回って、ありがとうございました、またお越し下さいませって、それだけが人生だった。自分の幸福を摑み取ることもできなかった。

いいことなんてひとつもなかったからね、神様は私に、一番ふさわしい幸せをきっと用意してくれてるって思いこんでたの。

あの梨畑に囲まれたちっちゃな家で、あの人とおとうさんと、三人で暮らす。それだけはまちがいのない未来だって信じていた。

だから――八年前にあの人が最後の恋をしたとき、私はホッとしたの。これで半年後には、めでたしめでたしだな、って。

由紀さんは、見知らぬお客様からしょっちゅうラブレターを渡されるくらいの美人。昔ふうにいうならお店の看板娘よ。どんなふうに口説いたかは知らないけど、半年どころか三月もてば上等だと思った。

年貢の納めどきよ、椿山君。私と結婚しよう――そんなプロポーズの言葉も、準備していたの。

今から八年前のことね。何だか、ついきのうの話みたいな気がするけど。

私は三十八、由紀さんは一回りぐらい下。とてもかないっこないわ。もっとも、誰が見ても「かないっこない」からこそ、私としては安心していたんだけどね。つまり、椿山君には私が分相応ってことよ。

同期の女子社員はみんないなくなっていた。転職するか、結婚して辞めるか、ともかくデパガっていうのは消耗品なの。

ちっともあせってなかったわ。言い寄ってくる男の人もいないわけじゃなかったけど、心を動かされたことはなかった。椿山君と結婚するのが、私の運命だって信じていたから。おたがい齢をとってから笑い話になるような、ラブゲームのエピソードを蓄積してるんだって――それくらいに考えていた。

蓄積といえば、勤続二十年の独身女性だから貯金もハンパじゃなかったしねえ。持参金がわりにスイートホームの頭金ぐらいは、ポンと出すつもりだった。反対は誰もするわけないし、もちろんまだ子供も産める齢だったし、ともかくこちらとしては準備万端、満を持してあの人の失恋を待っていたってわけ。

だから……ああ、やだやだ。思い出したくもないわ。ごめんね、ツバキさん。あの日のことを思い出すたびに、ブルーになっちゃうのよ、私。

でも、勇気を出さなくちゃ。ガンバレ、知子。もうぜんぶ終わっちゃったことじゃないの。

あのね、あの人が死んじゃったとき、ひとつだけホッとしたことがあるんだ。ぜんぶ終わっちゃったって思ったのよ。これでもう、あの日のことを思い出さなくてすむんだって。忘れはしないけれど、終わったことだって、自分を納得させられるわ。

ふだんとどこも変わらない日だった。ガラスケースを挟んで接客をしていると、椿山君と由紀さんが寄り添ってエスカレーターを上がってきた。二人ともカジュアルな服装でね、いかにも一緒に休みをとってデートをしてるって感じだった。

私、たぶん真ッ青になったと思う。悪い予感は確信に近かったから。

だって、あの二人が付き合っているなんて、誰も知らない秘密だったはずだもの。その二人が連れ立ってお店にやってくるのはおかしいでしょ。

七階のフロアに降り立って、あの人は私に微笑みかけた。由紀さんも笑いながら、軽く頭を下げたわ。

一瞬、目をつむって祈った。

(こっちへ来ないで。そのまま八階に行って。あなたたち、この売場に用事なんかないはずよ。八階のレストランに、食事に行くんでしょ)

もう接客どころじゃなかったわ。まるで身を隠すように、ガラスケースの下に屈みこんじゃった。

目の高さに、ダイヤモンドの婚約指輪が並んでいた。その光の絨毯《じゅうたん》の上を、二人が歩み寄ってきた。

(来ないで。こっちに来ないで)

あなた、デパートの店員の悲しみって知らないでしょう。

どんなにつらいことがあっても、売場に立ったらニコニコ笑ってなけりゃいけないんだよ。私たちはお客様に夢を売っているんだから。一年中、サンタクロースをやってなきゃいけないんだ。

たとえ心の底から愛している人がエンゲージリングを買いに来ても、「いらっしゃいませ」ってニッコリ笑わなけりゃいけない。

しゃがみこんだまま、いちど目をきつくつむって、奥歯を嚙みしめた。そして、すばらしい笑顔を作った。

「いらっしゃいませ」

私は立ち上がった。膝は震えていたけど、最高の笑顔だったと思う。

「やあ。ちょっと照れくさいんだが、売上に協力しにきたよ」

「ありがとうございます。ご婚約指輪ですか」

あの人はヘヘッと笑って、ガラスケースの上に小さなVサインを作った。それから由紀さんに、私を紹介した。

「佐伯係長は僕の同期なんだ。商品を見る目はたしかだし、社員割引も使えるしね」

そりゃないよ、椿山君。売場の予算達成に協力してもらえるのはありがたいけど、無神経すぎるよ。

子供みたいにぶきっちょなあなたが好きだった。でも、ぶきっちょすぎるってば。

二十年間、数えきれないぐらいのダイヤモンドを売ってきた。生涯の愛の証《あかし》を、真心のパッケージにくるんで。

「おめでとう。とっておきのダイヤがあるわ」

私の見立てにまちがいはなかった。ガラスケースの隅にそっと並べておいたダイヤモンドは、私たちのための「お取り置き」だったのに。

「うわ、ちょっと予算オーバーだな」

「大丈夫よ、椿山君。私に任せておいて。これ、レジは通さないから。業者に直接届けさせるわ。半額になるわよ」

私はこっそり囁いた。選んだ商品は返品伝票を切っていったん業者に戻す。売場係長の私が無理を言えば、業者はデパートを介さずに、原価に近い値段で直接あの人に売ってくれる。

「そりゃあありがたいけど……それじゃ佐伯さんの実績にならないじゃないか。売場もキャンペーン中で大変なんだろう?」

「実績?――私だって近いうちにお嫁に行って、ここはおさらばするわよ。ノルマなんてくそくらえだわ。浮いた予算はハネムーンに使いなさいな」

誤解しないでね、ツバキさん。私、べつにいやがらせをしたわけじゃないのよ。情けなかったけど、くやしくはなかった。あの人のこと、大好きだったから。

大好きなあの人に、私がしてあげられることがなかったの。とっさにそのとき考えて、もうこれしかないって思った。

私たちのために、私自身が選んだとっておきのダイヤ。二十年の間にいったいいくつのダイヤモンドを売ったかはわからないけど、あれは一カラットの立爪としては最高の商品だった。だからガラスケースの片隅に、「売約済」のタグを付けて並べておいたの。最高のダイヤモンドを、最後の仕事にしようと思っていた。私の目で選び抜いたダイヤを私の指にはめて、それをきちんとデパートの売上に計上してね、「ありがとうございました」って、自分自身に言おうと思ってたの。

何でそんなことをしたのかって——あなた、ぜんぜんわかってないね。ま、アカの他人にわかるはずもないか。

あの人を愛してた。理由はただそれだけ。

あの人が幸せになる。それは私にとっても本望だと思った。

ちょっと負け惜しみね。正しくは、そう思うことにしたの。

いい、ツバキさん。この世に百の恋愛があるとする。でも、そのうちの九十九は偽物よ。なぜかって、自分のための恋愛だから。私は、百のうちにひとつしかない本物の恋をしていた。それは、すべてを愛する人に捧げつくせる恋愛です。あの人のためなら命もいらない。お金も、誇りも、私自身の恋する心すらもいらない。

「何だか悪いな。いいのかよ」

「気にしなさんな。じゃ、お幸せにね。ありがとうございました」

二人の後ろ姿に、私は心から頭を下げたわ。


椿山君のおとうさんが、ひょっこり売場にやってらしたのは、その何日か後のことだったと思う。

ちょっとあなた、他人のくせしていちいちビックリしないでよ。おとうさんのことなんて、あなたとは何の関係もないじゃないの。調子くれるのもいいかげんにして。あのころは、まだおとうさんもしっかりしてらしたわ。由紀さんは知らせてないんですって。今度のこと。老人病院に入院したままで、お葬式にも姿を見せなかった。それでいいと思うわ。こんな不幸を理解できるかどうかはともかく、教える必要はないと思う。

そう、そのおとうさんがね、婚約指輪を見立てた何日か後に、ひょっこり売場に現れたのよ。エスカレーターを降りたとたん、たまたま真正面の売場にいた私を見つけてね、気を付けをして、深々と頭を下げた。まわりの人が怪しむほど、ずっとそうしてらしたの。

私、ビックリしちゃって、すぐに駆け寄ってね、お得意様をご案内するふりをして、そのまま昇りのエスカレーターに乗った。

椿山君と由紀さんの噂はアッという間に店内を駆けめぐっていた。もちろん私との関係は誰も知らなかったから、売場でおとうさんにそんなまねをされちゃまずいわよ。

「すまない、佐伯さん。この通り」

一緒にエスカレーターに乗ってからも、おとうさんはそう言って頭を下げ続けていたの。

「いいんです。ご縁がなかったんだから」

そんな言い方しかできなかった。屋上のベンチでしばらく話したんだけど、私はずっと同じセリフをくり返していたと思う。いいんです、もういいんですって。それ以上のことを一言でも口にしたら、涙が出ちゃいそうだった。

おとうさんはずっとあやまり続けてたよ。椿山君のことをボロクソに言って、勘弁してやって下さいって。

嬉しかった。この人は私の気持ちをわかっていてくれたんだって思ったら、胸のつかえがスッと下りたわ。

ありがたいね、親って。おとうさんはまじめ一方の人で、女心なんてわかるはずないのに、私の心の中だけは読み切ってらしたの。

ときどき家におじゃまして、お洗濯やお掃除はしてたけど、ゆっくり話したこともなかった。それなのに私の心を理解して下さってたのよ。

なぜだかわかる？　それはね、おとうさんが椿山君のことを、とても愛していたから。知らん顔をしていても、おとうさんは椿山君のことなら何だって知っていた。彼自身が気付かないことまで、ぜえんぶ知ってらしたの。

私、いよいよ何も言えなくなったわ。私が椿山君を愛している以上に、おとうさんは彼のことを愛しているんだって、はっきりわかったから。

だから納得した。いえ、ちょっとちがうかな。納得しなければいけないと思った。

こういう結果になったのは、私にだって責任があるからね。うまく自己表現ができずに、二人の大切な時間を空費してしまった。由紀さんに負けたとは思わなかったけど、私が椿山君を自分のものにできなかったのはたしかだし。仕事の忙しさにかまけて、惰性で生きていたと思った。

おとうさんの誠実さがつらくて、私は嘘をついたの。

「実は私にも好きな人がいるんです。ちかぢか結婚する予定なので、もうこの話はなかったことにして下さい」って。

ギョッとして私を見つめるおとうさんの瞳が、眩《まぶ》しくてならなかった。でも、泣いたら嘘はおしまい。精いっぱいの作り笑顔を、おとうさんは怪しまなかった。どんなにいやなことがあっても、笑顔を繕うのは私の商売よ。

「幸せになるんだね」

「はい。おたがいさまですから、頭を下げるのはやめて下さい」

「そうか。僕としてはちょっと残念な気もするが」

「私も、ちょっと残念です。椿山君とはご縁がなかったけど、おとうさんはいい人だから」

私の愚痴はそれが限界だったわ。あと一言でもつぎ足したら、おとうさんを悲しませる。

「いろいろと男所帯の面倒を見て下すって、感謝しております。きょうはそのお礼を言いにきたということで、よろしいですか」

私は黙って肯いた。はい、という言葉さえも声にはならなかったわ。

でも、エレベーターの前でお見送りするとき、勇気を出して一言だけ言った。それだけはどうしても言っておかなければいけないと思ったから。

「あの――おとうさんの胸の中で、これから私と由紀さんを秤《はかり》にかけたりしないで下さいね」

そんな言い方は僭越だと思ったけど。おとうさんがそのときどんな顔をしたかは知らない。涙がこぼれる前に、「ありがとうございました」って頭を下げちゃったから。

エレベーターのドアが閉まってからも、しばらくじっとそうしていたわ。


お鍋、煮つまっちゃうわよ。どんどん食べて。

おとなしい人ね。私の話にビックリしたり笑ったりするだけで、自分のことは何も言わない。べつに聞きたくもないけど。

自己表現のできない女は損よ。大人の女なら必ずしも自己主張をする必要はない。でも、自己表現はしなくちゃだめ。主張は権利だけど、表現は義務。そのあたりをはきちがえると、上司に誤解されたり、部下に嫌われたり、同僚にうとまれたりする。実力も努力も正当に評価されない。

ま、そんなことはどうでもいいわ。きょうは椿山君の供養をしてるんだから。

思い出話をするのが一番の供養になるって、本当かしらね。人間、死んじゃったらすべておしまいだと私は思うんだけど。

つまりこれは、椿山君の供養じゃなくて、私の魂を供養してるのよ。恋供養——なんちゃって、演歌のタイトルにいいわ。

たしかに心は軽くなる。誰かに言いたかったんだけど、誰にも言えなかった私の秘密なんだから。

あのね、ツバキさん。これから私の言うことはオフレコよ。あなたの胸にしまってほしい。約束できるかな。

ありがとう。それじゃ、あなたを信じて話すことにする。実はね、今までの話は私にとってそれほど重くはないのよ。問題はこの先の話。私にとって重くて仕方がないのは、これから先の話。

デパートの怪談って、聞いたことあるわよね。どこのお店にも怖い話があるのよ。暖簾《のれん》が物をいう商売だから、戦前の開店なんてのは古いうちにも入らない。老舗《しにせ》百貨店ともなれば江戸時代から同じ場所に、同じ看板を掲げている。その長い歴史の間にはいろいろな事件があって、どこのデパートにも実《まこと》しやかな怖い言い伝えがあるの。

大奥のお腰元が、あるお店の呉服売場に夜な夜な現れるというのは有名な話。

戦前に大火事を出したあるデパートの下着売場には、昼ひなかから幽霊がパンツを買いにくる。どうしてかというと、昔の女の人は着物の下に下着をつけていなかったから、火事のときにハシゴ車にも乗れず、窓から飛び降りることもできずに大勢死んじゃったんですって。その人たちがいまだにパンツを買いにくるらしいのね。

空襲で丸焼けになったデパートでは、売場の照明を落としたとたんに悲鳴が聞こえる。血を流すマネキンの怪談は、どこのお店にもあるらしいわ。

なにニタニタしてるのよ。

あ、そう。この手の話には興味がないんだ。つまらない人ね、あなた。

でも、デパートの怪談っていうのは幽霊話だけじゃないのよ。もっと怖い、生きている人間の怪談。

売場での私語は厳禁ね。お客様に失礼だし、どんなにヒマな日でもやらなければならないことはいくらでもあるから。どこのデパートでも、新入社員の最初の躾は、これ。いったん売場に立ったら、店員同士は仕事に必要な会話のほかはいっさいかわしちゃいけないの。

女だらけの職場で私語をかわすなっていうのは、息をするなっていうのと同じ。だから昼休みの社員食堂や休憩室のかまびすしさといったら、まるで機関銃の撃ち合いみたい。

なにしろ私たちは、一日中あの窓もない大きな箱から、一歩も外に出られないの。つまり全員が拘禁ノイローゼ。そういう特殊な環境に、デパートの怪談が生まれるってわけ。

「ねえねえ、知ってる?」「ウッソー、信じられない」

そうはいったって、ほとんどはたわいのない噂話なんだけどね。

でも、一年にひとつかふたつは身の毛もよだつような怖い話を耳にする。正真正銘の、デパートの怪談ってやつ。

あら、どうしたの。顔色が悪いわよ。

なんですって。死人の話はちっとも怖くないけど、生きている人の話は怖い。なるほど、けっこう苦労人なのね、あなた。

私もこういう話のほうがずっと怖いわ。

あのね、椿山君が結婚したころ、休憩室でこんな話を聞いちゃったのよ。もちろん聞きたくもない悪い噂話なんだけど、背中から聞こえちゃったんだから仕方ないわ。

「ねえねえ、知ってる？　椿山さんのこと」

「結婚したんでしょう、案内係の美女と。古い古い」

「そうじゃなくって、その結婚のいきさつよ」

「なにそれ」

「あの子ったらねえ、嶋田さんと付き合ってたらしいのよ」

「ええっ、ウッソー、信じられない。それって、椿山さんは知ってるの？」

「知ってるわけないじゃないの。上司が部下のお下がりをいただくなんて、いくら椿山さんだって男のプライドってものがあるでしょうに」

「うわ、ひどい話」

「驚くのはまだ早いわ。怖いのよォ、この続き」

「もったいぶらないで話してよ」

「嶋田さんとあの子、まだ続いてるらしいの。円山町《まるやま》のホテル街で見かけた人がいるんだから、まちがいないわ。それも平日の真っ昼間よ。つまり椿山さんと嶋田さんはローテーションを組んで休みをとるから、デートに不自由はないってわけ」

「……ちょっと、あなた。この話、ヤバすぎない？　めったに話しちゃだめよ」

「わかってるって。ああ、スッとした」

ツバキさん。ねえ、ツバキさん。寝ちゃったの？　ハイハイ起きてますって、あなた、いくらお酒の席でも他人の話は目をあけて聞くものよ。

この怪談はね、しばらくの間休憩室を駆けめぐった。もちろん噂には尾鰭《おひれ》がつくから、どこまでが本当でどこから先がフィクションかはわからないけど、長いことかかって完成された怪談はだいたいこんなものだったわ。

嶋田君と由紀さんはずっと恋仲だった。デパートではオフィスラブが厳禁だから、店員同士のロマンスは婚約発表でみんなをアッと言わせるのがふつうなのよね。その例に洩れず、二人の恋愛は誰も知らなかったってわけ。

嶋田君って、デパートでは将来を約束されたキャリア組よね。三上部長という大物の引きもあるし、大きなミスを犯さずに行けば、末は店長や役員の順番が回ってくる。

べつに案内嬢と結婚することがマイナスにはならないけど、エリートは慎重なのよ。何たってデパートはコネクション万能の世界ですからねえ。たとえば大手取引先の関係者とか、上司の紹介とか、大学時代のクラスメートとか、自分を高売りできれば鬼に金棒ってことになる。

そんなわけで、この二人の恋愛には愛情の深さとは関係なく、最初から価値観のちがいがあったの。ま、デパートにはよくある話なんだけどね。

で、男の煮え切らぬ態度に我慢ならなくなった女が、別の男と電撃的にゴールインする。これもよくある話。怪談にもならない。

椿山君って、とてもいい人よ。近ごろのはやり言葉でいうなら「癒《いや》し系」の男ね。そばにいてくれるだけで、何となく心が和むのよ。男としてはともかく、人間的には誰からも愛されるわ。

憎からず思っているうちに、「この人は私を幸せにしてくれるかも」って、由紀さんは考えたにちがいない。もちろん、それは正解です。はっきり言って、由紀さんは男を見る目があったわ。

結婚までの詳しいいきさつは知らない。べつに知りたくもないけどね。

嶋田君と由紀さんがきっぱり切れていなかったのか、それとも何かの拍子に焼けボックイに火がついたのか、ともかく結婚してからも二人の関係は続いていた。

このあたりは私の想像を超えているわ。何たって高度成長期を挟んだ、旧人類と新人類ですからねえ。

ちょっと、ツバキさん。あなたが怒り狂っても仕方ないじゃないの。冷静に聞きなさい。

そりゃあ、私だって頭にきたわよ。椿山君にぜんぶバラしてやろうかとも思ったし、嶋田のバカをぶん殴ってやろうかとも思ったわ。

でも、よく考えてごらんなさい。結婚してからも恋人を忘れられないっていうの、いじらしいじゃない。それはそれで、すてきじゃない。ボタンをかけちがえたのは、私と椿山君も、あの人たちも同じ。男と女なんて、すんなりと予定通りにおさまるほうが珍しいのよ。

しばらくして由紀さんは出産した。それをしおに、デパートの怪談は誰も口にしなくなったわ。怪談にもタブーはあるのよ。そこから先は怖すぎる。

デパートは都会のまんまん中に置かれた夢の箱。幸せな人も不幸な人も、夢を買いにくる。お客様に等しい夢を売ることが仕事の私たちは、シャレにならない怪談を忘れるの。たぶん江戸時代の昔から、みんなそうしてきた。

椿山君が大好き。何もかもご破算になっちゃったけど、私はあの人が大好き。愛した記憶だけで一生幸せよ。

これからもずっと、お客様にエンゲージリングを見立てるたびに思い出す。ひとりでお鍋をつつきながら語りかけるわ。

やめてよ。他人のあなたに慰められたくはない。——変な人ね、どうしてあなたが泣くの。

ごめんなさいって、あなたに言われる筋合いじゃないでしょうに。

私は泣かない。どうしてかって、椿山君を心から愛していたからよ。涙が出そうになったら、背筋を伸ばして、にっこりと笑って言います。

「ありがとうございました、またどうぞ」ってね。

泣くなよ、ツバキ。あなたがどこの誰かは知らないけど、人間は「ありがとう」を忘れたら生きる資格がないんだよ。

きょうはありがとう。私の愚痴を聞いてくれて。

最後の任侠

七代目港家一家組長蜂須賀《はちすか》鉄蔵の朝は遅い。

ふつう五十も半ばをすぎれば誰だって目覚めが良くなるものだが、低血圧のうえに低血糖、さらに低人格に悩む鉄蔵は、毎日正午にならなければ寝床から這い出ることはなかった。

しかし世間はそんな鉄蔵を評してこう言う。

最後の任侠。神農道の鑑。大器量。清貧の人。

これほど名実を異にする人物は、世に二人とはおるまい。

たとえば、芝大門《しばだいもん》商店街ちかくの築五十年の借家に住んでいる、というのはマッカな嘘で、実は芝白金台《しろかねだい》上のバブル流れの超高級マンションが彼の住まいであった。件《くだん》の借家にはほとんど年齢不詳の老母が、忘れられたように独り住まいをしている。ちなみにどうでもいいことだけれど、鉄蔵はこの母の「恥かきっ子」である。鉄蔵が生まれたとき、現在のババアはすでにババアで、当時は高齢出産どころか「閉経後の奇蹟《きせき》の出産」といわれて産婦人科学会に報告されたほどであった。年齢すでに不詳というのは、本人も倅も、勘定することが気味悪くなった結果である。

鉄蔵は自己演出の天才であった。しかるに、さきの評判をことごとく裏返せば、彼の正体となる。この事実を知っているのは、わずか三人の子飼いだけであった。むろん本家筋も、兄弟分もその他の子分たちも知らない。誰もが、港家の鉄蔵親分は芝大門の借家で老母の看病をしつつ、洗うがごとき赤貧に甘んじている、と信じている。

鉄蔵にとっては真夜中に等しい午前八時、ベッドの枕元に据えられたロココ調の電話がコロコロロココと鳴った。ちなみにこの擬音は誤植ではない。解説する身はつらいが、ギャグである。

「……もしもし」

バカヤロー、と怒鳴りたいところだが、銀座の女だったらまずいので、鉄蔵はとりあえず温厚な受け応えをした。

「おはようございます、繁田です」

同じ銀座でも繁田と聞いて、鉄蔵はキレた。

「バカヤロー！　何時だと思ってやがるっ」

「……へい。朝の八時で。すんません、兄貴。おふくろさんのお粥《かゆ》を炊いてらしたんですか。それとも、もしや中央区と港区の間にァ、時差でもあるんですかい」

イヤなやつだ。どうも俺の正体を勘づいているフシがある。俺の頭越しに次期総長の座を狙っているという噂は本当かもしれねえ、と鉄蔵は思った。気を鎮めて、慎重な応答をしなければ。

「悪いシャレはてえげえにしろ、繁田。俺はな、ゆんべ徹夜でおふくろの看病をして、つい今しがた寝ついたところだったんだ」

いっけん任俠ふうの坊主頭を撫でながら、鉄蔵はルイ王朝ふうの天蓋《てんがい》付きベッドに身を起こした。枕元のボタンを押すと、たちまちメイドがワゴンを押してやってきた。

「そいつァご苦労なこって。ところで鉄兄ィ、ちょいと急ぎでお耳に入れてえことがあって、朝っぱらからお電話したんですけどね」

「荒事ならごめんだぜ。関西との手打ちはとっくにすんでらあ」

番茶をすするふりをして、鉄蔵はカフェ・オ・レで寝起きの咽を潤した。ブローニュの森を思い出させる白金台の木立ちに目を細める。おふくろを箱根の湯に連れて行くと言っては、年に三度もパリに通っている鉄蔵であった。

「実は、武田の兄弟の――」

そこまで聞いたとたん、鉄蔵はしまりの悪い唇の端から、ダラダラとカフェ・オ・レを垂れ流した。

「……武田が、どうかしたんか」

「いえ、武田はどうもとっくに死んでます。そうじゃなくってね、実は武田の兄弟の――」

「おい。兄貴分の首を真綿で絞めるような言い方はやめろ。スッパリ言え、スッパリ」

「へい。そんじゃスッパリ言わしてもらいやす。武田の件を調べている弁護士が、そっちに行ってませんでしょうか」

スッパリと言われて、鉄蔵は大口からドッとカフェ・オ・レを吐いた。

「き、来てねえ。何だそりゃ」

「へい。良くは知りませんけど、武田とは旧知の間柄だそうで。きのうの朝っぱらにうちの事務所に来やして、あれこれ訊いて帰りやした。たぶん兄貴のところに回るだろうと思いやしてね、いちおうご連絡をと。そんじゃ、用件だけで失礼いたしやす」

電話は勝手に切れた。

落ちつけ、と鉄蔵はおのれを励ましながら、ジタンを一服つけた。

あわてることはないのだ。俺の家《ヤサ》は芝大門の借家ということになっているのだから、その妙な弁護士がここに現れるわけはない。

それにしても、何というドジな殺し屋だろう。万が一にもまちがいはないと大見得を切っていたのに、あろうことか新宿の市川と武田をとりちがえて殺した。ひでえ話もあったもんだ。

「親分、どうかなさいましたか」

寝室のドアごしに、子飼いの若い衆が声をかけた。

「何でもねえ。心配《しんぺえ》すんな」

ベッドから起き出すと、鉄蔵はみっしりと彫り物の入った体をシルクのガウンに包んで、さわやかな風の吹きすぎるバルコニーに出た。白いデッキチェアに腰をおろす。

「……イサ、勘弁しろ」

今は亡き武田勇の名を懐かしげに呼んで、鉄蔵は俯いた。

最後の任俠。神農道の鑑。大器量。清貧の人――そうした評判にふさわしい男といえば、あの武田勇をおいて他にいるはずはなかった。武田が眩しくてならなかった。

「もし次の総長を神さんが決めるとしたら、イサ、おめえにまちがいなかったぜ」

ごめんこうむります、兄貴――武田の笑顔が瞼の裏にうかんだ。ふしぎなくらい欲のない男だった。

「あのなあ、イサ――」

ジタンの煙にきつく目をとざして、鉄蔵は俯いたまま独りごちた。

「市川の野郎が歌舞伎町でつっぱってやがるうちは、ゴタゴタはなくならねえと思ったんだ。本家筋は俺を跡目と見ている。だから市川のケツは、俺が拭かにゃならねえ。あの野郎はそんな俺の立場を見越してゴタゴタを起こしやがる。命がいくつあったって足りゃしねえのは、市川じゃなくって俺なんだ。だから俺ァ、あいつを殺《や》っちまうほかはなかった。だが、よりにもよって、ヒットマンがおめえと市川をまちがえるたァ……」

愚痴はたいがいにして、鉄蔵は泣き濡れた顔をもたげた。打たれ弱いが立ち直りも早いタイプである。

それにしても、武田の件を訊ね回っている弁護士とは、いったい何者だろう。とりあえずおふくろに電話をして、見知らぬ男が訪ねてきたら死んだフリをしろと伝えておこう。難しいことではない。動かずにジッとしていれば、おふくろは誰が見たって死体なのだ。たしか二十年ぐらい前にその手を使って追い返して以来、NHKの集金人も二度と来たためしはない。

寝室に戻ってロココ調の電話機に手を伸ばしかけたとき、ドアの外で若い衆が声をかけた。

「親分、お客人ですが」

ええっと叫んで鉄蔵は受話器を取り落とした。

「何とかいう弁護士が、武田のおじきの件で――」

鉄蔵は一瞬気を失ったが、失神している場合じゃねえと思い直し、じきに黒目を甦らせた。

気が強いのか弱いのか、よくわからん性格である。いったいに、ヤクザにはこうしたタイプが多い。

「そうかい。粗相のねえようにお通ししろ。よもやたァ思うが、ニューバージョンのヒットマンだったらてえへんだから、身体捜検《しんたいそうけん》を忘れるな」

耳なれぬ「身体捜検」という言葉は警察用語である。ヤクザと警察の関係は余りに長く、かつ濃密なので、近ごろでは文化的相似が見受けられるのである。言葉づかいはもちろん、起居動作も生活習慣も似通っている。まずいことには顔まで似ている者がいる。長大濃密な歴史的時間のうちに、ついに存在が相似してしまうという現象は、たとえば夫婦、たとえば米軍と自衛隊、たとえば作家と編集者というふうに、数えあげれば枚挙にいとまがない。

さて、どういう身なりで対面すればよかろうと、さんざウォークイン・クローゼットをとりちらかしたあげく、鉄蔵は藍染《あいぞ》めの作務衣《さむえ》に着替えた。何と便利な服装であろうか。国籍不明、職業不明、正体なお不明。坊主にもヤクザにも陶芸家にも似合う装いなど、この作務衣をおいて世に二つとはあるまい。

おっし、と気合を入れ、明鏡止水の心で寝室を出る。

四文字熟語について蘊蓄《うんちく》を傾けておくと、「明鏡止水」はそもそも荘子《そうじ》・徳充符《とくじゅうふ》の、「人、流水に鑑《かんが》みるなくして止水に鑑みる」の言による。すなわち、流れる水に姿は映らないが、静止している水には本来の姿かたちがはっきりと映る。心して冷静な自己判断をせよ、というほどの意味であろうか。かの諸橋轍次《もろはしてつじ》博士がこの言に基づいて「止軒」と号したほどであるから、まさに人生の至言というべきである。

むろん、諸橋博士の名誉のために言っておくと、鉄蔵親分がこれを座右の銘としているのはただの偶然にすぎない。

件《くだん》の弁護士は、四十畳大のリビングルームで、行儀よく親分を待っていた。

ハテ、どこかで会ったことがある、と鉄蔵は思った。職業がら、「どこかで会ったことのある弁護士」はイヤだ。

「お待たせしました、蜂須賀です」

「いや、どうも。突然お邪魔いたしまして」

弁護士の表情も、どことなく懐かしげである。うろたえてはならない。明鏡止水の心で。

「ええと……以前どこかでお会いしやしたかい」

差し出された名刺に首をかしげながら、鉄蔵は訊ねた。

「あ、いや、お噂はかねがね」

怪しい。弁護士らしからぬ動揺である。しかも意外なものでも見てしまったかのように、リビングルームを見渡している。

「どうしてここがわかったのですかねえ」

「世の中のことなら何でもわかるという、ある所に問い合わせました」

「……ある所、とは」

「立場上、申し上げられません」

鉄蔵は思い悩んだ。このマンションは、本家も警察も、税務署だって知らないはずだ。立場上という言い方は、公的な機関を匂《にお》わせる。警察や税務署以上の情報収集力を持つ公的機関といえば、自衛隊かＣＩＡぐらいのものであろう。そんなに偉くなった覚えはないし、やっぱりマスコミかもしれねえと鉄蔵は思った。朝日新聞では無理にしても、アサヒ芸能なら把握している可能性はある。

「ヒント」

「ヒント、ですか。まあ、浮世ばなれしたところですよ。これ以上は勘弁して下さい。こっちがこわいことになりますから」

わかった。簡潔だが、いいヒントだ。浮世ばなれしたやつといえば、おふくろにちがいない。死んだフリを命ずる連絡が遅れたのは、かえすがえすも痛恨事である。

「ところで兄貴――いや、失礼しました、蜂須賀さん」

なれなれしく「兄貴」はあるまい。こいつはいったい何者なのだ。

「実は、亡くなった武田君と私とは、兄弟同然の仲でしてね。彼があなたのことをいつも『兄貴』と呼んで話題にしていたものですから、つい口が滑ってしまいました。お許し下さい」

亡き武田への思いがグッと胸にこみ上げて、鉄蔵は作務衣の袖を瞼にあてた。

「イサの野郎は、いつも俺のことを……」

「はい。鉄蔵親分のような男になりたいというのが、彼の口癖でした」

「ううっ……イサの野郎が……俺のことを」

俺はおめえのような男になりたかったと、鉄蔵は武田のおもかげに向かって手を合わせた。こいつが何の用事で来たかは知らねえが、兄弟同然の仲ならば武田の魂が一緒かもわからねえ。

「許してくれ、イサ。俺が悪かった」

鉄蔵はソファからすべり落ちて手をついた。

「何ですって！」

弁護士は立ち上がった。ヤバい。つい興奮して、妙なことを言ってしまった。明鏡止水、と心の中で唱えて、鉄蔵は顔をもたげた。

「いや、誤解なすっちゃいけませんぜ、先生。べつに私がイサの野郎をどうこうしたってわけじゃありやせん。ただ兄貴分として、あいつをみすみす殺させちまったと」

フッと息を抜いて、弁護士は腰をおろした。どうやらこいつも明鏡止水の心得があるらしい。

メイドが紅茶を運んできた。ここまで見られちまったからにァ、敷居をまたいで帰すわけにはいかねえ。おふくろはどうせそう長くは持つめえが、こいつはまだ長生きする。

「で、ご用件は？」

弁護士は珍しげにウェッジウッドのティーカップと、鉄蔵の顔を見較《みくら》べている。メイドがバカラのグラスに注いだミネラルウォーターだって、そこいらのスーパーで買ったものじゃねえ。フランス製のペリエだ。

「ねえ先生、ご用件をおっしゃって下せえ」

「あ、はい」と、弁護士は我に返ったように話し始めた。

「武田君の人となりは、親友の私が誰よりも知っていたはずです。彼は恨みを買うような人間ではありません。誰かにまちがわれたのではないかと思うのです。そこで、たいへん失礼なことをお訊ねしますが、蜂須賀さんはたしか関西系の組織と揉め事がおありでしたね」

単刀直入とはこのことであろう。鉄蔵は一瞬気を失い、子分の咳払いでたちまち蘇生《そせい》した。

「いま、気を失いませんでしたか」

「いや。もしや思い当たるフシがねえかと、わが身を省みておりやした。で、目をとじて考えこんだんだが、手打ちのすんだ今さら、俺の命を狙おうなんて野郎はいるはずはねえ」

虚実を確かめるように、弁護士はしばらく鉄蔵の表情を見つめた。子供の時分から、喧嘩《けんか》はからきしだったが睨めっこには自信があった。

「俺ァ、嘘はつかねえ。そんなこたァ、冥土のイサが一番よく知ってやす」

嘘ではない。少なくとも弁護士の質問に対する回答に、嘘はこれっぱかしもなかった。

武田勇が人ちがいで殺されたのはたしかだが。

「そうですか……」

弁護士は肩から力を抜いて、しばらくうつろな視線をテーブルに落としていたが、やがて幽霊のようにゆらりと立ち上がった。鉄蔵の答えによほど落胆したのだろうか、長身の体からはまったく生気が感じられなかった。

「先生。イサのことをいつまでも気にかけて下さるのはありがてえが、すんじまったことをいつまでもくよくよしなさるのは、いいことじゃありやせんぜ」

紅茶をすすりながら鉄蔵は言った。

「わかっています。今さらつまらぬ詮索だということは」

「だったらなぜ、体を張ってこんなことをしていなさる」

「私にできることは、もうほかには何もないんです」

律義な男だ、と鉄蔵は思った。武田の親友だと言っていたが、欲得を感じさせぬところはたしかに似た者である。義理に生きることがどれほど損か、こいつはちっとも知らないのだろう。

「お騒がせしました。おいとまさせていただきます、兄貴。じゃなかった、蜂須賀さん」

ソファに腰を下ろしたままの鉄蔵に正対すると、弁護士は指先をきちんと伸ばして、深々と頭を下げた。妙な野郎だ。長い懲役に出るヤクザ者だって、今どきこんな律義な挨拶はしやしねえ。まるで今生《こんじょう》の別れのような言いぐさだ。

「それから、余計なことのようですけど、あなたのプライバシーについてはけっして口外しませんので、ご安心下さい」

おっと、気に障ることを言いやがる。てえことは何だ、このプライバシーが俺のアイデンティティーにかかわるってことを、こいつは知ってるんだな。

いよいよ生きて帰すわけにァいかねえ、と鉄蔵は思った。

「そいつァ、気を回していただいて申しわけござんせん。なら、ここで失礼さしていただきやす」

もういちど頭を下げてから、弁護士は思いついたように言った。

「そうだ。ときに、武田君の若い衆は元気でやってますか」

「義雄と一郎だね。あいつらはいい若い衆だ。きょうは高幡《たかはた》のお不動さんに行ってるはずだが」

貰われてきた二人は、きょうび珍しいくらい礼儀をわきまえた若者だった。

「高幡の庭場《にわば》、ですね」

おおっと、何だこいつァ。サラッと業界用語を口にしやがった。てえことは、けっこう業界に通じてるってことで、たぶんあちこちの組の顧問弁護士を引き受けているんだろう。いよいよもって、生かしておくわけにァいかねえ。

「なら、兄貴。ごめんなすって」

「………。」

「もとい。失礼いたします、蜂須賀さん」

「……へい、ごめんなすって」

弁護士がリビングを出て行くと、鉄蔵は控えていた子分を手招いた。

「おい、ヤス。あの野郎を始末しちめえ」

信頼のことのほか厚い子分である。親の言うことなら、黒いカラスも白いと言い張る極道の典型であった。鉄蔵のために懲役をかけること七回、十四の春からの半世紀ちかくの間、そのほとんどを塀の中で過ごしてきた。ということは、信頼が厚いといっても実はおたがい良く知らない仲であった。

「へい。かしこまりやした」

ヤスは内ポケットから小型の拳銃を取り出すと、安全装置をはずした。

「すまねえな、ヤス。今度もまた、一週間ばかりのシャバで」

「お気づかいなく。このごろじゃあ、どっちが外でどっちが中か、てめえでもわからなくなってますから」

「そうかい。そりゃあ便利なこった」

「なら親分。行ってきやす」

「ごくろう。行ってらっしゃい」

ヤスは疾風《はやて》のように駆け出した。さすがである。出所してからの一週間は昼間の街灯のようにボーッとしていたが、仕事を言いつけたとたん身のこなしは軽い。万にひとつも仕損じはあるめえと鉄蔵は思った。

しかしその五分後、ヤスは真ッ青な顔でリビングに駆け戻ってきた。

「お、親分、てえへんだっ」

「どうしたヤス、返り討ちに遭ったか。だったらノコノコ戻ってこずに、そこらで死ね」

「そうじゃねえ、そうじゃねえって」

ヤスは冷えた紅茶を浴びるように飲みほしてから、まったく信じ難いことを言った。

「あの野郎、エレベーターの中でフッと消えちまったんで。まるで幽霊みてえに」

ええっ、と叫んでいったん気を失ってから、鉄蔵はすぐに甦った。

「……ヤス。おめえには苦労をさせすぎちまったようだな。そうかい、おめえともあろう者が的を見失ったか」

「いや、そうじゃねえって。エレベーターの中で背中にハジキをつきつけたとたん、煙《けむ》みてえに消えちまったんです」

「ふうん……」

鉄蔵は子分の青ざめた極道ヅラを睨みつけた。もうちょっとマシな言い訳を考えてほしいが、こいつの失敗を責めてはならねえと鉄蔵は思った。馬だって連闘はつらい。年六場所制になってからは、力士だって故障が多いのだ。この齢になって出所後、中一週間の仕事は、やはり無理だった。

「まあいいや。あの弁護士にどんな噂をたてられたって、俺の評判は鉄板だ。たとえ耳にしたところで、次期総長の陰口を叩くやつはいねえよ」

臆病《おくびょう》なわりには希望的観測をする。細心の注意と大胆な開き直りが鉄蔵の身上であった。

「ところでヤス、おめえの懲役仲間だとかいう、関西のヒットマンのことだが」

「へい。その件でしたらご心配なく。あいつの手にかかったら、新宿の市川なんてひとたまりもありやせん。なにせ若え時分に広島の代理戦争で三人、第一次と第二次の大阪戦争で五人も殺《と》ったてえ腕利きです」

「その話ァ、自己申告じゃあねえのか」

「と、申しますと？」

「あのな、ヤス。この世で自己申告ほどアテにならねえものはねえんだぜ。考えてもみろ、国民全員がまじめに税金の申告をするんなら、税務署なんかいらねえんだ」

「親分。まわりくどい言い方はよしにして下せえ。親分の口がまわればまわるほど、俺の頭はまわらなくなりやす」

ヤスはきょうび珍しい「腕利き」の紹介者である。率直に言えば立場がなかろう。しかし重大な疑惑をこのままにしておくことはできないので、鉄蔵は心臓の止まらぬ程度に、やわらかな言い方をした。

「あの野郎に大金を支払ってから、けっこう日がたつよな」

「へい、たしかに」

「その間、市川が死なずに武田が死んだ。おかしいたァ思わねえか」

昼間の街灯のようにボーッとつっ立ったまま、ヤスの顔にはたちまちドロドロと簾《すだれ》がかかった。

ふいに目の前が真っ白になって、めくるめく光の渦の中を体が泳いだと思う間に、武田は見覚えのある寺の門前に佇んでいた。

「よみがえりキット」の鞄の中で携帯電話が鳴った。

「なに危なっかしいことやってるのよ！　いいかげんになさい」

ヒステリックな女の声は、リライフ・サービス・センターのマヤである。

「申しわけありません……」

送りに出た鉄蔵の子分に、エレベーターの中で拳銃をつきつけられたところまでは覚えている。二度死んだのかと思ったが、どうやらそういうわけではなさそうだ。

「自動空間ワープシステムが作動したからいいようなものの、一昔前の手動装置だったら、あなたもう一回死んでるのよ」

「もう一回死ぬ？　ええと、何だかものすごく面倒くさそうですね」

「そうよ。責任を問われるのはあなたじゃなくって私なんだからね。上司に大目玉くらって、始末書を書かされて、へたすりゃクビだわ。ともかく、今後は自重して下さい。いいわね」

勝手に怒りをぶちまけて、冥土からの電話は切れた。

事情はだいたいわかった。それにしても、何だかんだと文句を言いながらも、行こうと思っていた目的地に空間移動させてくれるのだから、いきとどいたサービスである。

高幡のお不動様の門前に、武田は立っていたのだった。

古い仁王門をくぐり、「あじさいまつり」に賑《にぎ》わう境内を見渡す。たちこめる線香の煙を胸いっぱいに吸い込むと、なぜか空腹が満たされた。

そこは鉄蔵の港家一家が庭場とする、真言宗の古刹《こさつ》である。広い寺域には東京郊外とは思えぬ緑豊かな山がめぐっており、境内の華やぎは本尊である不動明王の霊験のあらたかさと、人々のこの寺に寄せる信仰の篤《あつ》さを感じさせた。

庶民の楽しみであった縁日は、ちかごろではどこも淋しくなる一方だが、この寺に集う香具師の数は昔と変わらない。参道を歩きながら、武田は見知った顔の前で立ち止まり、思わず声をかけそうになっては、いちいち死者の悲しみを味わわねばならなかった。

五重塔に登る石段の下で、義雄と一郎が店を張っていた。「じゃがバタ」を売る二人の姿を、武田はしばらくの間、遠くから見つめた。

子分の中で最年長の義雄は、今年で三十になるはずだ。教えることはもう何もないと言ってもいいほどの、一人前の男である。

景気のいい時代なら巣立っていった兄貴分たちと同様に足を洗わせているのだが、苦労はさせたくないという親心から、その話は切り出していなかった。

そう思えば、武田の死によって最も割を食ったのは義雄にちがいない。カタギになるチャンスを失ったうえ、貰われてきた子分は新参者として、港家の子分たちの下《しも》に立たねばならない。

同じ死ぬにしても病床での緩慢な死であったら、たぶん義雄を跡目に立てて、一家を存続させただろう。自分のかわりを、義雄なら務めることができたはずだ。

もし義雄がカタギになることを拒んだら、跡目実子分《じっしぶん》として名乗りを挙げさせてもいいと、武田はつねづね考えていたのだった。

義雄は無口な男で、けっして愚痴を言わない。だからその生い立ちについては、武田も詳しくは知らなかった。また詳しく知る必要のないほど、義雄はよくできた、安心できる子分だった。

武田が心配しなくても近い将来、義雄はきっと筋を通して「五代目共進会」の看板を掲げてくれると思う。

蒸しセイロを覗きこむ義雄のかたわらで、一郎が客を呼んでいる。こいつは何を売らせても口上がうまい。何よりも客に向ける笑顔がよかった。

二年前に少年院から出てきたのだが、身元引受人が決まらずに、旧知の保護司から頼まれて武田が預かることになった。未婚の母は不義の子を捨てて、自分の幸福を選んだのだった。

武田は何度かその母とも会ったが、薄情だとは思っても憎むことはできなかった。だからそのとき考えた。一郎の作り笑顔を、本物の笑顔に俺が変えてやる。大人びたお愛想を、子供らしい愛嬌《あいきょう》に俺が直してやる。

一郎は齢こそ若いがしっかり者だ。笑顔の裏側には、自分の人生を模索しようとする真剣味がいつも隠されていることを、武田は知っていた。どんなときでも笑いながら、一郎は明るく世間に向き合っていた。

「さあ、いらっしゃい。北海道は十勝《とかち》平野、ほっかほかの男爵イモだよ。ふかしたてにバターをのっけて四百円。はい、いらっしゃい」

義雄はたぶん、歯をくいしばって泣かずにいてくれたろう。一郎はきっと、その笑顔でみんなを励ましてくれたにちがいない。

「ひとつ、いただけるかな」

屋台に歩み寄って武田は言った。

「はい、じゃがバタ一丁！　マヨネーズもあるけど、バターのほうがいいよね。もっともバターって言ったって植物性マーガリン。体にはこっちのほうがいいんです」

一郎の口上は百点満点である。バターのかわりにマーガリンを使っている看板の偽りに、うまい言い訳を添える。

「お客さん、おひとり？　ご家族におみやげだったら包みますけど。レンジでチンしておやつにどうぞ。そんじょそこらのジャガイモとはわけがちがう。北海道は十勝平野の男爵イモ！」

縁日の客は客の並ぶ屋台に集まる。だからさっさと客あしらいはせず、客のいる間に次の客を呼び寄せるのである。このあたりの商売のコツも、一郎は心得ていた。

アルミ缶に盛ったマーガリンに、風に吹かれた塵《ちり》がこびりついていた。

「おい、風《アオチ》がたってるぞ。蓋をかぶせたほうがいい」

思わずテキヤの隠語を口に出してしまった。とたんに、セイロの湯気の中から義雄がきつい目を向けた。一郎もギョッとして、マーガリンに蓋をした。

「こちらさんは、同業者《おともだち》ですか」

義雄は鉢巻きをはずすと、隠語で訊ねた。武田の風体はまさかテキヤには見えないが、屋台を見回る地元の庭主《にわぬし》だとでも思ったらしい。

「まあ、似たようなものだ」

と、武田は苦しまぎれに答えた。

「そいつァご無礼しました。おい一郎、ちょっと頼んだぜ」

どうぞこちらへ、というふうに、義雄は掌《て》を伸べて武田を屋台の裏へと誘った。庭主への粗相を詫びるつもりなのだろうか。誘われるままに、武田は人目につかぬ木陰に入った。

義雄は白衣の腰を割って武田に向き合うと、しっかりした小声でテキヤの仁義を切った。

「駆け出しの新参者ではございますが、慣れぬ仁義《メンツ》を切らしていただきます。あげます言葉、まちがいありましたらご免こうむります」

義雄、と武田は胸の中で叫んだ。

「どうかお控えなすっておくんなさんし」

抱きしめてやりたい衝動をおさえながら、武田も腰を割って向き合った。

「どうぞ」

子分の仁義を聞くのは初めてだった。

「さっそくお控え下さいましてありがとうございます。手前、生国と発しますは東京深川にござんす。稼業縁持ちまして、親分と発しますは四代目共進会武田勇にござんす——」

目をそらしてはならない。それは仁義の作法だ。しかし子分に向き合う武田の目には、涙がにじんだ。義雄は死んだ武田を親分と称して、仁義を通してくれた。

「若僧の身を持ちまして姓名を発します。姓は杉浦、名は義雄、いずかたに参りましても、庭主さん、おともだちさんの厄介者にござんす。ただいまの粗相、どうか堪忍しておくんなさんし」

立派な仁義だった。古風なしきたりではあるけれども、おのれの身を控え、相手を立てる挨拶は大切だ。

腰を割り、顔をつき合わせたまま武田は仁義を返そうとしたが、自分に名乗るべき名前がないことに気付いた。

「義雄——」

とまどう声で、武田は子分の名を呼んだ。

「おまえ、今でも武田の子分なのか」

義雄は肚の据わった男だった。突然の問いにうろたえるふうもなく、武田を睨みつけたまま声を絞った。

「はい。手前、ゆえありまして港家の蜂須賀鉄蔵親分の預かり者でござんすが、二人の親は持ちません。手前の親分は生涯、武田勇でござんす」

武田はしおれるように俯き、腰を伸ばした。

「お控え下さいまし。手前のメンツに不行き届きございましたら、ご容赦下さい」

いいや、と呟いて武田は義雄を抱き起こした。

「つい仁義を受けてしまった。実は、とっくに足を洗った者です。君の親分とは古い仲間でね。ご無礼をさせてもらいますよ」

「親分の、お知り合いですか」

義雄は気分を害するでもなく、意外そうに武田の横顔を見つめた。

「武田の不幸は聞いている。君たちも大変だろうが、これも人生の試練だと思って頑張りたまえ」

義雄の手を握り、一郎の肩を抱いて別れを告げ、武田は人混みに紛れ入った。そのさきの言葉を何もかけてやれないのはつらかった。長い時間をともに生きた義雄は、見知らぬ男の言動に不穏なものを感じ取ったにちがいなかった。

境内を駆け抜けて信号を渡ったとき、武田の背に金切り声が突き刺さった。

「親分！」

仁王門の下で、義雄が死者の姿を探していた。

見知らぬ男の中に霊魂の存在を感じとるほど、義雄は自分を慕い続けているのだろう。

正体を明かしてはならない。

武田は長身を屈めて駆け去った。

夏の星座

お星さまがきれい。

この星座のどこかに、「めいど」があるのかな。ベガ。アルタイル。デネブ。アンタレス。どれだろう。

人間がまだ誰もしらないこと。科学ではカイメイできない宇宙のなぞ。

人が死ぬと、たましいは光よりもずっと速いスピードで「めいど」に行くんだ。そして、新しいくらしがはじまる。

だから死ぬことは、ほんとはちっともこわいことじゃない。未知なるものへの恐怖。無知ゆえの恐怖。ただそれだけ。乗りこえなければならないものは、ほんのちょっとの痛みと苦しみ、愛する人たちと少しの間お別れするかなしみ。おひっこしと同じだね。

三さいのとき、パパとママがおむかえにきて施設をはなれた。おせわになった先生がたや、やさしくして下さったおにいさんやおねえさんとさよならした。あのときとまったく同じ。三さいまでのぼくはあのとき死んで、パパとママの子供として生まれかわった。

――おそいな、陽ちゃん。まっくらな公園でブランコにのっていたら、けいさつにつれて行かれちゃうかもしれない。

暗くなったら迎えにくるって、陽ちゃんは言ってた。だからおうちの近くのこの公園で、ちょっと待っててって。

今晩は陽ちゃんのお部屋に泊めてもらうんだけど、おかあさんに事情を説明するわけにもいかないしね。でも、何だかロメオとジュリエットみたいで、ロマンチックな気分。恋人を待っているときって、恋人と会っているときよりすてきな時間なんだ。

キーコ。キーコ。ブランコの夜空にお星さまが回ります。

頭のてっぺんに輝くのは、かんむり座とヘラクレス。うしかい座でいちばん明るい星は――何だっけ。そう、アルクトゥルス。

おうちにもらわれてきたころ、大好きだったおばあちゃんがお庭で教えてくれました。悲しいときは星を見なさいって。自分がどんなにちっぽけで、つまらないことに悩んでいるかがわかるから。

陽介君のおじいちゃん、まかせておけって言ってたけど、だいじょうぶかな。施設の先生がたはみんな知り合いだから、ぼくのおとうさんとおかあさんのことは必ずわかるよって。背すじをシャンと伸ばして歩いて行ったけど。

目をこらせば、うっすらと夏の夜空を流れる天の川。おりひめ星はこと座のべガ。けんぎゅう星はわし座のアルタイルです。

キーコ。キーコ。ブランコの夜空にお星さまがきれい。

ぼくを生んでくれたパパとママにありがとうを言って、ぶじに「めいど」へ帰ったなら、おばあちゃんをさがそう。

おばあちゃんにはどうしても聞きたいことがあるんだ。ぼくのよく知らなかった、地球という星の話。

あっ、陽ちゃんがきた。

おそいよって言うのはよそう。待ってる時間はすてきだったから。

「ごめんね。ごはん食べてたら、おそくなっちゃった。おなかすいたろう、蓮ちゃん」

「ううん。私、なんだかおなかがすかないの」

「えんりょするなよ。おかしとカップラーメンぐらいならあるから。さ、行こう」

陽ちゃんの手はいつも温かい。成城の町で初めて会ったときから、陽ちゃんはずっとぼくの手を握ってくれていた。

そうして手を握ったまま、帰りの電車の中で悲しいことを言った。おとうさんが死んじゃったんだって。悲しすぎて、ぼくはうなずくだけだった。むりに笑いながらそんなことを言う陽ちゃんが、かわいそうでならなかった。

ぼくと陽ちゃんは手をつないで、長い坂道を歩いた。

街灯がつらなる坂道のてっぺんに、おとぎ話のようにかわいらしい家があった。玄関の植えこみに白い花が咲いていた。「めいど」の道に咲いていたのと同じ花だった。

「リビングから玄関が見えちゃうんだ。お庭でちょっと待ってて」

こういう小さな家の構造を、ぼくは知らない。たぶんテレビドラマに出てくるみたいな家で、ごはんを食べながらふり返ると、玄関があるのだろう。

陽ちゃんは玄関から家に入り、ぼくは足音を忍ばせてお庭に回った。小さいけど、きれいなお庭。陽ちゃんのおかあさんもガーデニングが好きなんだな。

あ、いけない。犬だ。

ほえないで。べつにあやしい人じゃないんだから。陽ちゃんのおともだちだよ。

わかったみたい。鼻をならして頭をよせてくる。

星あかりのお庭には、バラがいっぱい。


二階の窓があいて、陽ちゃんがバルコニーから顔をのぞかせた。

非常用の縄ばしごが、スルスルとおりてくる。

「オーケー、のぼっておいで」

と、陽ちゃんはささやく。

すてき。まるでロメオとジュリエット。

ぼくのパパはお仕事に詰まると、いつも大声でシェークスピアを朗読する。身ぶり手ぶりをまじえて、本を読みながら家の中をウロウロと歩きまわる。スランプのときはそうするのが一番なのだそうだ。パパは一日に何度もスランプにおちいるから、ぼくまでシェークスピアを覚えちゃった。

まてよ。これじゃ上と下が逆だな。ロメオがバルコニーにいて、ジュリエットがお庭にいる。ま、いっか。

よいしょっと。ちょっとワンちゃん、下からパンツ見ないで。エッチね。

「もうすこしだよ、がんばって」

陽ちゃんの手がフェンスからのびてきた。ぼくをひきずり上げると、すばやく縄ばしごをたたむ。何だかすごく頼りがいのある男の子って感じ。こいつ、女子にモテるだろうな。

とつぜんリビングの窓があいて、下からおかあさんの声がした。

「なにゴソゴソやってるの、陽ちゃん」

うわ、やば。間いっぱつ。

「ううん、何でもないよ。ルイがキュンキュン鳴くから、ちょっとのぞいてみただけ」

陽ちゃん、おちついてる。たいしたもんだな。

「そう。誰かいるのかしらね」

「いるわけないじゃん。じゃ、お勉強するから」

「がんばってね」

「気がちるからゼッタイ上がってこないでよ」

陽ちゃんはペロリと舌を出して、お部屋に入った。

「ウェルカム。えんりょするなよ」

いちいちキザなんだよな、こいつ。死んだおとうさんは、きっとカッコいい人だったんだろう。

「おじゃましまあす」

サッシを閉め、カーテンを引いて、ぼくはベッドに腰をおろした。何だかドキドキする。体は女の子なんだからしかたないけど。

「陽ちゃん、はじめてじゃないでしょう」

「え、何が？」

「こんなふうに女の子をつれこむこと」

「まさか。はじめてにきまってるじゃん」

う、そ。目がおよいでる。ただのガリ勉かと思ったら、あんがいやるな、こいつ。

ぼくは陽ちゃんの部屋を見渡した。ぼくの部屋みたいにきちんと片付いてはいないけれど、そのかわり夢がいっぱいつまっている。

「あれ、なあに」

本棚の上に古い飛行機や船の模型がたくさん並んでいた。

「ゼロ戦と戦艦大和《やまと》」

「なに、それ」

「おとうさんが子供のころに作ったプラモデルさ。昔の日本は優秀な戦闘機や軍艦を持っていて、アメリカと戦争したんだって。負けちゃったんだけどね」

その話なら聞いたことがある。アメリカどころか、世界中の国を相手に戦争をしたんだって。うそみたい。

「読書家なのね」

「うん。テレビとかゲームとかはあまり好きじゃないんだ」

おっと、趣味が合うぞ。生きているうちに友だちになりたかったな。

「ハリー・ポッター、ぜんぶ読んだ？」

「もちろんさ。けっこうおもしろかったけど、ぼくの好みはトールキンの『指輪物語』だな」

いよいよ趣味が合う。どこかで知り合っていたら、きっと無二の親友になっていただろうな。

「パソコンもできるの？」

「あんまり好きじゃないんだけどね。おじいちゃんとの通信用さ。ちょっと事情があって、おたがい電話が使えないんだ」

「事情って？」

「おじいちゃんはボケたふりをしてるんだよ。そのことを知っているのはぼくだけだから、インターネットでメールのこうかんをしてるんだ」

へんな話だけど、くわしい事情をきくのはよそう。他人に言えない秘密を持っているのは、どこの家でも同じ。

「キミのおとうさんとおかあさんのことがわかったら、連絡がくるからね」

「わかるかなあ……すごくむずかしいことみたいな気がするんだけど」

「だいじょうぶ。ぼくのおじいちゃんは、役所でずっと福祉関係のお仕事をしていたんだ。いわば専門家さ」

これって、偶然かな。それとも「めいど」の人たちが、ぼくらをめぐりあわせてくれたのかな。

「ヤバッ、おかあさんがきた。早くかくれて」

階段を昇ってくる足音。ぼくはあわててベッドの下にもぐりこんだ。

「陽ちゃあん、嶋田さんがケーキ買ってきて下さったわ」

おかあさんが紅茶とケーキを持って入ってきた。どんな人かな。ちょっとのぞいてみよう。

うわ、すごい美人。スーパーモデルだよ。声だってヴァイオリンみたいだ。

「いらない」

陽ちゃんは不愉快そうに言った。

「どうして？　まだおなかがいっぱいなの？」

おかあさんはトレイをテーブルの上に置いて座りこんだ。陽ちゃんはぼくをかばうようにして、ベッドにもたれかかっている。

「ぼく、嶋田さんのこと好きじゃないんだ」

きっぱりと、まるで宣告でもするみたいに陽ちゃんは言った。

「そんなこと言うもんじゃないわ。よくしていただいてるんだから」

「だったら夜は帰ってもらってよ。よそのおじさんが毎晩ぼくの家に泊まってるなんて、へんだよ」

まあまあ、とおかあさんは陽ちゃんの怒りをなだめた。よくわからないけど、フクザツな事情があるみたいだ。聞いてちゃ悪いかな。

「それはねえ、陽ちゃん。女子供の家じゃ何かと物騒だから、おかあさんがお願いしてるのよ」

「うそだ」

と、陽ちゃんは言った。

「日米安保条約みたいなこと言わないで。みんなが信じても、ぼくはだまされないからね」

「な、な、なによ、それ」

こいつ、何を言い出すつもりだろう。ものすごくクレヴァーなやつってことはわかってるけど。

「あのね、おかあさん」

と、陽ちゃんは背筋を伸ばした。いかにも正しいことを言って聞かせるというふうに。美人だけどちょっとアナログな感じのするおかあさんは、明らかにビビッている。すごいね、こいつ。

「外国人に自分の国を守ってもらうっていうのはおかしいよ。たとえどんな理由があっても、どんな歴史があっても。オキナワもヨコタもへんだよ。外国の軍隊の基地がぼくらの国の中にあるなんて、とてもはずかしいことなんだよ。みんながそれでいいって言ったって、ぼくはいやだ。キセイジジツはけっして正義じゃない」

うーむ。こいつはすごい。きっと将来は政治家だな。そうだよ陽ちゃん、その通りだ。キセイジジツが必ずしも正義じゃないんだ。歴史の結果を正義として受け入れていたら、国家も民族もなくなっちゃう。同感です。

「……ったく、もう。おじいちゃんたら、ロクなことを教えなかったのね」

アナログなおかあさんはディベートができないらしい。こういうとき大人は、急に子供を子供あつかいする。

「おじいちゃんのせいにしないで」

いいぞ陽介。子供あつかいに負けるな。

「あのね、おかあさん。どう考えても、おとうさんが死んだあとで嶋田さんに面倒をかけるっていうのは、ぼくらの甘えだと思う。それに、ぼくらの生活が心配だから毎晩泊まりにくるっていう嶋田さんも、常識に欠けていると思う。これって、日米関係そのものだよ。日本とアメリカは世界中の笑いものだけど、おかあさんと嶋田さんはご近所の笑いものです。ちがいますか」

おかあさんはコケシになっちゃった。唇をすぼめて、目は点。小さな顔をバルコニーの夜空に向けて、「あら、お星さまがきれい」だって。

「ごめんなさいね、お勉強のじゃましちゃって。一段落したら下りてらっしゃい」

陽ちゃんの意見を無視して、おかあさんは部屋から出ていった。

「ねえ、陽ちゃん」

ぼくはベッドの下から顔を出して、不機嫌な陽ちゃんに言った。

「美人って、トクよね。どんなにゴタゴタしても、フッと横を向いて『お星さまがきれい』って言えばいいんだから」

嶋田さんという男の人のことをきくのはよそう。陽ちゃんにとっては日米関係と同じくらい重大なことらしいから。

陽ちゃん、へコんじゃった。はげましてあげなくちゃ。

「あんまりおかあさんを困らせちゃダメよ。アナログな大人にディベートをしかけるなんて、弱い者いじめと同じじゃないの。陽ちゃんらしくないよ」

うん、と肯いて陽ちゃんは反省した。クレヴァーなのにすなおな子。

「そうだね。弱い者いじめだとは思わないけど、ちょっと大人げなかったな」

おまけにユーモアのセンスもある。あと四十年。こいつが日本の総理大臣になれば、きっと日米関係もカイゼンされるだろう。

ガンバレ、陽介。ぼくにできることはもう何もないけど、あの世に行ってもしっかり勉強をして、いつか君の力になってあげるからね。おシャカさまにお願いして、きっと君の守護霊になるよ。

「ケーキ、食べろよ。おなかすいてるだろう」

陽ちゃんはおかあさんの置いていったケーキをすすめてくれるけど、おなかはすいているのにどういうわけか食べる気にはなれない。見るだけでウンザリです。

それよりもさっきからぼくのおなかを鳴らしているのは、ほんのりとただよってくるお線香の匂いなんだ。

ぼくはドアを少しあけて深呼吸をした。階段の下から青い煙がたちのぼってくる。おいしい。

「どうしたの、蓮ちゃん」

「おとうさんにお線香あげてるのね」

「うん。嶋田さんはうちにくると、しばらくお骨の前でジッとしてるんだ。お線香をいっぱいあげながらね。悪い人じゃないのはわかるんだけど」

「なんだかモメてるみたいよ」

耳をすませると、陽ちゃんのおかあさんと嶋田さんの声が聞こえた。

（……ともかくきょうは帰ってよ。陽介のいうことはもっともだと思うわ）

（でもねえ、由紀ちゃん。はっきりさせておくのは早いほうがいいんじゃないのか）

（いくら何だって早すぎるわ。話は陽介の気持ちが少し落ちついてからにしてよ）

（それもそうだけど……俺、こんなふうに宙ぶらりんの関係を続けるのが、かえって課長に申しわけないような気がしてさ）

（だったら今までのことのほうが、ずっと申しわけないわよ。あの人、何も知らなかったんだから）

ぼくは聞き耳をたてる陽ちゃんを部屋の中におしもどして、ドアをしめた。くわしいことはよくわからないけれど、チョーヤバい話って感じがする。聞かせないほうがいい。

「嶋田さんはおとうさんの部下でね、おかあさんとも昔からのおともだちなんだ。だからぼくらのことをとても心配してくれてる」

こいつ、だいたいわかってるな。うすうす気付いているから、ぼくに言いわけをするんだ。

「帰るみたいね」

チーンと鉦《かね》を打つ音。帰りぎわにもういちどお線香をあげて手を合わせる嶋田さんという人の姿が目にうかぶ。

やがて階段の下から、やさしい声が聞こえた。

「陽ちゃん。おじさん、きょうは帰るからな」

答えずにそっぽうを向く陽ちゃんの背中を、ぼくはたたいた。お返事ぐらいはしなきゃだめ。

「ごちそうさま。ケーキ、おいしかったよ」

えらい。よく言えたね、陽ちゃん。


ぼくと陽ちゃんは夏の星座を見上げながら、さめた紅茶を飲んだ。バルコニーの敷居によりそって座ると、恋人どうしみたいな気分になる。

恋って、ささげるものだよね。でもぼくは、陽ちゃんに何もあげられない。

「あれが、おとうさんの星」

紅茶をすすりながら、陽ちゃんは夜空を指さした。

「どれ？」

「あかるいだいだい色の星さ」

「アルクトゥルスね。ギリシャ語で、クマの番人っていう意味よ」

陽ちゃんはビックリしてぼくの横顔を見つめた。

「キミ、くわしいんだな」

「おばあちゃんに教えていただいたの。ねえ、どうしてアルクトゥルスがおとうさんの星なの？」

「どうしてって、自分で勝手にきめただけさ」

もしかしたら、アルクトゥルスは「めいど」の星なのかもしれないとぼくは思った。

「地球から三十六光年も遠くにあるのよ」

「ふうん。それじゃあ、おとうさんはまだ着いてないな」

「どうかしらね。科学的にいえばそうなるけど、人間のたましいは科学ではカイメイできてないから」

何が気にさわったのだろう。陽ちゃん、いよいよおちこんじゃった。

「どうしたの？」

「むなしいよ、そんなの。勉強する気がなくなっちゃう」

それはちがうよ、陽ちゃん。たしかにたましいの存在を科学で解明することはできないけど、科学はけっしてむなしいものじゃない。人間はシシュフォスじゃないよ。勝利や征服には何の意味もないんだ。努力することが人間の幸福なんだよ。ぼくは努力のできないたましいになってはじめて、そのことがわかった。がんばれよ、陽ちゃん。キミは努力のできる人間の肉体を持っているんだから。これからのキミの長い人生をかけて、ほこり高いシシュフォスになれよ。

気持ちはうまく伝えられない。ぼくは陽ちゃんの手からティーカップを受けとって、唇をそえた。

「間接キッスね」

にっこりと笑い返して、陽ちゃんはドキリとすることを言った。

「ほんとうのキッス、しようか」

こいつ、照れもせずによく言うよ。おとうさんはさぞかしプレイボーイだったんだろうな。

「ノー・サンキュー」

ぼくはそっけなくことわった。

「どうして？」

「あのねえ、陽ちゃん。ノー・サンキューにどうしてはないでしょう。マナー悪いわよ」

実はとてもフクザツな気分。心は男だけれど、体は女の子だから。陽ちゃんにキスをせがまれて、イヤという女の子はいないと思う。

ぼくは星を見上げて、話をもとにもどした。

「陽ちゃんは、おとうさんのこと好きだったのね」

「うん。大好きだったよ」

「どんな人だったの」

「強くて、やさしくて、ユーモアがあって」

「ハンサムだったでしょう」

「ぜんぜん。ぼくはおかあさんに似たんだ。おとうさんは、ハゲでデブだった」

「サイテー」

「あのね、蓮ちゃん――」

ふと陽ちゃんは、何かを言いかけて唇をかんだ。

「ぼくの家のヒミツを、きいてくれる？」

「おじいちゃんがウソをついてるってことじゃないの？」

「ちがう。もっととんでもないヒミツさ」

いったい何を言い出すつもりだろう。でも、ぼくを親友だと思ってヒミツをうちあけてくれるのはうれしい。

「なあに。話していいわよ。誰にも言わないって約束するから」

うん、と強くうなずいてから、いきなり陽ちゃんが口にした言葉に、ぼくは耳をうたがった。

「あのね、ぼくはおとうさんの子じゃないんだ。たぶん。おかあさんと嶋田さんはずっとふりんをしていた」

「なによ、それ……」

「子供って、知らん顔をしててもわかってるんだよね。キミだって、おとうさんやおかあさんにそういう顔をしたことあるだろう」

ある。あるどころか、ずうっと知らん顔。施設からもらわれてきたなんて、何もおぼえていないってことにしていた。ほんとは、ぜんぶおぼえていたんだけど。

「それって、マナーよ」

「うん。そうだよね。だからぼくも知らん顔をしていたんだ」

「おとうさんに言いつけなかったの？」

陽ちゃんは静かに顎をふった。

「おとうさんを悲しませたくなかったんだ」

つらい告白だった。ぼくは悲しみにふるえる陽ちゃんの肩をだきよせた。

「それで？」

「あのね、あるとき鏡を見ていて気がついたんだよ。ぼくの顔は、おとうさんにもおじいちゃんにも似てない。嶋田さんに似ていた」

「気のせいよ」

「そうじゃないよ。ぼくのほんとうのおとうさんは、あいつなんだ」

「血液型は？」

「たぶん、あいつとおとうさんが同じなんだと思う。だからバレなかった。それに、おとうさんはものすごく単純な性格でね、物ごとを深く考えようとはしないんだ。でも、おじいちゃんは気がついていたな」

エッとぼくは大声をあげ、あわてて唇をふさいだ。さいわいお庭はまっくらだった。おかあさんは寝てしまったらしい。

「わかったわ。それでボケたふり」

「ずるいよな、おじいちゃん。まるで病気だとかいって罪をまぬがれるみたいだ」

「どうしようもなかったのよ、きっと」

ぼくはふと、ついさきほどの陽ちゃんの主張を思い出した。キセイジジツは必ずしも正義ではない。あれはきっと、おかあさんに対するものすごいイヤミだったんだ。

「たしかに、何も知らないおとうさんの立場と、何も知らないはずのぼくの立場を考えれば、現状に波風をたてちゃならない。それはわかるよ。おじいちゃんの親心だと思う。せいいっぱいのね。でも、ボケたふりをして逃げ出すっていうのはひきょうだよ。そうは思わないか」

ぼくには何となく、おじいちゃんの気持ちがわかった。戦場にとり残された陽ちゃんは気の毒だけれど、おじいちゃんは耐えられなかったのだと思う。

「キンキュウヒナンだわよ、きっと」

「何だよ、それ。むずかしい言葉は使わないで」

「つまりね、そうでもしなけりゃほんとにボケちゃうから。おじいちゃんはストレスに耐えきれなかったんだわ。けっしてひきょうものじゃない」

おじいちゃんの弁護が、陽ちゃんを追いつめてしまったことにぼくは気づいた。

こいつは家族を愛しているんだ。だのに愛する人々は、みんなしてこいつを置きざりにした。

陽ちゃんは声を殺して泣いた。

「泣かないで、陽ちゃん。私まで悲しくなっちゃう。そうだ、メールをチェックしてみようよ」

陽ちゃんは目覚まし時計の数字をちらりと見て、ぬれたまぶたをぬぐった。

「うん、そうしよう」

こいつって、男だよね。いつまでもメソメソしない。そっとサッシをしめると、ぼくを机の前に座らせた。頬を合わせるようにしてパソコンを覗きこむ。

「いいかい」

ドキドキ。陽ちゃんのほっぺたの肌ざわりに体はドキドキ。メールチェックに心はドキドキ。

「おじいちゃんは毎晩この時間になるとメールをくれるんだよ。看護婦さんの巡回がおわってから」

「じらさないで」

「あ、ごめん」

ぼくの肩をしっかりと抱きよせて、陽ちゃんはメールをあけた。

七年間のみじかい人生のふたが開く。

〈こんばんは、陽ちゃん。

ガールフレンドは無事に到着したかな。ちょっと心配だけれど、いちおううまく行っ

たという前提のもとにメールを送ります。〉

ぼくと陽ちゃんはパソコンに向かって、同時にVサインを出した。

〈さて、そこで本題。

蓮子ちゃんの言っていた施設は、成城の町からそれほど遠くない南多摩愛育園というところです。おじいちゃんが役所勤めをしていたころ、その区域の担当をしていたので、蓮子ちゃんの記憶だけですぐにピンときました。何だか神様がお引きあわせをして下すったような、妙な気分です。

それほど昔の話ではないので、園長さんも先生がたも、おじいちゃんの知り合いばかりでした。〉

「よかったね、蓮ちゃん」

陽ちゃんはよろこんでくれたけれど、ぼくは笑えなかった。

たいへんなミステイク。どうしてこんなかんたんなミスに、今まで気付かなかったのだろう。

ぼくの本名は根岸雄太。でもおじいちゃんにおしえた名前は根本蓮子。これじゃわかりっこない。

〈しかし、話がちょっと妙なのです。この施設に蓮子ちゃんなる子供がいたという記録がない。事情をありのままに説明しても、先生がたは首をかしげるばかりでした。〉

「どうなってんだよ、蓮ちゃん。何か記憶ちがいをしてるんじゃないのか」

ぼくは答えることができなかった。とんだミステイクです。でも、本当の名前は言えっこない。根岸雄太はトラックにひかれて死んじゃったんだから。

おじいちゃんのメールはつづく。

〈蓮子ちゃんの記憶がたしかだとすれば、ほかに思い当たる施設はありません。子供がそんな悪い冗談を言って大人をからかうはずもないし、おじいちゃんと先生がたはしばらくの間、この謎について考えました。

すると、ひとりの先生があることを思い出したのです。四年前の春に、成城のお金持ちの家に養子にいった子供がいた。ただしその子供は男の子で、名前もちがいます。

そのことについては園長先生やほかの先生がたも頭にはあったようで、いっそう深まる謎について考えこんでしまいました。

とりあえずその男の子――根岸雄太君の資料のコピーはいただいてきましたけど。

蓮子ちゃん、そこにいますか？〉

はい、とぼくは思わず声を出した。

ウソがこんなにつらいものだとは知らなかった。ぼくのウソを信じて、みんなが悩んでいる。

首をかしげるひとりひとりの顔を、ぼくははっきりと思い出した。

丸いメガネをかけた園長先生。やさしい先生がた。夜間高校に通っているおにいさんやおねえさん。ボランティアのおばさん。みんなでぼくのウソを考えこんでいる。

おじいちゃんのメールを読むのが、ぼくはつらくてならなかった。

〈ねえ、蓮子ちゃん。

君は何か嘘をついていませんか。君の記憶と根岸雄太君の存在は、あまりにも符合しすぎるのです。

園長先生に悲しいことをうかがいました。根岸雄太君は、交通事故で亡くなられたそうですね。もしかして君は、その雄太君の友だちではないのですか。生前彼が気にかけていたことを、彼にかわってしようとしているのではないのですか。彼のかわりに、本当のおとうさんとおかあさんに会って、ごめんなさいとありがとうを、言おうとしているのではないのですか。ちがいますか?

どうかおじいちゃんと陽介にだけは、ほんとうのことを教えて下さい。けっして悪いようにはしません。おじいちゃんは長い間ずっと弱い人の味方でした。八十年も生きて、おじいちゃんのしたことといえば、それだけです。これが最後のおつとめだと思って、必ず君の力になりますから。

どうかどうか、おじいちゃんを信じて下さい。〉

ぼくは陽ちゃんの胸にすがって泣いた。

本当のパパやママに捨てられたことは悲しくない。死んじゃったことだって、それほど悲しくはない。でも、ウソをついてみんなを困らせていることが、悲しくてならなかった。

「ほんとのこと言ってよ、蓮ちゃん。ぼくもキミの力になりたいんだ」

陽ちゃんはぼくを抱きしめながら、セツジツな声で言った。

つらいよ、陽ちゃん。ぼくは今はじめてわかった。人間にとっていちばんつらいことは、善意にそむくことだったんだ。

ほんとうのことを言おうとぼくは思った。めいどの掟をやぶっちゃうけど、しかたない。

「アレ、けいたいが鳴ってる」

陽ちゃんに言われて、ぼくは泣きながら黒いカバンを引きよせた。

☆のボタンを押すと、マヤさんのあわてた声が耳にとびこんできた。

「もしもし、蓮ちゃん。ダメよダメ、ダメ。正体を口にしたらこわいことになるのよ。おちついて、いちど深呼吸をしなさい」

「ごめんね、マヤさん」

ぼくは窓辺ににじりよって、夏の星座を見上げながらマヤさんにわびた。めいどにはきっと大きな望遠鏡があって、地球の上のぼくの姿が見えるのだろう。

「わかったわね、蓮ちゃん。もうそれ以上、深入りしちゃだめよ」

「そうじゃないの。ごめんね、マヤさん」

「……ど、どういう意味？」

「こわいことになってもいいです。ぼくはほんとうのパパとママに、ありがとうとごめんなさいを言わなくちゃならない。どうしても。それに、みんなのぜんいをうらぎるくらいなら、こわいことになったほうがいいです」

「やめて！」

「ごめんね、マヤさん……」

ぼくはけいたいの電源を切った。これでいい。ぼくの決心は、まちがっていないと思う。

それからぼくは、大好きな陽ちゃんにすべてをうちあけた。

ほんとうの名前は根岸雄太で、四日前に車にひかれて死んだということ。めいどの再審査をうけて、蓮子という女の子の姿でこの世にもどってきたこと。正体を明かせば「こわいこと」になるのだけれど、陽ちゃんやおじいちゃんに、これ以上ウソをつくことはできない、と。

陽ちゃんはぼくの話を信じてくれた。聞きながらまっさおになったのは、こわくなったからじゃない。陽ちゃんはおこったのだ。

「ばかっ!」

陽ちゃんはいきなり、ぼくのほっぺたを平手でたたいた。そしてブラウスのえりをつかんで、ぼくをゆすりたてた。

「なんでしゃべっちゃったんだ。もうあきらめて、あっちに帰ればよかったのに」

「できないよ、そんなこと……」

「ばかっ、ばかっ、おまえ、こわいことって何だかわかってるのか。きっと地獄におちるんだぞ。血の池にしずめられて、針の山をはだしで登らなきゃならないんだぞ」

じごく。それはわかっている。でも、地獄に落ちたって、もうウソをつくのはいやだ。パパとママに、ごめんねとありがとうを言わずに極楽に行くのは、地獄に落ちるよりつらい。善意にそむいて極楽に行くくらいなら、ぼくはすすんで地獄に落ちる。

陽ちゃんはいっしょに泣いてくれた。

「おまえって、いいやつだな」

泣きながら陽ちゃんは言った。

「もし死なずに大人になれたなら、ぼくら二人で世の中を変えられただろうな。きっと、すばらしい日本をつくったよ」

「できたかな、そんなこと」

「できたさ。科学者か政治家か芸術家か、何になるのかはわからないけど、きっとぼくたちはすばらしい世界をつくった」

「むずかしいよ、そんなの」

「かんたんさ。ウソをつかなけりゃいいんだから」

お星さまがきれい。

この星座のどこかに、「めいど」があるのかな。ベガ。アルタイル。デネブ。アンタレス。どれだろう。

「おじいちゃん、信じてくれるかな」

陽ちゃんは瞳をキラキラとかがやかせて答えた。

「信じてくれるよ。ウソは何もないんだから」

三十六光年のかなたのアルクトゥルスに向かって、ぼくは祈った。

胸の炎

真夜中の青山通りを、椿はあてどなく歩いた。

恋人たちを乗せた車のテールランプが、悲しみを嗤《あざわら》うように過ぎていく。

夜が明ければ、残された時間は二日間。それは持て余すほど長いようにも思えたし、また何ひとつできないほど短い時間にも思えた。

やらねばならないことはたくさんある。でも、できることは何もない。

マンションのベランダから、「バイバイ」と声を出さずに口だけで言って手を振った、佐伯知子の笑顔が瞼に灼《や》きついていた。「邪淫の罪」という言葉が、濡れた皮衣のように被いかぶさってきた。

冥土の審判は正しかった。教官の声が耳に甦る。

(邪淫の罪を適用される関係とは、べつだん不倫とか異常な性行為とか金銭による肉体の売買とか、そういうものではないのです。邪淫の結果、どのくらい相手を傷つけたか。

おのれの欲望を満たす目的で、相手の真心を利用した罪、これが邪淫の定義なのです）

もはや唱えるべき異議は何もなかった。自分は佐伯知子を傷つけた。真心を踏みにじった。気付いていなかったわけではないと思う。内心は知子の希いを百も承知で、そのおおらかな胸に甘えていた。そんなはずはないのだとおのれに言いきかせながら、知子の幸せを奪いつくした。

これが罪でないのなら、世の中に悪人などひとりもいないだろう。審判は公正だったのだ。

湿った舗道に影を踏んで歩きながら、椿は自分がなすべきことについて考えた。たった二日間でなしとげられるたしかなこと。ボタンを押して罪を免れるのではなく、たとえわずかでも罪をすすぎたかった。

しかしどう思いめぐらせても、知子に対して自分がなしうることはなかった。つまりそれくらい、佐伯知子は完全に生きていたのだった。

あの人にはかなわない、と椿は思った。

（いい、ツバキさん。この世に百の恋愛があるとする。でも、そのうちの九十九は偽物よ。なぜかって、自分のための恋愛だから。私は、百のうちにひとつしかない本物の恋をしていた。それは、すべてを愛する人に捧げつくせる恋愛です。あの人のためなら命もいらない。お金も、誇りも、私自身の恋する心すらもいらない）

人さし指を椿の目の前に力強くつき出して知子はそう言った。そして、「ありがとう」と笑った。それはまるで、一言を風に托《たく》して草原を駆け去る馬上の人しか持たぬような、潔い笑顔だった。

椿は行き昏れた子供のように路上に佇み、黒い鞄の中から携帯電話機を取り出した。☆のボタンを押す。長い発信音のあとで、マヤのあわただしい声がはね返ってきた。

「もしもし、なによっ！　こっちはいま大変なんだから、急用じゃなかったら後にして」

冥土が大変、というのはものすごく大変な気がして、椿はうろたえた。

「ど、どうしたんですか。もしや宗教戦争でも」

「思いつきでつまらないことは言わないで。特別逆送措置法の違反者が出たのよ。もう、サイッテー！　私の管理能力が問われる。きっと始末書じゃすまないわ。リストラよー！　目の前まっくらよー！」

「落ちついて、マヤさん。あなたも役人なら、自分のことばかり考えないで」

「そ、そ、そうね。あなたには関係のないことだわ。で、ご用件は？」

さすがはエキスパートである。マヤは別人のように声を改めた。

「あの、私――まちがってました。冥土の審判にあやまりはありません」

よおし、とでもいうふうにマヤは息をついた。

「そう。よかったわね、昭光道成居士《しょうこうどうせいこじ》さん。もしかしたらあなたのおかげで、私も首がつながるかもしれないわ。特別逆送措置者の改心は、けっこうポイントが高いのよ。

さ、帰ってらっしゃい」

「待って」

電話機を持ちかえて、椿は懇願した。

「やらなければならないことが、まだあるんです」

マヤの不安が、どんよりと伝わってきた。

「なによ……危なっかしいことはしないでね」

「家族の——私の家族の今後のことなんだけど」

「あのねえ」と、マヤはうんざりした声で言った。

「あなたのプライバシーに関して、どうこう言いたくはないわよ。でもね、それってどうしようもないじゃないの。あなたの家族っていうのはそもそもグッチャグチャなんだから。なるようにしかならないわよ」

ひどい言い方。でも、このままほうっておくわけにはいかない。

椿は佐伯知子の言葉を胸に括《くく》った。

知子には、もう何もしてあげられない。でも大切なことを教えてもらった。愛する人々に、すべてを捧げつくさなければ。

恨みも憎しみもすべて愛する心にくるみこんで、背筋を伸ばし、にっこりと笑って言わなければ。

「ありがとうございます」って。

希《のぞ》むものは、愛する人々の幸せ。死者にできることなどたかが知れているけれど、人の世に残した思いのすべてをこめ、このか弱い仮の肉体の力のすべてをふりしぼって、できるかぎりの幸せを置いていこう。

椿は夏の夜空を仰ぎ見た。

「信じて下さい、マヤさん。私、けっして復讐なんかしません。時間も必ず守ります。正体を悟られるようなこともしません。だから、私を帰さないで」

少し考える間を置いてから、マヤは溜息まじりに呟いた。

「さっきはひどい言い方をしてごめんなさい。だって、あなたがかわいそうすぎるんだもの。何も知らずに汗水流して働いて、あげくのはてにポックリ死んで、めでたしめでたしだなんて。ねえ、昭光道成居士さん。私は今、あなたのしようとしていることが何もわからないの。心も読めないのよ」

自分にいったい何ができるのかはわからない。二日間の間になすべきことも、何ひとつ考えついてはいない。だからこそ冥土の係員にも心が読めないのだろう。それは、佐伯知子が死者の冷たい胸に点じてくれた、勇気の火だった。

胸に燃えさかる得体の知れぬ炎が、少しずつ形を整えてきた。

「私は、今でも由紀を愛しているんです。陽介を愛しているんです。死ぬほど愛して、ほんとうに死んでしまって、体が灰になっても愛する心は変わらないんです」

「由紀さんはあなたを愛してないわ。陽介君はあなたの子供じゃない」

「いいんです。それでいいんです。私は愛してほしいとは思わない。自分の血が、それほど尊いものだとも思わない。心から愛する人たちに、幸せになってもらいたいの」

自分の血が、と口にしたとき、椿は胸の炎を支えているもうひとつの勇気に思いあたった。

父は、すべての人々を愛していたのだと思った。

「いま、あなたの心が読めました。がんばってね」

一言を残して、冥土からの電話は切れた。


疲れ果てて新宿のホテルに戻ったのは、東の空が白み始める時刻だった。

ルームキーを受け取るとき、私事にかまけて忘れていた武田勇のことを思い出して、椿は寝呆け顔のフロントマンに訊ねた。

「お部屋はキープしたままですが、お戻りになってらっしゃらないようです」

どうやら忙しいのはおたがいさまらしい。半世紀ちかくも懸命に生きたあげくにポックリ死んで、思い残したことをたった三日間で片付けるというのだから、忙しいに決まっている。

むしろホテルに帰るなど時間の空費である。しかし生身の肉体は、タクシーに乗ったとたん気を失うほど疲れ切っていた。

もしや——と、エレベーターに乗ったとたん椿は、マヤのあわてぶりを思い出して慄《りつ》

なかろうか。

現世特別逆送措置法の違反者が出た、とマヤは言っていた。それは武田勇のことでは
然《ぜん》とした。

冥土での再審査はいかにも「特別」という感じで、逆送者がそうそういるとは思えない。しかも武田は大学教授か弁護士のようなみてくれをしていてもその正体は極道である。人ちがいで殺された無念を晴らしてしまいそうな気がする。

他人の事情など気遣っている場合ではないのだが、昨夜の長い接吻を唇が覚えていた。

「ったくもう。心配させないでよ」

フロアの廊下を歩きながら独りごち、「よみがえりキット」の黒い鞄を探る。同じキットを持たされているのだから、相互の連絡はとれるだろうと思った。

ゲストルームに入り、明けそめる窓辺で携帯電話機を握る。まさか「104」ではわかるまい。登録番号を検索すると、あっけなく「義正院勇武侠道居士《ぎせいいんゆうぶきょうどうこじ》」なる戒名がディスプレイに出現した。

ボタンを押すと、呼び出し音が長く続いた。

この広い都会のどこかで、あの人は禁忌を破ってしまったのだろうか。すでに冥土へと連れ戻され、「こわいこと」になっているのかもしれない。

あきらめかけたころ、落ちつき払った武田のバリトンが耳に躍りこんだ。

「もしもし。何ですかこんな時間に」

ほっと胸を撫でおろして、椿は答えた。

「マヤさんじゃないわ。椿です」

少し考えるふうをしてから、武田は「やあ」と懐かしげに言った。

「昭光道成居士さんか。首尾はどうだね」

武田の口ぶりからは、さほど深刻な事態は感じられなかった。

「あなた、まさか掟破りはしてないでしょうね」

武田は落ちつき払っている。

「ご心配なく。そちらこそ無理はしてないだろうね」

椿は手短に、違反者が出たらしい旨を伝えた。

「ということは、私たちのほかに逆送されている人がいるってことね」

そう口にしたとたん、ある懸念が胸をよぎった。あの少年――蓮空雄心童子《れんくうゆうしんどうじ》も逆送されているのではなかろうか。

「蓮ちゃん？」

椿の口から出た名前をしばらく考えてから、武田は笑った。

「あの子供かね。現世に戻りたいと駄々をこねてただけだろう。まさか冥土の審査官が、そんな願いを聞き届けはしないさ」

制限時間の厳守。復讐の禁止。正体の秘匿。そうした制約が思いのほか難しいのは、椿も身を以て体験した。もしあの子供が逆送されているとしたら、守れるはずはないと思う。

「いや、待てよ――」

と、武田は思い直すように沈黙した。

「なによ。こわいこと言わないで」

明晰な学者の口調で、武田は疑念を語った。

「子供だから、というのは現世の論理ではないのかな。今の豊かな世の中は、必要以上に子供を子供あつかいしている。人間の精神年齢が昔に比べてずっと幼いのは、つまり社会全体が子供に対して過保護だからだろう。僕らが子供のころには、そういうあつかいをされるのはよほどいい家のお坊ちゃまやお嬢ちゃまだけだったと思う。だとすると――」

武田の言うことには説得力があった。社会から過分の保護をされていなかった昔の子供らは、自由でたくましかった。もし現代の社会が子供に対して過保護であり、その結果として人間の精神的成長がさまたげられているのだとしたら、子供を子供あつかいせぬ昔の世の中のほうが健全だったということになる。

「そうだ。だとすると、審査官たちは蓮空雄心童子の希望を客観的に判断して、逆送を許可したのかもしれない。わかるかね、椿さん。冥土はピュアでプリミティヴな世界なんだ。物質的な豊かさなどには侵されていないんだ。だから子供に対して特別あつかいはしないんじゃないか」

「わかったわ、調べてみる」

椿は携帯電話機の登録番号を検索した。少年の戒名が、たちまちディスプレイに表示された。

蓮空雄心童子は現世に逆送されている。姿を変え、椿や武田と同じ黒い鞄を持たされて、この大都会のどこかにいる。

少年の電話番号をコールして、椿は夜明けの街を見おろした。耳に入ったものは、冷ややかな案内の音声だった。

〈おかけになった電話は、電波の届かない場所にあるか電源が入っていないため――〉

ああ、と溜息をついて、椿は電話機を放り出した。化け物のような疲労感がおしかぶさって、靴も脱がずベッドに倒れこんだ。

うっすらと霞《かすみ》のかかった地平に朝日が昇る。濡れた睫毛《まつげ》を透かして耀《かがよ》う朱の光が、幸福な記憶を椿のうちに喚び覚ました。

ワイキキのホテルのバルコニーから、新妻とあかず眺めた夕日。夢と希望に満ちた、人生で最高のひとときだった。

正直のところ由紀ほどの若く美しい女性が、自分のプロポーズに応えてくれるとは思ってもいなかった。いわゆる「ダメモト」の告白だった。

何につけても「ダメでもともと」という積極性は自分の本領だったのだが、それにしてもこのプロポーズばかりは、「絶対ダメ。でもダメでもともと」というレベルであったと思う。

ワイキキは遠い昔に造成された人工のビーチだという。ホテルのバルコニーから見おろすと、遠浅の海は珊瑚礁《さんごしょう》に囲まれていた。ときおりそのリーフに、大きな海亀が顔を出した。

（ほら、あなた。あそこよ、あそこ）

由紀の白い指が亀の姿を追う。ダイヤモンドヘッドを背景にして夕日に彩られた由紀の横顔は、神とも見紛《みまご》うほど美しかった。この女から生涯「あなた」と呼ばれる光栄に胸が震えた。

しかし、あのときの妻はそれほど幸福ではなかったのだろう。

ままならぬ恋に身を灼き、疲れ果てた妻はささやかだが確実な幸福と握手をした。人生に妥協したのだ。

（ほら、あなた。あっちにも）

由紀の声が甦る。あの日からずっと、人生に妥協してしまった自分自身と、妻は闘い続けていたにちがいなかった。

妻の背信を呪わぬ自分がふしぎだった。むしろその心の闇に気付くことのなかった自分が呪わしかった。

手にした幸福に安堵《あんど》し、その幸福を授けてくれた人も自分と同様に幸福なはずだと思いこんでいた。まるで子供だ。

深い眠りから目覚めたのは、貴重な一日が昏れなずむ時刻だった。

働き者のルームメイクが「起こさないで下さい」の札を無視してドアをノックしなければ、たぶんあと一日は目覚めることなく、へたすりゃそのまま永遠の眠りについたかもしれなかった。

どうやらこの仮の肉体は、それほどタフではないらしい。血圧も低めなのだろうか、目が覚めてからも自由に動かぬ筋肉がもどかしい。

「サイテー……」

まさに生涯最低の惰眠であった。

生前の肉体はきわめて寝起きがよかった。どんなに深酒をした翌朝でも、妻の一声でガバとはね起き、ものの五分で出仕度を整えることができた。

眠い。まるで鉄の鎧《よろい》でも着せられたかのように、体が重かった。

ズルリとベッドから滑りおり、四つん這いでバスルームに向かう。熱いシャワーを頭から浴びながら、少しずつ体が目覚めるのを待った。

残された時間は、正味あと一日ということになる。この惰眠はたしかに痛手だったが、よく考えてみれば時間があるから何ができるというわけでもあるまい。

生前しばしば部下たちに与えた朝礼の訓辞が思い出された。

（いいか、時間というのはな、あると思えばある、ないと思えばないんだ。自分の仕事の至らなさを時間のせいにするな。午前十時になれば、準備ができていようがいまいが店のシャッターは開く。お客様は売場の都合を待ってはくれない。許された時間で常に同じ結果を出すのがプロだ）

　今さらながら思う。至言である。

　しかし部下の女子店員の中には、いつもいくつかの目覚めきらぬ顔があった。化粧のりの悪い死人のような顔で、あくびのような生返事をしていたものだ。

（どうした、ゆうべ飲みすぎたか）

などと気合を入れると、女子店員たちはいっせいに非難がましい目を自分に向けた。

「そうよねえ……男と女はちがうのよ」

独りごちながら湯の滴る足元を見つめ、椿はワッと声をあげた。体が汚れているはずはないのに、バスタブが薄赤く染まっていた。

「ウッソー！」

裸のままバスルームから走り出て、携帯電話機を握り、☆のボタンを押す。マヤの声を待つのももどかしく、椿は怒鳴った。

「どういうことよ、これって生理じゃない！」

　一瞬、キョトンと間を置いたあとで、マヤはけたたましく笑った。

「笑いごとじゃないわよ。どうも眠いと思ったら、こういうことだったのね。ああやだ、サイテーのサイッテー！」

おかしくてたまらぬ、というふうにマヤは笑い続ける。

「クックッ……ごめんなさいね。そう言われても、こればかりはねえ。なにしろ生身の女なんだから。クッ、クッ、ああおかしい」

「ど、どうすんのよ。どうすればいいのよ」

「少しは女性の悩みがおわかり？」

「わかった。ハイ、わかりました。だからァ、どうすればいいのか教えて。お願い」

「あなたの心細い気持ちはとてもよくわかります。ああ、思い出すわァ。あれはたしか小学校六年生の秋……」

「あんたのことなんか聞いてないわよ。どうすればいいの」

「病気じゃないから安心してね、って保健室の先生が」

「怒るわよ」

「実は私も今、生理中」

「だからァ、あんたのことなんて聞いてないわよ。ワー、大変。どうしよう」

「お悩みなさァい。解決方法はただひとつ、必要なものはすべて鞄の中に入っています。じゃあね」

「ま、待って……」

電話は非情に切れた。リライフ・サービス・センターの机に俯して笑い転げるマヤの姿が目にうかぶ。

椿は泣きたい気持ちを励ましながら、「よみがえりキット」の底を探った。必要なものは何でも出てくる便利な鞄である。

まったくここだけの話ではあるが、実は生前ひそかに生理用品を使用したことがあった。べつに異常嗜好《しこう》ではない。まったくここだけの話ではあるが、持病の切れ痔《じ》が悪化したとき、妻に勧められたのだ。

(あのね、あなた。情けないとか、男子の沽券《こけん》にかかわるとか、そういうのはわからないでもないけど、パンツを洗う私の身にもなってね)

男の矜持《きょうじ》をかなぐりすてて勧めに応じたのは、けっしてパンツのためではなく、妻を愛していたからだった。

体を洗い、切れ痔ではない本来の用途に従って手当てをおえたとき、椿は目がしらを被って泣いた。

由紀を愛する心には、何の変わりもなかった。

謎と真実

夫の唸り声に、静子はベッドからはね起きた。

「あんた、しっかりして。目を覚まして」

青々と背を被う彫り物にも、びっしりと玉の汗が浮いている。夫がうなされるのは毎夜のことだった。

ワアッと叫び声をあげて夫は身を起こした。

「大丈夫よ。お水を持ってくるから、起きててね」

裸のまま静子は台所に立った。いつも同じことを考える。この人はなぜヤクザになんかなったんだろう。年上の自分がついていながら、どうしてヤクザにしてしまったのだろう。

「ああ……またイサ兄ィの夢を見ちまった」

膝を抱えて蹲る夫の姿は、暴走族の時分とどこも変わってはいない。あのころの仲間はみんなカタギの道を歩んでいるだろうに、気が小さくて喧嘩もろくにできなかったこの人だけが、なぜヤクザになったのだろうと思う。

それにしたところで、足を洗うチャンスは何度もあった。人の好《よ》さが災いして、何となく逃げ遅れる感じでこの世界にどっぷりと浸ってしまった。

新宿の市川組といえば、数えきれぬ組織が鎬《しのぎ》を削る歌舞伎町でも、三本の指に数えられるらしい。だが静子には、その現実が目覚めきれぬ悪夢のように思えてならなかった。

「はい、お水」

夫は滴る汗を拭おうともせずに震えている。

「なあ、静子――」

「はい、なあに。何でも言ったァんさい」

濡れた肩を抱き寄せて、静子は夫の頭を撫でた。どうしてこの人は、自分の器に合わぬ人生を歩むはめになってしまったのだろう。夜ごと夢にうなされ、骨が鳴るほどに身を震わせねばならない日々を、なぜ送らねばならないのだろう。

「やっぱり、イサ兄ィは俺が殺しちまったんだな。だから毎晩、化けて出るんだ」

「ちがうよ、あんた」

何を言っても慰めにはなるまい。手ちがいだのまちがいだのといっても、ヒットマンを雇ったのは夫なのだ。

「銀座の繁田はひどいやつだよ。兄弟分のあんたにまで高利の金を貸しこんで、がんじがらめにするなんて」

銀行員のような繁田のカタギ面を思いうかべて、静子は唇を噛んだ。

夫の仕事のすべてを知っているわけではないが、心配事は聞かされている。おたがいこれといった秘密もなく、むろん背信もない。冷ややかなカタギの夫婦よりも、よほど信じ合っていると思う。

繁田を消すためにヒットマンを雇ったことは、知らされていなかった。人ちがいで武田が殺されたとき、夫は涙ながらに告白したのだった。

イサ兄ィを殺しちまった、と。

それでも静子は夫を責めなかった。若いころからあれこれと世話をやいてくれた武田勇は、二人にとってかけがえのない恩人ではあったが、けっして夫のあやまちではないと思った。銀座の繁田は殺されても仕方のないほど、夫を苦しめていたのだった。

「あんたのせいじゃないよ。いつまでも気に病んでちゃダメ」

「いや。どこの馬の骨だかもわからねえような殺し屋を、雇った俺が悪かったんだ。中国マフィアの陳《ちん》さんの紹介だったし、なにせ広島代理戦争の生き残りだっていうから。俺ァ、ブランドに弱《よえ》えんだ」

夫はブランドに弱いというほど贅沢なヤクザではない。車は二年落ちのマジェスタだし、マンションは十年も住んでいる大久保の２ＤＫだし、時計に至ってはいくらか見ばえのするデザインのスウォッチだった。銀座のエルメスが開店したときは変装して行列に並んだが、キーホルダーひとつを買うのに三十分も迷っていた。

この人は押し出されてしまったのだ。有能な兄弟分たちがみな足を洗い、あるいは暴対法の嵐の中で懲役に行き、ほとんど消去法で歌舞伎町の縄張りを仕切ることになった。べつだんこれといった取り柄もないかわりに、なすべき仕事はソツなくやる。サラリーマン社会と同様、この手の男は自然に出世する。ただ、サラリーマンではなくヤクザだったということが、夫の悲劇なのだった。

繁田の甘言に乗って、何軒かの風俗店を開いたのがいけなかった。過当競争のうえにそもそも経営者としての才覚がないから、借金はたちまちこげついた。繁田は夫の器を見越したうえで、嵌めたのだった。

夫が繁田を消そうとしたのは、仕方がないどころか当然の決断だったと思う。しかしこともあろうに、ヒットマンが的をまちがえた。

「すまねえな、静子。おめえには苦労ばっかかけ通しで」

「なに言ってんの」

夫の背を拭い、毛布にくるむ。古いマンションの窓からは新都心の摩天楼が望まれた。

「おっきなホタルみたいね。ほら」

息づくように点滅する赤い光を指さして、静子は言った。

「緑色だったらいいのにな。赤くちゃホタルじゃねえよ」

ホタルの光は緑色だったかなと静子は記憶をたどった。

田舎の暴走族だったころ、夫と二人で畦道《あぜみち》にホタルを追ったことがあった。

「そうよ。緑色だったわ」

掌《て》におさめたホタルを見入っているうちに、初めてくちづけをした。シャコタンのグロリアに乗って東京へと逃げたのは、族の先輩に二人の関係が露見したからだった。二歳も年上の女に手を出したとあっては、ヤキを入れられても仕方がなかった。

「イサ兄ィがいなけりゃ、俺たちはどうなってたかわからねえ」

「でも、武田さんに会わなかったら、ちゃんとカタギの人生を送ってたかもしれないよ」

慰めにはなるまいと思いながら、静子は言った。

夫はあれからの二十年を悔いているにちがいない。何も思い出してほしくはなかった。

「やっちゃならねえことも、やっちまったな」

「やめて」

静子は夫の悔悟を阻んだ。どんなに人生を悔いても、それだけは口にしてほしくなかった。

「ごめんな、静子」

二人の間に子供さえいれば、きっとどこかで稼業に見切りをつけていただろう。ともに四十を過ぎて、このさき子を授かる望みは持てなかった。

「やめて。あんたらしくないよ」

禁忌を口にした夫は、声を殺して泣いた。静子は夫の肩を抱きしめて背筋を伸ばした。この人と一緒に嘆いてはいけない。たとえその悔悟が、私への溢れる愛であったとしても。

「後悔しちゃだめ。きっと幸せになってるわ」

夫は静子の腕を摑んで、絞るように言った。

「俺ァ、ガキを捨てちまった。おめえの腹を痛めたガキを、捨てちまったんだ」

やがて夫は、静子の腕の中で安らかな寝息をたて始めた。こうして身も心も委ねる場所があるだけ、この人のほうが幸せだと静子は思う。

闇の中で目をとじると、たちまち睡気が襲ってきた。七年前の夏の日から、静子は夢を喪った。あの日を境に、見る夢はいまわしい記憶の再現になってしまった。眠りに落ちればまるでビデオテープを再生するほど正確に、あの夏の日の記憶が甦るのだ。

蟬《せみ》の声がうとましかった。施設の応接室に入ってからもなお、保護司は静子の翻意を促していた。腕の中にはまだ乳離れもせぬ赤ん坊が眠っていた。

（あのね、子育てなんて何とかなるものよ。私なんて、畑仕事をしながら四人も育てたんだから）

無責任な言い方だと静子は思った。家があり、親がおり、亭主が監獄に入っていないのならば、私にだって子育てはできる。

（どうしてご主人のお友達を頼らないの。みなさん義理人情には厚いはずなのに）

執行猶予中に起こした事件だから、懲役は免れなかった。たぶん三年か四年。その間に少しでも仲間うちの援助を受けたら、夫は一生ヤクザから足を洗えなくなる。

そんな理由が、正義のかたまりのような保護司にわかるはずはなかった。だから静子は、身を切るような嘘をついた。

（私、子供って好きじゃないんです。欲しくてできた子じゃないし）

保護司の蔑みに満ちた溜息を聞きながら、あれほど待ち望んでいた子供を、いちどだけでも夫の腕に抱かせてやりたかったと静子は思った。

（ごめんなさい、あんた。赤ちゃん、捨てました）

東京拘置所の接見室でそう告げたとき、プラスチックのパネルの向こうの夫の顔が、みるみる青ざめるのがわかった。

（ばかやろう、勝手なまねしやがって）

怒鳴り声はたちまち空気の抜けるように、情けない尻すぼみになった。

あのときも、うとましい油蟬が鳴いていたような気がする。

なぜだと訊かれても、静子は答えることができなかった。ただ、言うにつくせぬ胸のうちを、夫にだけはわかってほしいと念じた。

あなたの人生と、あなたの子供の人生を、私は秤にのせたの。妻と母とを秤にかけたの。ヤクザなお金であの子を育てるわけにはいかない。もういちどあなたとやり直したいから。

お願いです。この切なさをわかって下さい。


「姐《あね》さん、お客人ですけど」

当番の若者の声で静子は目覚めた。

「あいよ、今行く。どちらさん？」

「親分——いえ、武田の親分のお知り合いです」

きょうの当番は死んだ武田勇の子分だった、純一という若者である。

「あんた、面識のある人かい」

「はい。親分とは仲の良かった弁護士の先生です」

夫を起こさぬよう物音をひそめて、静子は手早く身づくろいをした。武田の死を毎夜うなされるほど気に病んでいる夫には、会わせるべき客ではない。

この手狭なマンションも、いいかげん住みかえたい。当番の若者は居間のソファで寝なければならないし、それに——悪い思い出が多すぎる。

何の話かは知らぬが、客は夫の目覚めぬうちに追い返さなければ。

「主人はまだ休んでおりますので、近くの喫茶店にでも」

玄関に出てそういうと、身なりの良い来訪者は人なつこい笑顔を向けて答えた。

「いえ、お手間はとらせませんから。ほんの五分、この玄関先でけっこうです」

まるで旧知のように静子を見つめる。カタギらしからぬ如才なさを、静子は訝しんだ。

「純ちゃん。親分のところへ行ってな。寝室には鍵をかけて」

「起こしますか」

「いえ。寝かしといてやって」

武田の身内だった少年は、躾こそきちんとできているが警戒心がなかった。いざというときには親分のタマヨケになれと言ったつもりなのだが。

「私がかわりに承ります」

男はちらりと寝室のドアに目を向けてから、いきなり妙なことを訊ねた。

「武田君はどうも人ちがいで殺されたらしいのですが、お心当たりはありませんか」

心当たりならある。銀座の繁田を殺すために雇ったヒットマンが、こともあろうに武田を撃ってしまった。

「はあ？」と、静子はそらとぼけた。女も四十を過ぎると、この「はあ？」がうまくなる。

「市川さんは、いろいろと手広く仕事をなさっているようなので、もしや、と」

「お言葉ですが」と、静子は力いっぱいの姐さんの顔で男に向き合った。

「武田さんが、うちの主人にまちがわれて殺されたとおっしゃるんですか。めっそうもない」

質問に対する回答としては、嘘ではない。正しくは夫の雇ったヒットマンが、繁田とまちがえて武田を殺してしまったのである。

「うちの主人は、たしかに武田さんよりは危ない橋を渡っちゃおりますがね。命を狙われるほどのヘタは売っちゃいません。あしからず」

しばらく言葉の真偽を見きわめようとするかのように、男は静子の顔を見つめた。

この男は誰だろう。武田の友人だということだが、どこかで会ったような気がする。それも一度や二度ではなく、かなり近しく。

「市川さんと奥さんには、お礼を言わなければなりません」

「お礼、ですか。はて何でしょう」

「うちの——いや武田君の若い衆を引き取っていただいて」

静子は心を開いた。若い時分から何やかやと面倒を見てくれた武田の恩は忘れたわけではない。

「ここだけの話ですが」と、静子は声をひそめた。

「純一と卓人は、折を見て足を洗わせます。主人が何と言っても、私がそうさせます。必ず、カタギにしますから」

見つめる男の瞳が潤んだ。この人は誰だろう。涙ぐむこの目を、何度も見たことがある。

「しいちゃん……」

ごく親しい者だけが呼ぶ静子の名を、男はふいに呟いた。

「ありがとう。武田にかわって、お礼を言います。ほんとに、ありがとう。それから、どんなことがあっても、市川に添いとげて下さい。あいつは、しいちゃんがいなけりゃ一日も生きて行けないんです。あいつはしいちゃんだけが頼りなんだから」

自分たち夫婦のことを、そんなふうに理解してくれている人がいるとは思わなかった。怪しむより先に、静子は胸がいっぱいになった。

「市川を、頼みます。僕はあいつに、何ひとつしてやれなかった」

男はそう言い残すと、目がしらを押さえて出て行ってしまった。

ぼんやりと玄関に佇んで、静子はふと死んだ武田を思い出した。訪ねてくれた武田を、この玄関で追い返したことがあった。

（私、子供を捨てたの。だからもうお金はいりません。ひとりであの人を待ちます）

あのとき武田は、静子の頬を平手で打ち、財布の中身もスーパーの袋も投げ散らして帰った。

きっとあの人だけは、私の気持ちをわかってくれていたのだろう。

浅草六区の路地を夏の夜の雨が包む。

うらぶれたネオンサインが赤や青の無意味な光をともしている。

レインコートの襟を立て、鳥打ち帽の庇をつまみ上げて、五郎は縫い針のように降り落ちてくる雨に顔を晒した。体にしみついた血と硝煙の臭《にお》いを、雨が洗い流してくれるのを待つように、しばらくの間じっとそうしていた。

景山《かげやま》五郎――その名前といい、そのみてくれといい、その存在感といい、日本映画百年の金字塔「仁義なき戦い」のキャスティングにこれほどふさわしい男はおるまい。ともかく、彼が登場するこのシーンに、「仁義なき戦い」のおどろおどろしいテーマミュージックを重ねることができないのは悲しい。

「おとうさん、ヒマしてるの？」

ひとけの絶えたアーケードの下から、街娼《がいしょう》が歩み出て声をかける。雨を見上げたまま、五郎は振り向きもせずに答えた。

「ヒマといやあヒマじゃけどよう。おなごを抱いとるヒマはないけえの」

シブい。このセリフひとつで、観客は彼のキャラクターのあらかたを知る。

「ねえ、遊ぼ」

五郎は悲しげに女を見、すぐに視線を足元に滑り落として、編み上げ靴の踵で水溜まりを踏む。レインコートの腕に絡みつく女の手を邪慳《じやけん》に振り払うと、五郎は低い声で叱った。

「わしに、さわるなや。こんなのようなべっぴんを、抱けるほどの男じゃあないけえ」

ポケットから札束を摑み出すと、五郎は数えもせずに女のシャツの胸に押しこんだ。

「たまには独り寝もよかろう」

「え……それじゃあんまり……」

「気にするなや。どうせ腐れ銭じゃ。後生《ごしょう》が悪いんなら、惚れた男にでもくれちゃれ」

鳥打ち帽の庇を下げ、顔をレインコートの襟に沈めて五郎は歩き出した。

景山五郎。本名不詳。年齢なお不詳。出身地はその言葉づかいからすると広島らしいが、広島県民が聞けばかなりいいかげんで、実は「仁義なき戦い」のセリフを丸覚えしたらしい。

ちなみに、消費者金融から借金をするために常に携行している彼の国民健康保険証によると、その現住所は「埼玉《さいたま》県さいたま市」となっている。この「さいたま市」という住所を書くとき、いちいちヤクザの尊厳を脅かされる五郎であった。

金も入ったことだし、そろそろ引っ越しをしよう。

それにしても、六区の屋台で酒を過ごしたのは痛恨事であった。地下鉄の最終に乗り遅れてしまい、かと言って三割増しの深夜タクシーに乗って大宮まで帰るのはもったいないし、きょうは観音様に不義理を詫びてから、カプセルホテルにでも泊まろう。

アッ、と声を上げて五郎は振り返った。ついつい映画のノリで女に大金を渡してしまった。だったらあの女とそこいらのホテルにしけこめばよかったではないか。寄る年波でセックスが億劫《おっくう》なのは仕方ないとしても、（たまには独り寝もよかろう）というセリフはベッドに入ってからでもよかった。いやむしろ、そのシチュエーションのほうがずっと効果的であったと、五郎はいたく反省した。

当然のことながら、降りしきる雨の中に女の姿はなかった。

手足に冷えを感じて、五郎はアーケードの商店街に入った。彼の美学によれば、雨を避けて歩くのは許しがたい堕落であったが、「伝説のヒットマン」はけっして脳卒中や心筋梗塞《こうそく》で死んではならなかった。

シャッターのおりたアーケード街は、第二の故郷である広島を思い出させた。とは言っても、同地に滞在したのはほんの一カ月足らずである。部屋住み一カ月で例の代理戦争が始まり、たちまち命惜しさに逃げ出した五郎であった。その後、公開された「仁義なき戦い」を観《み》て、おのれの不甲斐なさをいたく反省し、今度こそは男になるべく参加した大阪戦争も、やっぱり命惜しさにズラかった。

幽霊なるものを本当に目撃した人間は、けっしてその体験を口にしない。思い出すのもいまわしいからである。一方、幽霊らしきものを見た人間は、さかんに吹聴する。しゃべったところでたいして怖くはないからである。

そうした「体験談のセオリー」に加えて、「不戦者としてのトラウマ」を持った五郎は、いつしか自分が伝説のヒットマンだと思いこむようになった。幸い「仁義なき戦い」はシリーズのすべてをビデオがすり切れるくらい観ているので、虚構世界の構築は完璧であった。さらに近ごろでは多少のボケも加わり、捏造《ねつぞう》された記憶は自分自身でもまったく疑わぬほどになっていた。

編み上げ靴の踵を真夜中のアーケードに谺《こだま》させて、景山五郎は歩く。鳥打ち帽からしたたる雨の滴が、悔悟の涙のように瞳を刺した。

「人ちがいやて。あほらし……」

広島弁を大阪弁に改めて、五郎は独りごちた。

ヤクザ映画の観すぎで、景山五郎の言語的アイデンティティーは崩壊している。すなわち、東京の下町言葉と関西弁と広島弁を、それぞれふさわしい場面で自在に使い分けることができた。

銀座の路上で全然関係ない男を撃ってしまったとき、（ヒャー、あかん、人ちがいや。まちがっていてもうた！）と叫んだのは、ビジュアル的にいうのなら誤りではなかったと思う。たとえば、（おお、いかん。人ちがいじゃ。まちごうてしもうたけえ）では何となく緊迫感に欠ける。また、（わっ、やっべえ、人ちげえだ。まちがっちまったぜ）では、そうとう間抜けな感じがする。やはり（ヒャー、あかん、人ちがいや。まちがっていてもうた）しかあるまい。

妙に納得をしながら、五郎はアーケード街を抜けて、再び雨の闇に出た。奥山の木立ちの先に、くろぐろと観音堂の甍がそびえていた。

それにしても、人の噂というのは怖ろしいものである。刑務所の与太話は刑期を了《お》えるごとに真実味を増し、閉塞された環境と閑暇のうちに、五郎は与太でもホラでもない「伝説のヒットマン」に祀《まつ》り上げられたのだった。

出所後、呑気な年金暮らしのシルバー・フリーターをしていたところ、どこでどう調べたものか知らない相手からの不在着信があった。もしやワンギリと怖れつつ、たいそうヒマだったのでかけ直したところ、さる広域指定団体の傘下で現役バリバリの組長を名乗る男が出た。

依頼人《クライアント》の名は繁田といった。

ギャランティーは一千万。的は兄貴分にあたる「港家の鉄」こと蜂須賀鉄蔵。

人殺しなんて実はしたことのない五郎はアセったが、たまたま血糖値が上がっており、まずいものを食って長生きするか、うまいものを食って早死にするかという人生の選択を迫られていた折でもあったので、何だかよくわからんけれどとりあえず依頼を受けたのであった。

ところが面妖《めんよう》なことにその数日後、かつて刑務所で知り合った男から電話が入った。どこかで聞いたことがあると考えこんでいた「港家の鉄」は、ヤスというその知り合いの親分にあたる人物であった。一瞬、殺しの請け負いがバレたのかと冷や汗をかいたが、そうではなかった。ヤスはまったく別の依頼事を持ちこんできたのである。

ギャランティーは一千万。的は弟分にあたる、市川という新宿のボス。

五郎は再びアセったが、考えてみれば人殺しのダブル・ブッキングはさほど不都合ではない。

ところがまたしてもその翌日、今度は差出人不明のEメールが届いた。ほとんど霊感で、このクライアントは市川という親分であろうと思った。

ギャランティーは一千万。すでに年金受け取り用の口座に振り込んだという。そして

——的は銀座で金融業を営む、繁田という男。

きょうび、どこのローカル航空会社でもやるはずのない、究極のトリプル・ブッキングであった。

むろん五郎はアセりにアセったのだが、近ごろでは老人医療費もバカにはならず、ましてや将来の介護福祉も期待できそうにないので、目の前が真ッ暗になっていた矢先であった。その苦悩を思えば、一人やるも二人やるも三人やるも大したちがいはないような気がした。

こうして五郎は熟慮の末、というよりほとんど思考停止の状態で、次々と舞いこむ殺人依頼をすべて引き受けてしまったのであった。たとえて言うなら直木賞を受賞した直後の小説家とまったく同じ状況であった。ふつう仕事というものは、当人の実績と技量に応じて少しずつ増えてくるものである。しかし、それまで猫のようにヒマをもて余していた五郎は、直木賞を受賞したわけでもないのに、なおかつ実績も技量もすべて幻想であるのに、ある日突然ブレイクしたのであった。

三人のクライアントがすなわちターゲットであるというこの奇怪きわまる連環は、ゴルゴ13だって頭を抱えこむ。しかし考える暇《いとま》もなく、つごう三千万円のギャランティーは、年金受け取り用の銀行口座に続々と振り込まれてきた。

とりあえず金を持って南米にでもズラかろうと思い、現金をすべてシティバンクの口座に移動させたのだが、さすがに良心が咎めた。広島代理戦争、第一次、第二次大阪戦争と、三度にわたって敵前逃亡した記憶が、四度目の逃亡を潔しとさせなかったのである。

さいたま市の借家の床下に隠してあったコルトは、幻想を現実とするために、いつだったか暴走族のあんちゃんから買ったものであった。手入れはおさおさ怠りなく、それを眺めていると顔つきまで伝説のヒットマンに変わった。

南米にズラかるにしても、三つの仕事のうちの一つぐらいは片付けておこうと思った。すでに代金支払い済みのクライアント兼ターゲットたちは、毎夜のようにやいのやいのと実行をせかした。

彼らの話を総合すると、まこと都合の良いことに六月中旬のある晩、三人がいっぺんに銀座のクラブに行くという。三人のクライアント兼ターゲットは、「頼むぜ」と異口同音に言った。

ゴルゴ13だって頭を抱えるこの状況を、景山五郎が冷静に判断できるはずはなかった。繁田は蜂須賀をおびき出すと言い、蜂須賀は市川を連れ出すと言い、市川は繁田を誘い出すから、酔っ払ってクラブから出たところを狙えと言うのである。それぞれがごていねいに送りつけてきた顔写真は、デジカメの性能が悪いのか五郎のプリンターが旧式なのか、ほとんど見分けのつかないくらい似た顔であった。ヤクザの親分というのは全員顔がデカく、色は黒く、髪は短く、写真を撮られるときは力いっぱいの気合を入れるから、だいたい同じような風貌になるのであった。

しかし、五郎にとってそれはどうでもいいことだった。この際、誰を殺してもまちがいではない。

ヘタな鉄砲でも数撃ちゃ当たる。しかし数を撃たなくたって、誰かに当たればオーケーというこの仕事はチョロい。

で、五郎は三人から指定された路上で、指定された時間にターゲットを待った。まさしく国士無双十三面待ちテンパイの心境であった。

確実な仕事をひとつだけなしおえて、南米へと飛ぶ。翌朝一番の成田エクスプレス、もちろんグリーン車の切符も周到に用意してあった。かくて積年の幻想は現実となり、人生の平安を得た五郎は南米のどこかのプール付き豪邸で、悠々自適の余生を送る予定であった。

誰だか知らないけど、まっさきに出てくるやつはついてねえなあ、と思いつつ、いくら十三面待ちでも見逃すほどの余裕はないので、とりあえず階段から降りてきた男を撃った。パンという銃声が、ロン、と聞こえた。

だがしかし、街灯の光の中に倒れた男の顔は、ピンボケの顔写真のどれとも、明らかにちがっていた。痛恨の役満チョンボであった。

(ヒャー、あかん、人ちがいや。まちがっていてもうた!)

適切な関西弁のセリフを残して、五郎は凶行現場から走り去った。走りながら考えた。

三分の一の確率で殺される人間はツイていないが、その的中確率外のまちがいで殺される男は、超数学的にツイていない。三人の誰かが振り込むはずの当たり牌を、あろうことか立ち見のギャラリーが放銃しちまったようなものだと思った。

それでもともかく人を殺したことで、五郎は幻想を現実としたのであった。しかし、思いもよらぬ陥穽《かんせい》に彼は気付いていなかった。そもそもパスポートというものを持っていなかったのである。

かくして、五郎の上にはすこぶる不穏な時間が過ぎていた。


降りしきる雨の中を歩き、五郎は観音堂の石段を登った。

このあたりで彼の脳裏に流れるBGMは、「仁義なき戦い」のおどろおどろしいテーマから、「唐獅子牡丹《からじしぼたん》」のかがやかしいメロディーに変わる。

イントロをおろそかにしてはならない。チャーン、チャチャ、チャラリラ、チャーン、チャチャ、チャラリラ、というビビッドかつマイナーなそのイントロが胸に立ち上がると、たちまち俠客・花田秀次郎と化す五郎であった。

とざされた扉の前に立ち、こころもちうなだれて掌《て》を合わせる。

「観音さん。五郎でござんす。あっしの親不孝を、どうか許したっておくんなさい」

親不孝も何も、その両親の顔を五郎は知らなかった。そういう悲しいセリフを口にする胸のうちを、幼なじみの観音様だけはわかってくれていると五郎は思う。意地で支える夢なんてひとっつもないが、掌を合わせれば心はいくらか軽くなった。

戦から帰らぬ父を待ちわびながら、母は若いまま死んだという。天涯孤独の身の上ではあるけれども、自分の人生は親不孝にちがいないと五郎は思っていた。もしあの世で父母に会えたなら、恨みつらみよりも、「ごめんなさい」と「ありがとう」を言いたかった。その二つの言葉を口にする相手を探しあぐねて、悪い人生を送ってしまった。

ポケットの中の札束を数えもせずに賽銭箱《さいせんばこ》に放りこみ、ちょっと後悔しながら観音堂を下りる。

ひとけのない境内の石畳の上に、見知らぬ若者が立っていた。

「景山五郎さん、ですね」

「いや。高倉健です」

とっさにヘタな嘘をついてしまった。いかに思いつきとはいえ、これでは「はい、そうです」と答えたも同然であった。

若者は闇の中でも炯々《けいけい》と輝く瞳を、きっかりと五郎に据えた。

「親の恨みを子が晴らすのは、渡世の道理でござんす」

若者はそう言って、ベルトから拳銃を抜き出した。まっすぐに五郎の胸に銃口を向ける。

カッコいい。いや、よかない。こいつは人ちがいで殺されたあの男の子分だ。だとすると、やっぱりカッコいい。いや、やっぱりよかない。

動揺しながらも、五郎はつい答えた。

「渡世の道理にさからいはいたしやせん。どちらの若い衆《し》さんかは存じませんが、どうぞご存分に」

言ったとたん、なぜか胸のつかえがおりた。その言葉が嘘でもセリフでもなく、初めて心の底から出たものであることを、五郎は知った。

やっと死に場所が見つかったのだ。これァ観音様の功徳《くどく》にちげえねえと、五郎は肩ごしにお堂を振り返った。

若者が引き金を引くのをためらった一瞬、闇の中から黒い影が走り出た。

「やめろ、タク！」

けっしてヤクザには見えぬ背の高い男が、若者を羽交い締めに抱き留めた。

「はなせっ、はなしてくれ」

拳銃が雨空を撃った。

「ばかやろうが、何てことをするんだ」

謎の男は拳銃を奪い取ると、若者をあざやかに投げとばした。それでも卓人は、涙声で叫びながら男の腰にすがりついた。

「親の仇なんだ。頼んます」

「いや、いけない。許さないぞ、タク」

もういちど名を呼ばれて、若者ははっと男を見上げた。「だれ？」と、卓人は目を瞠《みは》ったまま唇だけで呟いた。

「親分、じゃねえよな」

いったい目の前で何が起こっているのだろう。五郎は得体の知れぬ荘厳な光景を、身じろぎもできずに見つめた。

若者に向けられた男の瞳は、実の父親のようにやさしげだった。唇を嚙みしめて少しためらい、男はにっこりと笑いかけるのだ。

「そうだよ、タク。間に合ってよかった。おまえに、人殺しをさせずにすんだ。よかったな、タク」

「親分、なの。ほんとに、親分ですか」

男は肯いた。若者は男の腰にかじりついて泣き出した。降りしきる雨を見上げ、男は心の底から愛おしむように、少年の名を呼んだ。

「なあ、卓人。俺は、おまえに何ひとつ教えてやれなかった。親らしいことは何もできずに死んでしまった。だが、ひとつだけ教えておく。いいか、タク――」

「はい」と、若者は石畳の上にかしこまった。

「人殺しをするな。嘘をついてもいい。裏切りも仕方がない。だが、人殺しだけはするな。他人を殺さねばならないのなら、自分が死ね。不憫《ふびん》なおまえに俺が言ってやれるのは、それだけだ」

男はそう言うと、若者の頭を腹に抱き寄せて、拳銃を五郎に向けた。

五郎は目をとじて弾丸を待った。この世のなごりに見知らぬ父の教えを聞くことができた。これも観音様の功徳なのだろう。死は怖くなかった。

「ううむ……信じろと言われても、にわかにはねえ……」

おじいちゃんは腕組みをして首をひねる。

面会室の窓には入道雲がいっぱい。

「ウソじゃないよ。蓮ちゃんはこわいことになるのを覚悟で、ほんとのことを言ってくれたんだ」

まわりの人たちを気にしながら、陽ちゃんは声をしぼった。おじいちゃんのやさしい目が、じっとぼくを見つめる。

「地獄に落ちるのを承知で、生みの親にひとめ会いたい、か。そういう事情なら、たとえ掟を破ったとしても仏様のお慈悲があると思うのだがね」

ぼくはかぶりをふった。それは希望的かんそく。人間が勝手に想像するきれいごとです。

「なぜだね」

「お役所だから。めいどは中陰役所っていうお役所だからね、お慈悲とか特例とかはないの」

長いことお役所づとめをしていたおじいちゃんは、なるほどとうなずいた。ぼくのいうことを信じてくれたみたい。

「椿山さあん」

大声で呼びながら、看護婦さんが面会室に入ってきた。入院しているのはお年寄りばっかりなので、看護婦さんの声も自然に大きくなるのだろう。

「ちょっと血圧が上がってるから、きょうの外出はやめたほうがいいんだけどねえ」

「大丈夫ですよ」と、おじいちゃんは笑い返した。

「せっかく孫がガールフレンドを連れてきてくれたことだし。自分の体の調子は自分がいちばんわかっておりますから」

ちょっと不安げなようすで、看護婦さんは陽ちゃんに言いきかせた。

「それじゃあ、近くをお散歩するだけね。お願いよ、陽ちゃん。夕立がくるといけないから、傘は持ってってちょうだい。電車に乗って遠くへ行ったりしちゃだめよ」

ぼくと陽ちゃんは、おじいちゃんの両手を握って立ち上がった。

「もういちど訊くが、君は根岸雄太くんだね」

とまどいながら、それでもおじいちゃんはぼくを信じてくれた。「そうです」と、ぼくはかがみこむおじいちゃんの目をまっすぐに見て答えた。

「では、これから君のほんとうのおとうさんとおかあさんに会いに行く。先さんはどう思うかわからないが、君の願いだけは叶《かな》えてさしあげよう」

ぼくたちは手をつないで病院を出た。次の停留所まで歩いてバスに乗ると、急に空がまっくろになって、夕立がやってきた。

「いいかね、蓮ちゃん。いや、根岸雄太くん。おじいちゃんはけさがた、君のおかあさんに電話をして、新宿のホテルで待ち合わせる約束をした。むろん君を連れていくつもりはなかった。根岸雄太君はすでに交通事故で亡くなっており、ほんとうのおとうさんやおかあさんはそのことを知らない。お知らせするつもりはないよ。いったんあきらめたお子さんの消息をお伝えするのは、いらぬ節介だし、世の中のルールにはずれる。ただおじいちゃんは、君のご両親がどんな人で、子供をあきらめたあとどんなお気持ちで人生を送ってらっしゃるのか、知りたかったんだ」

ちがうな、とぼくは思った。たぶんおじいちゃんは、科学では証明できないぼくの正体を、うすうすかんづいていた。病院の面会室でぼくがすべてをうちあけても、おじいちゃんはそれほどおどろかなかった。

「かわいそうに……」

バスの窓をはげしく雨がたたく。おじいちゃんはぼくの顔を、あたたかな胸につつみこんでくれた。頬のうえにぽたぽたと落ちるしずく。熱いぐらいあたたかな、おじいちゃんの涙。

ぼくのこと、わかってくれてたんだね。育ててくれたパパもママも、ほんとうのパパもママもわかってくれないぼくの気持ちを、他人のおじいちゃんがわかってくれた。アレ、おじいちゃんの気持ちもわかる。どうしてだろう。

おじいちゃんは兵隊さんだったんだね。戦争に負けて、ほりょになって、シベリアの寒い森の中で長いこと働かされていたんだ。日本に帰ってきたとき、おじいちゃんは考えた。お金はいらない。ぜいたくもしちゃいけない。かわいそうな人に、自分の力をぜんぶあげよう、って。

でも、おじいちゃんの目にうつる世の中は、かわいそうな人だらけでした。

おじいちゃん、ごめんなさいを言い続けてる。どうして？　何も悪いことなんかしてないのに。

死んじゃった奥さんにも、陽ちゃんのおとうさんにも、ごめんなごめんなって言ってる。陽ちゃんにも、陽ちゃんのママにも、嶋田さんっていう人にまで、あやまり続けている。どうして？

「ごめんな、雄太くん……」

おじいちゃんは泣きながら、ぼくの耳元で言った。

わかった。おじいちゃんは世界中の不幸という不幸を、全部自分の責任だと思っている。すごいよ、それって。男の中の男だよ、おじいちゃん。

コーヒーショップの大窓を流れ落ちる雨が、静子の視界を歪ませる。席についてから、夫とは一言も言葉をかわしていなかった。

不審な電話がかかったのは、武田の友人を名乗る弁護士が帰ってまもなくだった。

長いこと福祉関係の仕事にたずさわってきたという老人が、早急に会いたいという。

かつて老人が勤めていた役所のありかを聞いたとたん、静子は鳥肌立った。

たぶん保護観察中の若い者の暮らしぶりでも聞きたいのだろう、と夫には嘘をついた。

だが、夫はわかっている。口にこそ出さないが、夫も静子も、手放した子供のことを考えぬ日はなかった。

「なあ、静子――」

コーヒーカップを口に当てたまま、夫は上目づかいに静子を見た。

「取り戻すことは、できねえかな」

静子は溜息で答えた。いつであったかふとその話が出て、矢も楯もたまらず施設に連絡をした。しかし手放した子供は、とうに養子に出されていた。それ以来、夫婦の間でその話題は禁忌になった。だからけさの電話に、夫婦は一縷《いちる》の望みを託して、指定されたホテルのコーヒーショップにやってきたのだった。

もちろん罠《わな》であった場合に備えて、隣のボックスには拳銃を懐に呑んだ子分が二人、離れた席にも、入り口のドアの外にも、ボディーガードが配されている。

子分の携帯電話が鳴った。

「親分――」と、夫婦の間に顔をつき入れて囁く。

「どうやら心配はないようです。ヨレヨレのじいさんがガキを二人連れて、ロビーからこっちに向かってます」

「二人、だと?」

夫は眉をひそめ、静子をちらりと見た。

「わかったわ。あんたらははずしてちょうだい」

へい、と答えて子分たちは席を移った。

どういうことなのだろう。しかしいずれにせよ、老人が連れてくる子供のどちらかは、あの子なのだろうと静子は思った。

養親が何らかの事情で、子供を返す気になったのだろうか。それとも、ひとめ会わせてくれるだけなのか。

「こわいよ、私」

良心が静子を苛《さいな》んだ。ないまぜになった恐怖と期待で、顔も心も壊れてしまった。

震える肩を、夫が抱き寄せてくれた。

やがて、痩せた老人が大儀そうな歩みでコーヒーショップに入ってきた。男の子と女の子を連れている。というより、両手を二人の子供に引かれて、ようやく歩いているように見えた。

静子と夫は椅子から立ち上がった。

「ちがうわ。雄太じゃないわよ」

静子は力なく顎を振った。成長したわが子の顔などわかるはずはないのに、静子ははっきりとその少年が雄太ではないと思った。

むしろ女の子のほうに心が動いた。なぜかはわからない。夫の目も明らかに少女を捉《とら》えていた。

「市川さん、でらっしゃいますね」

老人は雨に濡れた帽子をとり、ていねいにお辞儀をして、急に呼び立てた非礼を詫びた。

「どういったご用件でしょう」

訊ねる夫の声はうろたえていた。

「市川さん。奥さん。詳しいご説明はできません。どうか何もおっしゃらずに、この老いぼれの今生《こんじょう》の願いをお聞き届け下さい」

静子はわけもなく心を打たれた。老人は戦場から戻った兵士のように背筋を伸ばし、流れる涙を拭おうともせずに夫を見つめているのだった。

夫は老人に向き合ったまま、ひとつ肯いた。

「ありがとうございます。これから、この女の子の言うことを、黙って聞いてやって下さい」

「黙って聞くだけで?」

「はい。それでいいのです。それだけでいいのです。どうか何もお訊ねにならず、黙って聞いてやって……」

そこまで言うと老人は嗚咽《おえつ》とともに声をとざし、少女の背を押した。

美しく、清らかな少女であった。雨に濡れてほつれたおさげ髪の、その一筋までもが愛おしく思えるほどの、可憐《かれん》な少女であった。

テーブルをめぐって夫の前に立ち、少女は輝く瞳をもたげた。それから、きっぱりと言った。

「おとうさん。ご恩返しが何もできずに、ごめんね。ぼくは、とても幸せでした。ほんとに、ほんとにごめんなさい」

少女は静子に向き合うと、何かを言いかけて唇をかみしめ、いきなり胸の中に転げこんだ。

「ありがとう、おかあさん。ぼくを生んでくれて、ありがとう。ありがとうございました」

号泣する少女の顔をかき抱きながら、静子は雨音を聴いていた。

この子がいったい誰で、何を伝えようとしているのか、そんなことはどうでもよかった。

夫も自分も、この少女の言葉に救われた。

突然テーブルを揺るがして、老人が昏倒《こんとう》した。

「あっ、おじいちゃん！」

男の子が叫び声を上げた。いったいどうしたことだろう。老人は少女と夫婦の対面を見届けたかのように、その場に崩れ落ちたのだった。

「おまえら、何ボサッとしてやがる。救急車を呼べ、医者だ！」

夫はうろたえる子分たちを叱りとばしながら、老人の顔を抱いた。

「あんた、いってえ何だってんだよ。わけがわからねえじゃねえか。何で命がけで、こんなことするんだ」

夫が人前でとり乱すのを、静子は初めて見た。

「わからなくていいんです……どうか詮索はせんで下さい。ありがとう、市川さん。私の無理を、こんな年寄りのわがままを聞いて下すって」

「何が無理なもんか。わがままを聞いたわけじゃねえ。ありがとうはこっちのセリフだ。なあ静子、そうだろ」

思うことが言葉にならず、静子は泣きながら肯いた。わかっていることはただひとつ——この得体の知れぬ老人が命をかけて、自分たちを救われざる苦悩から救ってくれたということだけだった。

「陽介、陽介」

老人は少年の手を引き寄せた。

「おまえに言っておくことがある。たとえどんなあやまちがあろうと、血を享けた親を憎んではいけない。約束しろ、陽介」

「やだ」と、少年は顎を振った。

「おとうさんがかわいそうだ。かわいそうすぎる」

「ばかっ。おじいちゃんが、なぜおまえをここに連れてきたか、わからんのか」

少年は泣き濡れた顔を少女に向けた。

「蓮ちゃん……」

「そうだ。おじいちゃんはな、蓮ちゃんの言葉を、おまえに聞かせてやりたかったんだ。おとうさんはちっともかわいそうじゃない。かわいそうなのは、おかあさんと、嶋田のおじさんだ。子供に憎まれる親はかわいそうだ。いいな、陽介。おじいちゃんと約束しろ。男と男の約束をしろ。けっして、おかあさんと嶋田のおじさんを憎むな」

いったい何が起こっているのだろう。静子は目の前の光景を、映画のシーンでも観るようにぼんやりと眺めていた。

少年は決意を示すように大きく肯いた。

「よし。それでいい……」

老人はさし伸べられた少女の手を握ると、まるで幕がおりるほど安らかに、土色の瞼をとじた。


その晩、ぼくはおじいちゃんがかつぎこまれた病院で、陽ちゃんとさよならをした。

夏の夜空にはお星さまがいっぱい。もうじきぼくのたましいは地球をはなれて、あの星のどこかにとんで行くんだな。

おじいちゃんは死んじゃった。まるで連れてってというみたいにぼくの手を握ったけれど、おじいちゃんとぼくは行き先がちがいます。人のためにつくしたおじいちゃんはごくらく。掟をやぶったぼくは、じごく。

陽ちゃんはグズグズです。むりもないけどね。

ベンチの上でおしりをずらし、ぼくは陽ちゃんをだきしめた。感情をことばで言いあらわせないとき、人間はこうするしかないんだな。

救急センターの入り口はてんやわんや。まっさきにかけつけたのは陽ちゃんのママ。じきに嶋田さんもきた。二人ともごめんなさいを言いながら、おじいちゃんの遺体にすがりついて泣いていた。そのあと、次から次へと大ぜいの人がきた。みんなが大声で泣いたのは、きっとおじいちゃんがえらい人だったからだと思う。

お星さまがきれい。ぼくが帰るのは、どの星かな。

さよならは言いたくない。さよならが言える別れなんて、ほんとうに悲しい別れじゃないんだ。

夢のような記憶でいい。まぼろしでもいいから、ぼくは一生、こいつの胸の中に住んでいたい。

「陽ちゃん、目をつむってよ」

「なに？」

「いいから、早く」

救急センターの入り口には大ぜいの人が集まっているけれど、藤棚の下のこのベンチは見えないと思う。べつに見えたっていいけど。

目をとじた陽ちゃんの唇に、ぼくはキスをした。長い長い、映画みたいなラブシーン。つらいことやかなしいことはみな忘れても、ファーストキスは忘れちゃだめだよ。ぼくは忘れない。だから陽ちゃんも忘れないで。

唇をはなして、ぼくは陽ちゃんの耳元にささやいた。七年の人生の、思いのたけをこめて。

「ぼくの分まで生きてね、陽ちゃん――」

黒い影がおおいかぶさって、ぼくと陽ちゃんはハッと体をはなした。ヤバ。キスしてるところを見つかっちゃった。

ええと、この人誰だったっけ。ほっそりとした女の人。どこかで会ったみたいな気がするんだけど。アレ、「よみがえりキット」を持ってる。ぼくとおそろいだ。

「あっ、ツバキさん」

陽ちゃんは唇を手の甲でふきながら立ち上がった。ツバキさんて、だあれ？

「おじいちゃんが……」

「知ってるわ。元気だして、陽ちゃん」

ツバキさん、とても疲れてるみたい。目のふちにクマができてる。でもひとみはキラキラ。

「そうだ、陽ちゃん。おばちゃんとキャッチボールをしよう」

ツバキさんは明るい声で言った。

「え？　キャッチボール。でも……」

「グローブもボールもあるわ」

黒いバッグのファスナーをあけると、ツバキさんは手品のように野球道具をとり出した。グローブにキャッチャーミット。ボールも。

「あら、ソフトボールじゃないわ。硬球だけど、大丈夫かな」

何だかうれしくなって、ぼくはおせっかいを言った。

「だいじょうぶよ、おばさん。陽ちゃんを子供あつかいしないで」

必要なものは何でも出てくるふしぎなバッグ。そうだよ、ツバキさん。陽ちゃんに必要なものは、もうソフトボールじゃないんだ。プロ野球の選手とおんなじ、硬球だよ。

ツバキさんはキャッチャーミットをはめてしゃがみ、陽ちゃんはグローブとボールを握ってかけ出した。

「いいわよ、投げて！」

街灯の輪の中で、陽ちゃんは大きくふりかぶった。お、カッコいい。こいつ、学校ではエースだな、きっと。

こきみよい音をたてて、ボールはツバキさんのミットにおさまった。

「ストライーク！　いいぞ、陽介」

まるでおとうさんみたいな口ぶりで、ツバキさんは言う。

おとうさんみたいな……そうか、わかった。そういうことなんだな。

ツバキさんはボールを投げ返しながら、ぼくにしかきこえないくらい小さな声でつぶやいた。

(陽介、俺を忘れろ。忘れるんだ)

わかるよ、ツバキさん。その気持ち、とってもよくわかる。ぼくだって、パパやママに、もう泣いてほしくはないもの。

(生い立ちを嘆いている暇なんかないぞ。人生はおまえの考えているほど長くはない。泣いたり憎んだり悩んだりする間に、一歩でも前に進め。立ち止まって振り返る人間は、けっして幸せになれないんだ)

陽ちゃんは受けとったボールを、しばらくふしぎそうに見つめた。

「どうした、どうした。早く投げろ、陽介。何をボーッとしているんだ」

ツバキさんはミットをたたいてせかせる。そして、声をしぼってつぶやいた。

(そうだ。俺を忘れろ、陽介。忘れるんだ)

陽ちゃん、キミはいま、とても幸せな子供だよ。この一瞬に、ふつうの親子が一生かかってもできない対話をしている。キミは、おとうさんから命より大切な人間の魂をもらったんだ。力いっぱい、キミらしい直球を投げ返さなくちゃ。

「いくよ。ツバキさん!」

陽ちゃんの目のさめるようなストレートを、ツバキさんは胸の真正面でうけとめた。

大往生

白い花をいっぱいに咲かせた沙羅の木の根方に、椿山はぼんやりと佇んでいた。体は羽毛のように軽く、さわやかな気分だった。初夏のかぐわしい風が吹きすぎる並木道の先には、スピリッツ・アライバル・センターの白い建物が見える。

思わず掌《てのひら》を眺め、背広のあちこちを確かめ、足元を見つめた。和山椿の体ではなく、椿山和昭の肉体に戻っている。

死者の群れが、ゆっくりと椿山を追い越していく。いちど深呼吸をして、黒い鞄の中から携帯電話機を取り出した。とにもかくにも無事に戻ったことを、マヤに報告しなければ。

電源を入れて、☆のボタンを押す。長い呼び出し音のあとで、物うげなマヤの声が返ってきた。

「ああ、昭光道成居士《しょうこうどうせいこじ》さんね。お帰りなさい。あなたはよくやったわ。『邪淫の罪』についても納得なさったようだし、やり残した仕事もちゃんと片付けたみたいだし。やれやれ……」

マヤは不穏な溜息を洩らした。

「あの、もしやほかの二人は」

「聞いてよ、昭光道成居士さん。そのもしやなのよ」

「ええっ。二人とも、ですか」

「おかげで私は始末書を二通も書かされて、上司から三十分も大目玉。生理中だったたってことで、リストラだけは免れたけどね。たぶんボーナスには響くわ」

「で、二人は今どこに？」

「何たって重罪人だからねえ。SAC《サック》の鑑別室に入れられてるわ。蓮空雄心童子《れんくうゆうしんどうじ》くんは正体を明かした罪。義正院勇武俠道居士《ぎせいいんゆうぶきょうどうこじ》さんは、正体をバラしたうえに復讐までしちゃって、おまけに制限時間もオーバー。これってさあ、現世でいえば強盗殺人に死体遺棄みたいなものよ」

「そうですか……で、私はこれからどうすれば」

「先日と同様に、センターに向かって下さい。㊕の表示に従って進めば、面倒な手続きはもう何もありませんから。それじゃ、お疲れさま」

「お疲れさま」

電話を切って、椿山は沙羅の並木道を歩き出した。

掟を破ってしまった二人の気持ちは、痛いほどわかる。むしろ自分がたまたま掟を破らずにすんだのだ。

「いかんいかん、こうしている場合ではない」

独りごとを言いながら、見覚えのある後ろ姿が椿山を追い越していった。父だ。

「おとうさん！　おとうさん」

若者のように軽い足どりで、父は走り去る。

「待って、おとうさん。何を急いでるの」

父は走りながら振り返った。

「おお、誰だと思ったら、カア坊じゃないか。おまえこそこんなところで何をしてるんだ」

ことの顚末を話せば長くなるので、椿山は出まかせの嘘をついた。

「迎えにきたんだよ」

「そうか。そりゃご苦労さん」

「あの、おとうさん。体に毒だから走るのはやめようよ」

「いや、急がねばならんのだ。今さら体に毒ということもなかろうし。第一、気持ちがいい」

「死人のジョギングだぜ。気持ち悪いよ」

「だったらおまえは歩いてこい。お迎えご苦労さん！」

父の疾走にはとてもついて行けそうになかった。さすが帝国軍人は鍛え方がちがう。死者の群れをすり抜けて、父は行ってしまった。

後を追う必要はあるまい。どうせ極楽往生は一緒なのだ。

ＳＡＣの門をくぐると、屋上のスピーカーから清らかな声が流れてきた。店内放送の妻の声を思い出して、椿山は歩きながら苦笑した。

「ご心配は何もありません。それぞれ私語はつつしんで、係員の指示に従って下さい。みなさまの事前知識は何の役にもたちません。指定された順路に沿って、整斉とお進み下さい」

もちろん父は講習免除だろう。何日か前にこの門のところで出会った老女と同じように、係員たちの拍手と讃辞に送られて、極楽行きのエスカレーターに乗るのだ。無事故無違反の人生は、功名を遂げるよりずっと難しい。

館内の人ごみ、いや正しくは霊ごみの中にマヤから教えられた㊕の表示を見つけ出す。矢印に沿って歩くうちに、ふと小さなアクリル板が目にとまった。

「鑑別室」――少しためらってから、椿山は目立たぬスチールのドアを押した。

窓のない、細く長い廊下が続く。おのれの往生について異議を申し立て、教官や審査官の助言にも耳を貸さず、あげくの果てには現世逆送中に禁忌を犯す死者が、多かろうはずはなかった。

自分があの二人にしてやれることは、もう何もないのだろうか。

廊下のつき当たりの部屋から、剣呑なやりとりが洩れていた。

扉の前で、椿山は耳をそばだてた。

「まったく話の通じん人たちだな。いいかね、そもそも役所というものは、住民を管理するための機関ではないのだよ。そんな仕事だったら何も役人の手をわずらわさなくとも、コンピューターでこと足りるだろう。そうではなくって、よりよい生活の便宜をはかることが、役所のつとめなのだよ。横着ばかりしているから、役人は税金泥棒などと言われるんだ。税の一滴は血の一滴。その血税に養われているということを、諸君は自覚しなくてはいけない」

父の声である。あろうことか冥土の役人に説教をたれているらしい。

疾走する父の後ろ姿を、椿山は思い出した。父はいったい何をあれほど急いでいたのだろう。

「私がいいというのだから、それでかまわんじゃないか。不都合があるのなら述べたまえ」

持論を押し通すとき、父はけっして譲らなかった。そして、父の主張するところはいつも正義だった。利害を語らず、ものごとの正邪のみにこだわる人間を、椿山はほかに知らない。

「そうれみろ。つじつまの合う反論は誰もできんだろう。当たり前だ。諸君がいったい何百年税金泥棒をやってきたかは知らんが、私は四十年間、本物の役人をやった。諸君に比ぶればたかが市役所の小役人にすぎん。しかし、あだや血税をおろそかにしなかったという点においては、諸君らの百倍の自信を持っておる。すなわち、私は正義だ。断じて主張に誤りはない。裁可を希望する」

おとうさん、と呟いて椿山は立ちすくんだ。

父がいったい係員に対して何を希望しているのかが、わかってしまったのだった。

「まだためらうのかっ。いたいけな子供を現世のしがらみの中に送りこみ、掟破りの何のと罰を与えるとは、杓子《しやくし》定規の役人根性もはなはだしい。そんな馬鹿な話があってたまるかっ」

父は激しく机を叩いた。

やめてくれ、おとうさん。あんたって人は、どうしてそんなにやさしいんだ。なぜ自分の身を顧みようとはしないんだ。

ドアのノブを握りかけて、椿山の手はすべり落ちた。諫言《かんげん》はできなかった。父は偉大すぎる。

「どうした、諸君。何をためらう。何を怯える。貴様らも役人ならば、弱き者は救え。法を曲げても正義を掲げる勇気を持て！」

おとうさん、おとうさん、お願いです。もう、やめて下さい。

「この子供のかわりに、私を地獄に落とせ！」

静まり返った室内から、やがて書類を繰る音が聞こえてきた。

子供のころ父に叱られ、官舎の玄関先でそうしたように、椿山は膝を抱えて泣いた。

母に死なれてから、ずっと二人きりで暮らしてきたのに、自分は父のことを何ひとつ知らなかったのだと思った。理解できなかったのではない。それくらい、自分は父に甘えていたのだ。

ドアが開いて、大きな掌《て》が椿山の肩を摑んだ。父ではなかった。仁王ヅラに戻った武田勇が、真っ白な歯を見せて笑いかけていた。

「よう、兄弟。おめえのおやじさんは、てえした男だな。俺なんざ七回生まれ変わったって、足元にも及ばねえや」

武田はいったい現世で何をしてきたのだろう。これから地獄に落ちるというのに、その顔は太陽の下にあるように晴れやかだった。

「ねえ、武田さん。シベリアって、どんなところなんでしょう」

「シベリア?――さあな。そう言やあ、ガキのころそんなパンを食ったことがある。知ってっか、カステラに羊羹《ようかん》をはさんだやつ」

満州の戦場で、虜《とりこ》となったシベリアの曠野《あらの》で、父はいったい何を見、何をしてきたのだろう。苦労話を聞かされたことはなかった。

弱き者を扶《たす》け、理不尽に抗い、そして誰よりも強かった兵士は、生きて故国の土を踏んだ。

滾《たぎ》る怒りをことごとくやさしさに変えて、父はそれからを生きたにちがいない。

「ついてねえと思ってたけど、やっぱし俺はついてるんだな」

灰皿もない廊下で伝法にタバコをくわえ、武田は高笑いをした。

「ついてる、とは？」

「おめえのおやじさんと一緒なら、怖《こえ》えものなんて何もねえよ」

武田は演歌を口ずさみながら、ぶらぶらと廊下を歩き出した。その威風堂々たる後ろ姿は、けっして罪人《つみびと》には見えなかった。おそらく自ら信ずるところがあって、掟を破ったのだろう。

父が出てきた。少年の手を引き、廊下に蹲る倅の姿に驚いたふうをする。

「カア坊」

「はい」

「すまんが、この子をたのむ」

血を分けた息子に対してだけ寡黙な父が、椿山は歯痒くてならなかった。

「それから、かあさんによろしくな」

短い言葉にこめられた思いを、椿山は汲み取らねばならなかった。

妻にも息子にも寡黙であったのは、家族が「私」に属するものだと考えていたからかもしれない。父は徹頭徹尾、無私の人だった。

母が死んだあと、幼い椿山は父の帰宅が待ち遠しくてならず、毎晩のように玄関の灯りの下で膝を抱えていた。夕食の材料を提げて戻ると、父は何も言わずに頭を撫でてくれた。

そう。何も言わず。

父の掌《て》が、禿げ上がった椿山の頭を撫でた。やはり何も言わなかったが、そのとき筋張った指を通して、声にならぬ父の思いが椿山の胸に流れこんだ。


カア坊。かあさんに伝えてくれないか。

いつか向こうで会えたら、手をついてあやまるつもりだったのだが、とうさんのわがままでそれすらもできなくなってしまった。

マキコ。俺はおまえの人生を台無しにしてしまった。おまえを愛してなかったわけではないんだ。口にこそしなかったが、俺はおまえを心から好いていた。

自分の近しい人から幸せにしていくのが、人間としての道理だと思う。だが俺は、その道理がどうしてもできなかった。

戦では多くの部下を死なせた。大勢の戦友たちを、シベリアの雪の中で見殺しにしてしまった。そんな俺が、ただ愛しているというだけの理由で、家族だというだけの理由で、誰にも先んじておまえを幸せにすることができると思うか。

心から愛するおまえに、ただの一度も愛の言葉をかけなかったわけはそれなんだ。愛していると口にすれば、俺はその言葉の責任において、おまえを誰よりも幸せにしなければならなかったからだ。

マキコ。こんな男を夫にしてしまったおまえの淋しさを思えば、あれからの俺の苦労など、罰にすら値しない。

花嫁衣裳《いしょう》も着せてやれず、指輪のひとつも買ってやれず、何の贅沢もさせてやれずに、俺はおまえを死なせてしまった。

ほんとうは、愛していると言いたかった。向こうで会えたなら、そのときこそ声をかぎりに、百回も、千回も、一万回百万回も、その言葉を口にしたかった。

マキコ。とり返しのつかない俺のわがままを、許してくれ。俺が非人情なのではなく、男とは本来こういう生き物なのだと思ってくれ。

おまえを愛している。あれからずっと。むろん、このさきもずっと。


椿山はぼんやりと父を見上げる少年の手を引き寄せた。

「めそめそするなよ、蓮ちゃん」

励ましの声を向けられたとたんに、蓮はしゃくり上げて泣き出した。

「だって、おじいちゃんがだまってろっていうから、じいっとして、お話をきいてたんだけど、だんだん、お話がわかってきちゃって……ぼくのことなら、いいんだよ。ねえ、おじいちゃん。これじゃ、ぼくがひきょうものになっちゃうよ」

父は答えずに、「頼むぞ、カア坊」とひとことだけ言って、少年の手を放した。

「やあ、武田さんとかおっしゃったね。お待たせしました、さあ行きましょう」

父と武田は、まるで連れ立って飲みに出かける旧知のように、勇ましい笑い声を残して歩み出した。

「おじいちゃん！」

追いすがろうとする蓮を、椿山は抱き留めた。

父は振り返らなかった。

「おじいちゃん、ぼく、忘れないから。世界中の人がみんなおじいちゃんのことを忘れても、ぼくは忘れないから」

背を向けたまま軽く手を挙げる父に、屈強な係員が両脇から付き添った。何も言わずに父は行ってしまった。

「気にするな、ぼうず。達者でな、あばよっ」

武田がかわりに答えて、父の後から出て行った。

二人きりになってしまうと、蓮はしばらくの間、椿山の肩に顔をうずめて泣いた。

「おじさんが陽ちゃんのおとうさんだったなんて、知らなかったよ」

「おとうさんじゃないさ。陽介のおとうさんはほかにいるんだ」

「でも、陽ちゃんはおじさんのことを忘れないよ。おじいちゃんのことも」

「それは、まずいな。忘れてもらわなくちゃ困る」

「ぜったい忘れないよ。忘れたふりはするけど、一生忘れない。ぼくにはわかるんだ。

あいつはそういうやつだよ。短い間だったけど、付きあっていてよくわかった。あいつは、ルールとマナーを両方ともきちんと守れるやつなんだ」

　ほう、と椿山は得心した。たしかにそうかもしれない。規則と礼儀は似たものどうしの大ちがいで、ともに守ることはあんがい難しい。だとすると、陽介はいずれ社会を背負って立つような大人物になるかもしれないと思う。

「親馬鹿だね、俺は」

　独りごちて、椿山は立ち上がった。

　ともかくこの子を、待つ人の手に委ねなければ。


「親ァの意見をォ、承知ィでえすねてえー、曲りィくねえったァ六区の風よォー、とくらァ」

　階段教室の後ろの席をちらりと見上げ、教官は咳払いをした。

「つもォりィ重ねェたァあん、不孝のかずォ、だっ。何と詫びよォォか、おふくろォにい、とくらァ」

　さすがに辛抱たまらず、教官は大声で叱った。

「そこのあなた！　戒名未定の五郎居士さん。ここをどこだと思っているんですか」

　死者たちの胡乱な視線を一斉に浴びても、五郎はいっこうに怯まなかった。

「知ってるぜー。廊下のつき当たりの１００番教室だろ。てことは、こいつらみんな人殺しか。ケッ、どうりで人相が悪いや」

　べつにふてくされているわけではなかった。学校といえば国民学校しか知らないし、それでさえ戦時中は疎開先の寺のお堂が教室だったのだ。だから講習が始まったとたんにたちまち退屈してしまい、歌でも唄わないことにはヒマの潰しようがなかった。

「ともかく、『唐獅子牡丹』はおやめなさい。いいですか、当スピリッツ・アライバル・センターは、悪人はみな地獄に落ちろなどという、時代おくれのことは言いません。基本的霊権の精神にのっとり、たとえ殺人者でも極楽往生ができるよう、最高のサービスを提供しているのです」

　極楽往生、と教官が口にしたとたん、階段教室の死者たちはオオッと歓声をあげた。五郎もオオッと叫んで腰を浮かせた。正直のところ、自分が地獄に落ちるのは、去る年の天皇賞におけるテイエムオペラオーの単勝よりもっと堅いと思っていた。しかも極楽往生となれば、万馬券の一点買いをズバリ的中させるほどの奇跡である。

「唐獅子牡丹」は大好きだが、この際ガマンだと五郎は思った。

「やあるゥーとォ思えばァ、どこまでェんやるさァー、とくらァ」

「おやめなさい！」

「アレ、『人生劇場』もダメなんですか」

「そうじゃない。そういう意味じゃなくって、歌はおやめなさい」

「……へい」

脂じみたメガネの底からもういちど五郎を睨みつけ、教官はちょっと拍子抜けした感じで講習をしめくくった。

「ま、というわけで、みなさんも生前に犯したあやまちについては、十分な認識を持たれたことと思います。そこで——」

教官は気を持たせて、死者たちを睨み渡した。

「そこで、机の上に据えつけられた赤いボタンにご注目下さい。この教室には刑法上の贖罪《しょくざい》の有無、あるいは殺人の発覚と未発覚、故意か偶然かにかかわらず、二十五名の受講者がいます。生前犯した殺人の罪について、ああ悪いことをした、申しわけなかったと反省する方は、そのボタンを押すだけで罪を免れます。用意はよろしいですか」

死者たちはまるで「早押しクイズ」に挑むように、気合をこめて身構えた。

ピンポーン、と間抜けな音がした。

「コラ、お手付き」

五郎の前の席で、いかにも凶悪そうな巨体が縮んだ。

「いっけねえ、暴発しちまった。もういっぺん頼んます、先生」

「はい、いいでしょう。ただし二度目のフライングは失格です」

教室にただならぬ緊張が走った。むろん早押しには何の特典もないのだが、あまりにもおいしい話なので、何だか定員がありそうな気がするのであった。

「では、どうぞ！」

五郎はトリガーを引くように力をこめて、かつ闇夜に霜の降るがごとくゆるりと、赤い反省ボタンを押した。

黒板の上の電光表示は、たちまち「25」の満票を示して止まった。空気が弛緩《しかん》する。死者たちは拍手をし、見知らぬ殺人者どうしが肩を叩き合い掌《て》を握り合って、たがいを祝福した。

「では、講習票にハンコを捺します。教壇の前に一列にお並び下さい」

五郎はこの意外な往生を、素直に喜んだ。思えば遠い昔、メジロパーマーが逃げ切った有馬記念の大万馬券をゲットしたときでも、これほどまでに歓喜はしなかった。

極楽に行くのだ。浅草の観音堂の前で命を奪ってくれた男に、感謝をしなければならないと五郎は思った。

「ハンコを貰った方は一階に降りて、係員の指示に従って下さい」

講習票を差し出しながら、五郎は教官に訊ねた。

「あのう、極楽にァ観音様はいらっしゃるかいのう。わしは、お礼を言わにゃあならんけえ」

とっさに選択した広島弁はなかなかよかった。ふしぎなことにこの方言は、善悪両方のキャラクターに適しているのであった。

「行けばわかりますよ」

教官は満面の笑みを五郎に向けてくれた。

一階のホールはラッシュアワーである。講習が一斉に終わって、ほとんどの死者たちは極楽往生の歓喜に酔いしれていた。

五郎はひとりだけ暗い気分になった。どんな場所であれ、雑踏は苦手だった。人ごみに入ると、たちまち終戦直後の上野駅の地下道を思い出すのである。泥まみれの体を丸めて蹲り、一日じゅう行き過ぎる人の足元を見つめていた。誰もが生きることに精いっぱいで、浮浪児を顧みる大人はいなかった。

父は五郎が生まれる前に、どこかの戦場で死んだ。学童疎開先に母の訃報が届いたのは、大空襲から一カ月もたった、桜の咲くころだった。父母は骨のかけらさえも残してはくれなかった。

ずっと浮浪児のままだったのだと五郎は思った。学問もなく、体も弱く、飯を食わしてくれる人には媚《こ》び、身の危険を感じれば義理も人情も捨てて、逃げ出した。筋の通った考えも、自分の言葉すらも持たずに宿無しの浮浪児のまま成長し、そして老いた。

こんな自分には、地獄のほうが居心地がいいのかもしれない。鬼たちに追い立てられて針の山を登り、血の池を漂いながら浮きつ沈みつする、地獄のほうが。

突然、死者たちを振り返らせて大時代な銅鑼《どら》が鳴り響いた。

「おうーそー」

係員たちが制服の背を伸ばして、口々に声を上げた。

「おうーそー」

「押送者《おうそう》二名、ゼロ番エスカレーター使用します」

「了解。押送者二名、ゼロ番エスカレーターへ」

スチールのドアが開いて、どう見ても悪人とは思えぬ老人がホールに出てきた。係員が付き添い、裏手のエスカレーターへと誘導する。

続いて同じドアから出てきた男をひとめ見たとたん、五郎は叫び声を上げた。

あの男だ。真夜中の銀座の路上で、自分が人ちがいで殺してしまった男にまちがいない。

「待ってくれ、どうしてそいつが地獄へ落ちなけりゃならねえんだ」

男の姿を追って、五郎は人ごみをかき分けた。

「どいてくれ。通してくれ。おおい、担当さん、どうしてそいつが地獄に落ちるんだ。変じゃねえかよ、殺した俺が極楽に行って、殺されたそいつが地獄だなんて、おかしいじゃねえか」

エスカレーターの降り口で、男は五郎を振り返った。

男はにっこりと笑い返した。晴れた空に向き合うようなそんな笑顔を、五郎はそれまで見たためしがなかった。

五郎の知る笑顔は、媚びか、蔑みか、お追従《ついしょう》か、照れか、衒《てら》いか、ともかく生きんがための醜い表情にちがいなかった。笑顔とはそういうものだと思っていた。

「ようっ、元気か兄弟」

男は明るい声で言った。

「元気なわけねえだろ。どうなってんだ、いってえ。俺はな、俺ァ、おめえを――」

「わかってるって。それを言うんなら、おたがいさまだぜ」

「俺ァ、おめえの兄弟なんかじゃねえ」

「何だか他人のような気がしねえんだ。だから兄弟でよかろう」

お知り合いですか、と連れの老人が男に訊ねた。

「知り合いっていやあそうだが、ほんとうは良く知らねえんだ」

係員が二人をせかした。五郎はエスカレーターの袖に寄り、吹き上がる生温かい風に目を凝らした。黒々とした闇の底にはときおり炎が爆《は》ぜ、耳を澄ませば微《かす》かに亡者の叫喚《きょうかん》も聴こえた。

今まさにエスカレーターに乗ろうとする老人と男の顔を、地獄の風が煽《あお》った。

五郎は泣いた。痛みでも悲しみでもない涙の味を、五郎は初めて知った。

人間に生まれて人間の本質を知らず、男と生まれて男の何たるかも知らず、空疎な書《かき》割《わり》としか思えぬ世の中を、嘆きながらさまよい続けた。目に見える神を探すように、五郎は男の中の俠《おとこ》を追い求めていたのだった。

ついに本物の俠に出会った。こいつは、観音の化身だ。

笑顔をふいにとざし、男は腰を割って五郎をきつい上目づかいに見上げた。

「お控えなしておくんなさんし。凶状持ちの急ぎ旅でござんす。勝手な仁義を切らせていただきます。手前、生まれ落ちてよりこの方、天涯孤独、一本独鈷《どっこ》の身上ではござんすが、武田勇は男でござんす。男の筋を通さずに往生したところで天上の蓮の台《うてな》は針の莚《むしろ》、筋を通して落ちるのなら、地獄が男の極楽でござんす。なら、あにさん。これにてご縁切らせていただきます。ごめんなすって」

返す仁義も知らぬ自分が情けなかった。五郎は精いっぱい背筋を伸ばし、男を見送った。

老人と男は迷いもせずにエスカレーターのステップを踏み、やがて闇の底に姿を消した。

「戒名未定の五郎居士さあん。埼玉県さいたま市からお越しの、五郎居士さあん」

係員に名を呼ばれて、五郎は我に返った。はあい、と間の抜けた声を上げる。

「ぼんやりしてちゃだめですよ。ハイ、あなたはこっち。急いで下さい、次の講習が終わるとまた混雑しますからね」

手招きされるままにぐるりとホールをめぐって、五郎はエスカレーターの昇り口に立った。

「あの、担当さん。俺、勝手がわからないとオロオロするタイプなんですけど」

言いながら五郎はオヤ、と思った。口から滑り出た素直な言葉づかいがここちよかった。

「心配しなくていいですよ。あなたにもちゃんとお迎えがいらしてますから。さ、お乗りなさい」

係員のやさしい力に背を押されて、五郎はエスカレーターに乗った。

見上げると、遥かな天上から桃色の光がさしていた。フロアの雑踏が遠ざかっていく。ふと、幼いころ住みついていた上野駅の待合所を、高みから見下ろしているような気分になった。

疎開先で母の訃報を聞き、矢も楯もたまらずに逃げ出して東京に向かった。信州の山《やま》間《あい》の村から六十里の道を、ずっと歩き通した。ただ「おっかさん」と叫び続けて歩いた。空襲の中を逃げまどい、戦が終わってからは母の姿を探しあぐねて上野駅に住みついた。

雑踏が遠ざかっていく。

半ズボンの腰を荒縄でくくり、傷ついた裸足《はだし》を冷えたコンクリートの上に曳きながら、五郎はいつも、爆撃で破壊された天窓からさし入る光を眺めていた。手にした空き缶に吸い殻を集め、それを露店の再生タバコ屋に売って、わずかな糧とした。気が小さく、体も弱かった五郎は、ほかのたくましい少年たちのように盗みをすることがどうしてもできなかった。

いまわしい記憶は、やがて桃色の光にくるまれ、おぼろになった。

行く手の天上を仰ぎ見る。エスカレーターはまだ遥か先まで続いているようだった。

五郎より少し上に、背広姿の男と少年が手をつないで立っていた。心細さに耐えられず、五郎はエスカレーターのステップを昇って二人に近付いた。

「あのう、つかぬことをお訊ねしますけど――」

「はい、何でしょう。承りますが」

デパートの店員のような物言いで、男は答えた。

「いったいこのさき、どうなるんでしょうか」

「あいにくですが、実は私もこのさきのことは存じません。ただ、係の方の説明によりますと、このエスカレーターを昇りつめたところに、それぞれお迎えがいらしているそうです」

五郎の心は塞いだ。

「俺、迎えなんていねえんだけど。戒名だってないし、無縁仏なんです」

男と手をつないだまま、利発そうな少年が五郎を見上げた。

「おじさん、人間だったんだろ」

「そりゃそうだけど」

「だったら心配することないじゃん」

どういう意味だろうと考えこむうちに、桃色の光は鮮やかな朱《あけ》の色に染まった。

一面の輝きの中に、抜けるほどの青空が豁ける。草原を渡る風が、五郎の頬を撫でた。

「あ、おじいちゃんとおばあちゃんだ」

少年はステップの上を駆け出した。

「危ないぞ、蓮ちゃん。走っちゃだめだよ」

「へいき、へいき。おじいちゃあん、おばあちゃあん、ついたよお！」

少年は光に向かって走った。

エスカレーターは極楽に昇りつめたらしい。

背広姿の男は、「ああ」と溜息をつくように言い、たどり着いた芝生の上をよろめきながら歩き出した。

「カア坊、ここよ」

男より若い母が手を拡げる。前のめりに歩きながら男は言った。

「おとうさんがね、おとうさんが、おかあさんのことを、とっても、とっても愛しているって。ずっと愛していたんだって。これからもおかあさんを、マキコをずっと愛し続けるって。だから、おとうさんを許してあげて下さい」

地平まで続く緑の草原。乾いた風に花々が微笑み、水辺には馬が群れていた。

遥かに望む赤や黄や青の甍からうっすらと立ち昇るのは、朝餉《あさげ》の煙だろうか。

たとえ無縁でも、ここは極楽にちがいないと五郎は思った。

そのとき行く手の草原に砂埃《すなぼこり》を舞い上げて、一頭の馬が走ってきた。

陽《ひ》に灼けた剽悍《ひょうかん》な顔をほころばせ、馬上の若者が五郎の名を呼んだ。

「おとっつぁん！」

五郎は老いた体をわななかせて叫んだ。それから、宝石のようにずっと胸の奥にしまっていた言葉を、あらん限りの声にした。

「ごめんよ、おとっつぁん！　ありがとう、ありがとう！」

馬上の父はにっこりと笑い返して鞭《むち》を上げ、母の待つ遥かな村を指し示した。

解説

カルーセル麻紀

「こいつは春から縁起がいいわねえ」

天地動転。私がなんで？　この解説のお話を頂いたとき、そう思いました。

ことの発端は二〇一三年にあった赤坂の古い友人の四〇周年のパーティーまでさかのぼります。たくさんの芸能人や歌舞伎《かぶき》役者さんが参加されるなか、友人代表として乾杯の音頭《おんど》をとらせて頂いたことはたいへん光栄でした。そのとき水谷豊さんに初めてお目にかかりました。とても礼儀正しく優しい方だなあと感じたことを覚えています。

水谷さんとは二次会でもご一緒しました。赤坂のスナックでお話をしていたのですが、なんとビックリ!!　水谷さんも北海道の出身で私のことをいろいろと知ってくださっていたんです。話が弾み、水谷さんが「今度、巴里《パリ》へ行くんですけれど、どこか美味《おい》しい店を紹介してください」とおっしゃいました。四二年前にポン・ヌフで店をやっていた縁で、いまでも毎夏ヴァカンスで四〇日くらい訪れる巴里のことです。私は、友人が経営している中華料理店「来々軒」が安くてすごく美味しいですよと紹介しました。

じつはその水谷さんの巴里行きというのが映画のロケだったのです。どんな映画ですかと聞いたら、なんと『王妃の館《やかた》』というじゃないですか。あの浅田次郎先生の‼　もちろん原作は読んでいますし、作中に登場するヴォージュ広場は私が巴里に滞在するときの散歩道で、近くに行きつけのレストランもあります。

それから浅田先生の本の話で盛り上がり、私はほとんどの本を読んでいることを話しました。それが縁でこの解説のお話が来たんだと思います。

余談ですが、二〇一四年の八月もいつものとおり巴里に遊びにいきました。件《くだん》のお店に行ってみると、旧知の店員さんが「水谷さんがスタッフの方々と来店してくださって、とっても礼儀正しい素敵な方でした」と喜んでいてくださり、お店を紹介した身としては嬉《うれ》しいかぎりです。


そんなわけでこの『椿山《つばきやま》課長の七日間』は、私と何かと縁がある作品のようです。

主人公の椿山課長は物語の冒頭で、デパート勤務の過労がたたって急死してしまい、スピリッツ・アライバル・センター（略してSAC《サック》）というところへ送られます。このSACは仏教でいうところの中陰《ちゅういん》にあたる、いわゆる天国への入り口のような場所なのですが、働いている人々がみな杓子定規《しゃくしじょうぎ》でかえって人間臭い！　大体そんなところで死者の交通整理をするために働く人がいる時点でユーモア全開の浅田節炸裂《さくれつ》です。

死者たちはそこでちょっとした講習を受けて、反省ボタンをポチッと押しさえすれば生前の罪が清算され、晴れて極楽行きとなります。極楽では死別した最愛の人たちが出迎えてくれます。

読んでみると、どうも死ぬのが怖くなくなりますね。私もお迎えが近づいているのですが……。

私ならどうするでしょう……。反省ボタンを押すでしょうか？

誰もがボタンを押して極楽行きを決め込むなか、椿山課長は自分にかけられた邪淫《じゃいん》の罪を認めたくない、現世にやり残したことがたくさんあると、押すのを拒みました。自己主張はしてみるものです。椿山課長は三日間（命日から都合七日間）、やり残しを整理し、嫌疑を晴らすために現世に戻ることを許されたのです。ただし仮の肉体で。

椿山課長は現世に戻ると生前の中年オヤジの姿とは似ても似つかない、妙齢の美女〝和山椿《かずやまつばき》〟になっていました。現世では自分の正体を相手に知られてはならないのです。与えられた時間はほんのわずか。それにもかかわらず、〝椿〟になった椿山は好奇心のおもむくままに自分の身体を鏡でつくづく眺め廻《まわ》して弄《もてあそ》んでしまう。吹き出しました!!　私もモロッコで女の体になったとき、何度も……鏡に映る自分を眺め廻したことを思い出したからです。

なんとユーモラスで本質を突いた描写なのだろう、と嬉しくなってしまいました。これもこの作品と私個人の不思議な縁の一つだと感じずにはいられません。

ともあれ女性の姿を借りた椿山課長は、家族や職場の同僚たちのもとを訪れます。相手は目の前の美女がまさか亡くなった椿山だとは思いもしませんから、それだけに彼の知らなかった事実がたくさん出てきます。

生前は知らなかった家族の秘密を知り、邪淫の罪を受ける廉《かど》となった女友達の胸の内を聞く。知らない方が幸せだった事実に直面し、取り返しのつかない自分の思い込みに気付いたとき、それでも一生懸命に中年オヤジが、あくまで美女の姿で奔走する様は胸に迫るものがあります。

ネタバレになるといけないので、あらすじはこのくらいにしますが、共に現世に戻ったヤクザの親分と早熟な少年（この二人も本当の姿とは全くかけ離れた姿で現世に戻ります）、それに椿山を加えた三人が織りなすこの物語、それぞれのエピソードが面白いのは言わずもがな、全《すべ》ての点が次々と一つの線で繋《つな》がっていくラストは読者を惹《ひ》きつけて離しません。

私自身、三者三様の死にざまに触れて、愛とは何か、正義とは何かを考えさせられました。テンポのいい笑いに油断して読み進めていると知らず知らずのうちに人の感情の奥底に辿《たど》り着いている、そんなとても深くて素敵な小説です。

私と浅田先生の小説との出会いはいまからかれこれ一二年くらい前だったと思います。大阪の北新地のクラブのママが「麻紀ちゃんとよく似た小説があるから是非とも読んでください」と送ってくれたのが「天切り松　闇《やみ》がたり」シリーズでした。夢中で読みました。啖呵《たんか》の切り方、小気味のよい台詞《せりふ》廻し、まるで歌舞伎の舞台を観ているようで、ほんとうに物語に引き込まれました。

きっとママは、酒を飲むと啖呵を切る、小股《こまた》の切れあがった伝法《でんぼう》な女を演じてきた私のイメージが、作品と重なったのでしょう。私は舞台もやりましたが、「お嬢吉三《きちさ》」「弁天小僧菊之助」「毒婦・高橋お伝《でん》」など極道の情婦役が多かったのです。

ちなみにドラマ『天切り松 闇がたり』は故中村勘三郎さんが当たり役でした。長年の飲み友達でしたので、亡くなったのがとても残念です。

浅田作品を気に入った私はすぐに「プリズンホテル」、「蒼穹《そうきゆう》の昴《すばる》」シリーズを読みました。

巴里へ行くときは何冊も本を持っていき、読書にふけることもあります。本を読んでいると嫌なことは全部忘れて幸せな気分になるのです。巴里には読書好きの友人がおり、皆で読書談義に花を咲かせることもしばしば。友人たちが「きんぴか」がすごく面白いといって盛り上がったので、評判にしたがって私も読みました。他のいろいろな作品にも出てくるのですが、「血まみれのマリア」が好きな登場人物です。

『憑神《つきがみ》』を読んでいるときの貧乏神には、西田敏行さんが浮かんできました。劇場でそのとおりになったのを観たときは笑い転げました。観る者の期待を裏切りません。そういえば『椿山課長の七日間』が映画化されたときの主演も西田さんでした。

圧巻はなんといっても「蒼穹の昴」シリーズ。ＮＨＫのドラマで観ましたが、美男美女がたくさん出てきて、稀代《きたい》の悪女西太后のイメージがずいぶん変わりました。その後、清朝時代を描いた小説にハマり、いまでも読み漁《あさ》っています。

『オー・マイ・ガアッ！』は、飛行機のなかで読んでいて大笑いをし、乗客の皆さんに変な顔をされました。じつは私も同じ経験をしていたのです。ラスベガスのホテル「ベラッジオ」とホテル「シーザース・パレス」は道を挟んで隣接しています。すぐ近くだと思いベラッジオからシーザース・パレスに歩いていこうとしましたが、行けども行けどもなかなか辿り着かないのです。まるで蜃気楼《しんきろう》にむかって歩いているように。そのうちトイレに行きたくなってしまいました。なんとかホテルに駆け込みフロントに聞いて間一髪。間に合いましたが、これはほんとにオー・マイ・ガアッ！　でした（笑）。

このように浅田先生の作品を読みながら、この役は誰がやったら面白いだろうなあと考えたり、自分の体験と比べたりするのも楽しいですし、作品の舞台となった場所に実際に足を運ぶのもなかなか乙《おつ》な経験になります。

私は一五で家出したときから、本を何冊も持って全国行脚の旅をしてきました。本が大好きです。昔買った初版本をいまでも大切にしているくらいに。もちろん『椿山課長の七日間』も単行本で持っています（カヴァーを外すと装丁が水引のついた香典袋になっていて、なんと洒落《しゃれ》ているんでしょう）。

これまでいろいろな小説を読んできましたが、なかでも浅田先生の作品は格別で、一冊読むと次から次へと読みたくなります。最近は若い人が本を読まなくなったと聞きますが、本作はもちろん、たくさんの浅田作品を是非読んでもらいたいです。本好きになること間違いなし!!

そんな素晴らしい浅田先生の作品の解説をするなんて恐れ多くて、いま原稿をしたためながら手が震えています。この機会をくださった水谷豊さん、度胸ある集英社の皆さま、そして敬愛する浅田次郎先生に厚く御礼申しあげたいと思います。

窓から甍《いらか》を眺めながら、謝謝《シエシエ》。

（かるーせるまき　タレント）

本書は二〇〇二年十月、朝日新聞社より単行本として刊行され
二〇〇五年九月、朝日文庫として刊行されました。
日本音楽著作権協会（出）許諾　第１５００９３０－５０１号

浅田次郎の本

王妃の館（上・下）

150万円の贅沢三昧ツアーと、19万8千円の格安ツアー。対照的な二つのツアー客を、パリの超高級ホテルに同宿させる!? 倒産寸前の旅行会社が企てたツアーのゆくえは……。

オー・マイ・ガアッ！

くすぶり人生に一発逆転、史上最高額のジャックポットを叩き出せ！ ワケありの三人が一台のスロットマシンの前で巡り会って、さあ大変。笑いと涙の傑作エンタテインメント。

集英社文庫

浅田次郎の本

鉄道員（ぽっぽや）

娘を亡くした日も、妻を亡くした日も、男は駅に立ち続けた——。心を揺さぶる〝やさしい奇蹟〟の物語。表題作をはじめ、8編収録。第117回直木賞受賞作。

活動寫眞の女

昭和44年、京都。大学新入生の僕は友人と太秦映画撮影所でアルバイトをすることになった。その友人が恋に落ちたのは30年も前に死んだ女優の幽霊だった……。青春恋愛小説の傑作。

集英社文庫

浅田次郎の本

天切り松　闇がたり
第一巻　闇の花道

冬の留置場で、その老人は不思議な声音で遥かな昔を語り始めた……。時は大正ロマンの時代。帝都に名を馳せた義賊がいた。粋でいなせな怪盗たちの物語。傑作シリーズ第一弾。

天切り松　闇がたり
第二巻　残　俠

ある日、安吉一家に現れた時代がかった老俠客。幕末から生き延びた清水一家の小政だというのだが……。表題作「残俠」など、帝都の闇を駆ける義賊一家のピカレスクロマン第二弾。

集英社文庫

浅田次郎の本

天切り松　闇がたり
第三巻　初湯千両

シベリア出兵で戦死した兵士の遺族を助ける説教寅の心意気を描く表題作他、時代のうねりに翻弄される庶民に味方する、目細の安吉一家の大活躍全6編。痛快人情シリーズ第三弾。

天切り松　闇がたり
第四巻　昭和俠盗伝

今宵、天切り松が語りまするは、昭和初期の帝都東京、近づく戦争のきな臭さの中でモボ・モガが闊歩する時代。巨悪に挑む青年期の松蔵と一家の活躍を描く5編。傑作シリーズ第四弾。

集英社文庫

椿山《つばきやま》課長《かちょう》の七日間《なのかかん》

2015年2月25日　第1刷　　　定価はカバーに表示してあります。

著　者　浅田次郎《あさだじろう》

発行者　加藤　潤

発行所　株式会社　集英社
東京都千代田区一ツ橋2-5-10　〒101-8050
電話　【編集部】03-3230-6095
【読者係】03-3230-6080
【販売部】03-3230-6393(書店専用)

印　刷　大日本印刷株式会社

製　本　大日本印刷株式会社

フォーマットデザイン　アリヤマデザインストア　　　マークデザイン　居山浩二

ISBN978-4-08-745281-5 C0193